Die Kommissarin und der Metzger

Deutsche Originalausgabe:
LV.Buch im Landwirtschaftsverlag GmbH,
48084 Münster



Herausgeber:
top agrar im Landwirtschaftsverlag GmbH

Idee:
Guido Höner und Melanie Suttarp

Gestaltung:
LV MediaPro im Landwirtschaftsverlag GmbH

Titelillustration:
Noemi Bengsch, www.noemis-atelier.de

Lektorat:
Marit Obsen

Druck:
GGP Media GmbH, Pößneck

ISBN 978-3-7843-5614-3

www.lv-buch.de

Bent Ohle

# Die Kommissarin & der Metzger

## Auf Messers Schneide

Ein MünsterLANDkrimi
von Bent Ohle

Nach einer Idee von Guido Höner und Melanie Suttarp

top agrar Mehr Landwirtschaft!

LV.Buch
Die Begeisterungswerkstatt

*Das Messer blitzt, die Schweine schrein,*
*Man muß sie halt benutzen,*
*Denn jeder denkt: »Wozu das Schwein,*
*Wenn wir es nicht verputzen?«*
*Und jeder schmunzelt, jeder nagt*
*Nach Art der Kannibalen,*
*Bis man dereinst »Pfui Teufel!« sagt*
*Zum Schinken aus Westfalen.*

Wilhelm Busch: „Bis auf weiters“

*„Man muss nicht mehr schlachten,*
*als man salzen kann.“*

Volksmund

*Mein Fritz lebt nun im Vaterland der Schinken,*
*Im Zauberland, wo Schweinebohnen blühen,*
*Im dunkeln Ofen Pumpernickel glühen,*
*Wo Dichtergeist erlahmt, und Verse hinken.*

Heinrich Heine: „An Fritz von Beughem!"

*„Wenn man auf dem Lande lebt,*
*weiß man, ob man will oder nicht, alles,*
*was ringsum vor sich geht."*

Leo Tolstoi

# Zum Buch

Ich möchte an dieser Stelle ein paar Worte über die Entstehung des Buches verlieren. Im Frühjahr 2019 kamen Guido Höner, der Chefredakteur des Magazins top agrar, und Melanie Suttarp aus dem Landleben-Ressort von top agrar auf mich zu und fragten mich, ob ich mir eine Zusammenarbeit mit ihnen vorstellen könnte. Die Idee war, einen Krimi zu entwickeln, der nicht nur auf dem Land spielen sollte, sondern in dem auch Figuren, die auf dem Land zu Hause sind und in der Landwirtschaft arbeiten, als Ermittler auftreten.

Wir trafen uns in Münster im Landwirtschaftsverlag zu einem ersten Brainstorming mit Kristin Sommer und Lena Siemann von LV.Buch und waren uns sofort einig, dass der Krimi im Münsterland beheimatet sein sollte, da mit Guido Höner und Melanie Suttarp auch zwei Redakteure an meiner Seite waren, die hier zu Hause sind und Land und Leute kennen. Beide hatten bereits zu dem Brainstorming eine Ideenskizze mitgebracht, die das Geschwisterpaar von Kommissarin und Metzger als Hauptfiguren einführte. Ich war begeistert von der Idee und auch überzeugt, dass man daraus einen Krimi entwickeln könnte, der mit einer guten Story und dem nötigen Maß an münsterländischem Humor den Leser fesseln kann.

Guido Höner schlug den Ort Horstmar als Setting vor und lud uns an zwei Tagen auf Recherche ins Münsterland ein, um vor Ort besondere und typische Orte, Gebäude, Dörfer und Geschichten kennenzulernen. Von da an stand dem Münsterlandkrimi nichts mehr im Weg, und ich muss zugeben, dass ich schon während des Schreibens sehr viel Spaß an der Story hatte – was man dem fertigen Skript hoffentlich anmerkt. Insgesamt ist das Buch ein schönes Beispiel für eine gelungene Teamarbeit und alle Beteiligten freuen sich auf ein Wiedersehen mit den Figuren im zweiten Teil.

# eins

Hinter einem Schleier aus Nebel ging eine blutrote Sonne über den Feldern des Münsterlands auf. Die Nacht war kalt gewesen, doch es kündigte sich wieder ein heißer, sonniger Tag an, und in der Luft lag dieser kräftige, aromatische Geruch von reifem Korn. Das kleine Städtchen Horstmar erwachte langsam aus seinem Schlaf. Lichter gingen an, Haustüren wurden geöffnet, Hähne krähten, Trecker wurden gestartet, und über allem zwitscherten die Vögel. Es hätte so schön sein können, wäre da nicht diese eine Sache gewesen, die nicht nur eine Sache bleiben, sondern sich auf erschreckende Art und Weise für den Ort und seine Bewohner ausweiten sollte.

Wie eine Fliege auf dem frisch gebackenen Kuchen, könnte man sagen. Nein, das ist ein zu harmloser Vergleich. Wenn Horstmar der Kuchen war, und diese eine Sache die Fliege, dann hatte sie jemand brutal mit einer Klatsche auf dem Tortenguss des Kuchens erschlagen, wodurch dieser ungenießbar geworden war.

Tanja Terholte stand am Gatter, beide Arme auf der obersten Holzbohle abgelegt, und sah amüsiert zu, wie ihre Rinderherde auf sie zugelaufen kam wie ein Wurf Welpen, den man zu sich gerufen hatte. Sie hatte die Ärmel ihres blau-weiß karierten Hemdes hochgekrempelt und einen Fuß in die Streben des Gatters gestellt. Ihre schulterlangen strohblonden Haare trug sie wie immer offen und lächelte, was nicht allzu oft vorkam.

Die Tiere drängten sich ans Gatter und ließen sich bereitwillig von ihr kraulen und streicheln. Es waren japanische Wagyu-Rinder in einer Herde von inzwischen achtundzwanzig Tieren, die sie auf dem ehemaligen Hof ihrer Mutter hielt.

„Moin, Schwester“, sagte eine raue Stimme hinter ihr. Es war ihr Bruder Rudi, mit dem sie sich diese Herde und den Hof teilte. Er war ein kräftiger Kerl mit leichtem Bauchansatz, der auf dem Hof immer schwarze Gummistiefel und blaue Leinenhemden mit Rundkragen trug. Aber sein auffälligstes Merkmal war ein feiner, sehr spitzer Oberlippenbart, den er jeden Morgen minutenlang zwirbelte, bis er so saß, wie er ihn haben wollte.

„Moin, Metzger“, sagte sie, ohne ihn anzusehen. Sie nannte ihn Metzger, weil er Metzger war und diese Bezeichnung Distanz und Nähe zugleich zwischen ihnen aufrechterhielt.

Rudi betrieb eine Schlachterei im Ort und bot auch das Fleisch ihrer eigenen Tiere dort an, größtenteils verkauften sie es jedoch an die Gastronomie in der Region. Das Fleisch war eine absolute Delikatesse und wurde entsprechend bezahlt. Nur so konnten sie die Bewirtschaftung des Hofes halbwegs profitorientiert ausrichten. Da Tanja das Ganze nur im Nebenerwerb bewältigen konnte und ihre Mutter in ihrem fortgeschrittenen Alter keine volle Arbeitskraft mehr war, hatten sie vor knapp dreizehn Jahren die Entscheidung getroffen, auf Wagyu-Rinder umzusatteln. Sie besaßen auch noch vier Glanrinder, ein paar Ziegen und Hühner. Einen Hofhund wie die meisten anderen hatten sie nicht. Dafür saß ihre Mutter Elisabeth den lieben langen Tag auf der Bank vor dem kleinen Hofladen, den sie außerdem betrieben, und bellte die Leute an, wenn sie auf den Hof kamen. Manchmal glaubte Tanja, dass ihre Mutter ihnen mit dem Hofladenverkauf mehr schadete als nützte, aber sie wollten ihr eine Aufgabe geben, damit sie sich nicht nutzlos fühlte.

An ihren Vater hatten sowohl Tanja als auch Rudi keine Erinnerungen mehr. Er hatte die Familie verlassen, als es dem Hof wirtschaftlich so schlecht ging, dass er kurz vor dem Konkurs stand. Von einem Tag auf den anderen hatte Elisabeth die ganze Verantwortung und die gesamte Last allein tragen und zusätzlich noch Tanja und Rudi großziehen müssen. Das war eine harte Zeit gewesen, und der Hof hatte einige Federn gelassen. Die meisten Flächen hatte Elisabeth an den Nachbarn Vossenkuhl verkauft und von Ackerwirtschaft auf Mutterkuhhaltung umgestellt.

Keiner wusste genau, wie sie das alles hinbekommen hatte. Aber der Hof konnte dadurch gerettet werden.

„Ich muss los“, sagte Tanja und klopfte Gunnar auf den Hals.

„Morgen muss ich ihn schlachten“, bemerkte Rudi mit belegter Stimme und kratzte sich am Kopf.

Tanja entgegnete nichts, sie drehte sich um und ging zu ihrem 97er Mitsubishi Pajero, den sie – für alle anderen völlig unverständlich – innig liebte. Kurz darauf fuhr sie vom Hof und auf den Sonnenaufgang zu, der heute wie bereits gesagt durch den Nebel recht blutig, aber darum nicht weniger schön aussah.

Rinderzüchterin im Nebenerwerb war Tanja nämlich deswegen, weil sie hauptberuflich als Kriminalhauptkommissarin bei der Mordkommission in Münster arbeitete.

***

„Mein Gott, für dieses prähistorische Blechmonster brauchen Sie einen gesonderten Waffenschein“, begrüßte sie ihr Abteilungschef auf dem Parkplatz, als sie kurz nach seiner Ankunft in ihre Parklücke gefahren und ausgestiegen war. „Wenn Sie sich einen neuen Wagen kaufen, gebe ich Ihnen gerne was dazu“, meinte er und zog sein Portemonnaie aus der Gesäßtasche. „Ich wette, Ihre S-Klasse gibt zuerst den Geist auf“, konterte Tanja. „Das Geld nehme ich nur als Wetteinsatz an.“

Mürrisch stopfte Fritz-Anton Zaunholz die Scheine wieder zurück. „Ihnen kann man nicht mehr helfen.“

„Ich brauche gar keine Hilfe, komme bestens ohne klar.“

„Dieser rollende Wellblechschuppen ist ein Schandfleck für eine Einrichtung wie diese.“

Seite an Seite gingen sie auf den Hintereingang des Präsidiums zu.

„Sprechen Sie jetzt als der Kurator des Westfälischen Automuseums Münster zu mir?“

„So ein Museum gibt es doch gar nicht, Frau Terholte“, polterte er und öffnete die Tür.

„Eben, Herr Zaunholz, eben."

Sie huschte vor ihm durch den Eingang.

„Und den ganzen Dreck von Ihrer vietnamesischen Kuhwirtschaft tragen Sie auch noch hier herein." Er deutete mit hochrotem Kopf auf einige Klümpchen Erde auf den glänzenden Fliesen.

„Im Gegensatz zu Ihnen und den anderen Kollegen schaffe ich es, gleich zwei Berufe auszuüben und dabei in beiden Spitzenleistungen zu bringen. Und wenn Sie das nächste Mal vor dem Bürgermeister damit prahlen, was für ein tolles Kobesteak Sie bei Sternekoch Lauchhammer gegessen haben, denken Sie daran, dass es von meinem Hof kommt."

„Also …" Zaunholz stand der Mund offen, weil er so schnell nichts zu erwidern wusste. „Das ist doch wohl …"

„Das ist doch wohl mal Fakt", half sie ihm aus und drückte, da sie direkt vor dem Aufzug standen, den Knopf für ihn. Ich nehme die Treppe. Irgendwie muss ich den ganzen Kuhmist ja von den Sohlen kriegen."

Mit diesen Worten ließ sie ihn stehen und lief fröhlich in den zweiten Stock hinauf.

***

Lothar Wenninghoff hieb mit der Schulter gegen die Tür zum Schweinestall, weil sie immer ein wenig klemmte, und trat ein. Er machte gerade seinen morgendlichen Kontrollrundgang durch seinen Schweinemastbetrieb mit 1200 Tieren. Ein aufgeregtes Grunzen und Schmatzen weiter hinten im Stall erregte seine Aufmerksamkeit. In einer der Buchten stritten sich die Schweine um irgendetwas. Lothar kannte dieses Verhalten von ihnen nicht, daher befürchtete er das Schlimmste, nämlich dass eines der Tiere krank war und von den anderen angefressen wurde. So etwas konnte passieren. Allerdings hatte Lothar das seit über zehn Jahren nicht mehr erlebt. Eilig stapfte er den Gang hinunter zu der besagten Bucht und fand die Schweine tatsächlich um die Futterausgabe geschart vor.

„Hey, was zum Henker fresst ihr da?", rief er, trat in die Bucht und drückte die Tiere zur Seite. Schon auf den ersten Blick erkannte er, dass es nicht sein Futter war, was ihnen hier so schmeckte. „Was ist das?"

Mit dem Finger stocherte Lothar in der Masse herum. Es schien sich um Fleisch zu handeln. Aber wie war das in den Trog geraten? Er dachte an seine Frau, verwarf den Gedanken jedoch sofort wieder, denn sie würde so etwas nicht tun.

Fluchend besorgte er sich ein paar Eimer und Handschuhe und schöpfte den gesamten Inhalt aus dem Trog, während er die wilden Fressversuche der Schweine abwehrte.

„Was machst du denn da?", fragte seine Frau irritiert. Sie hatte von ihm unbemerkt den Stall betreten und stand nun mit in die Hüfte gestemmten Fäusten hinter ihm.

„Jemand hat hier Fleisch in den Trog getan!"

„Was? Wer denn?"

„Ja, was weiß ich. Irgendjemand. Keine Ahnung, was das soll. Aber irgendwer war hier drin. Das gefällt mir überhaupt nicht."

„Meinst du, das ist vergiftet?", fragte sie besorgt.

Er schaute abschätzend in den Eimer. „Hoffe nicht. Das müsste ein Arzt untersuchen."

„Da …", sagte Wenninghoffs Frau mit einer merkwürdig hohen Stimme, bevor sie die Augen nach oben verdrehte und in sich zusammensackte.

Lothar ließ den Eimer fallen. „Schatz, was …"

Er eilte ihr zu Hilfe, kniete sich neben sie und nahm ihr Gesicht in beide Hände. Sie war ohnmächtig. Ein Blick zurück in den Stall sagte ihm auch, warum. Eines der Schweine hatte etwas im Maul, das daraus hervorschaute wie eine Zigarre.

Es war ein menschlicher Finger.

# zwei

Tanja stand zusammen mit ihrem Kollegen Oberkommissar Jens Förster im Käseladen der Szepanskis. Herr Szepanski war vorgestern Abend, am Samstag nach Ladenschluss hinter seiner Theke überfallen und erschlagen worden. Seine Witwe verharrte mit zerknittertem Taschentuch und verlaufenem Kajal in der Mitte des Ladenraums und hatte den Blick vom Tatort abgewandt.

„Noch mal zum zeitlichen Ablauf", hakte Förster nach und leckte seinen Bleistift an, eine Marotte, die Tanja jedes Mal wieder anekelte. „Sie verließen den Laden um?"

Frau Szepanski atmete röchelnd durch die Nase ein und drückte das Taschentuch auf ihr linkes Auge.

„Ich ging etwas früher, so zwanzig Minuten ungefähr, weil ich Essen machen wollte."

„Also um siebzehn Uhr vierzig", stellte Förster fest und schrieb es auf.

„Ungefähr, ja."

„Und Sie wohnen wo?"

„Zu Fuß sind es nur zehn Minuten von hier, Georgstraße."

Tanja lauschte ihren Ausführungen, während sie sich im Laden umsah. Sie musterte die üppig bestückte Theke, die alten Holzregale hinter dem Tresen, die Auslagen im Fenster und den Blutfleck auf dem Boden vor der Kasse. „Und wann sind Sie zurück in den Laden gekommen?"

„Das war so gegen zwanzig nach sechs. Oder noch später. Er ging nicht an sein Telefon, deshalb bin ich noch mal zurück", sagte sie nasal und schnäuzte in das Taschentuch. Na, hoffentlich wischt sie sich damit nicht gleich wieder die Augen, dachte Tanja und warf einen Blick in die leere Kasse.

„Als Sie reinkamen, sahen Sie was?"

„Na, meinen Mann, am Boden!" Sie riskierte einen sekundenkurzen Blick auf die benannte Stelle und schaute gleich wieder hinaus auf die Straße.

„Und dann riefen Sie die Polizei an, richtig?"

„Genau."

„Ach ja, und Sie kamen durch die Hintertür, nicht wahr?"

„Das musste ich, der Laden war ja bereits geschlossen."

„Richtig. Und die Tür war aufgebrochen."

„Das hab ich gesehen und gleich so eine schreckliche Ahnung gehabt."

Tanja schlich durch einen Türrahmen ohne Tür in den hinteren Bereich des Ladens. Dort lag die aufgebrochene Hintertür lose im Schloss. Die Kriminaltechnik hatte ihre Arbeit hier bereits abgeschlossen. Tanja zog die Tür ein Stück weit auf und inspizierte das gesplitterte Holz aus der Nähe. Anschließend ging sie in die enge Küche, sah in die Spüle und inspizierte den Müll. Darin fand sie die Glasscherben eines zerbrochenen Aschenbechers. Und auf der Innenseite der Küchentür fiel ihr eine frische Kerbe ins Auge, wo ein Stück Holz abgeplatzt war. Mit dem Finger fuhr sie darüber, bis sie sich einen Splitter einfing und die Hand zurückzog. Doch es war kein Holzsplitter, der in ihrer Fingerkuppe steckte, sondern ein winziger Splitter aus Glas.

„Na, sieh mal an", sagte sie zu sich selbst und drückte den Finger, bis ein wenig Blut kam.

„Was mach ich denn jetzt bloß?", wimmerte Frau Szepanski in ihr Taschentuch, als Tanja in den Verkaufsraum zurückkehrte. Förster stand noch immer vor dem Blutfleck und notierte sich irgendetwas auf seinem Block.

„Sie gehen ins Gefängnis", sagte Tanja in nahezu aufmunterndem Tonfall.

Die Witwe ließ ihre Hände sinken und starrte Tanja mit offenem Mund an.

„Was soll das denn jetzt, Tanja?", flüsterte Förster.

„Nun, Sie gaben an, Ihren Mann gegen achtzehn Uhr dreißig hier gefunden zu haben. Die Täter hätten also eine gute halbe bis dreiviertel Stunde Zeit gehabt, um ihren Überfall durchzuführen."

„Ja, und?", fragte sie fast schnippisch.

„Nun, sicher stimmen Sie mir zu, dass es recht dumm von den Tätern gewesen wäre, die Hintertür aufzubrechen, sollten sie gewusst haben, dass Ihr Mann noch hier im Laden ist, nicht wahr? Ich meine, das dauert eine Weile, und es macht Krach. In dem Fall wäre es einfacher und sicherer für sie gewesen, zu klopfen und ihn dann zu überwältigen. Doch egal, ob sie geklopft haben oder eingebrochen sind, sie hätten ihn dadurch zur Hintertür gelockt. Wie kann es dann sein, dass sie ihn hier rücklings überwältigen?"

„Keine Ahnung, was die gedacht haben", meinte sie laut.

„Schaut man nun auf die Kasse, ist es ja so, dass sie ihn überfallen haben müssen, während er den Kassensturz gemacht hat, richtig?" Tanja wartete die Antwort erst gar nicht ab, sondern trat auf die Kasse zu und zog die Schublade weiter heraus. „Laut unseren Aufzeichnungen ging Ihr Notruf um achtzehn Uhr vierunddreißig bei der Polizeidienststelle ein."

„Ja, dann ist das halt so", sagte Frau Szepanski mit einem Schulterzucken. Ihre Tränen waren bereits versiegt.

„Sehen Sie, die Kasse produziert ja diese hübschen Kassenbons", fuhr Tanja fort. „Und wenn Sie sich den letzten Bon ansehen, werden sie feststellen, dass die Kasse um achtzehn Uhr achtunddreißig zum letzten Mal geöffnet wurde. Sie hätten den Tätern eigentlich hier im Laden begegnen müssen. Aber das konnten Sie nicht, weil Sie selbst Ihren Mann umgebracht haben."

„Das ist doch wohl die Höhe", tönte Frau Szepanksi und schlug ihre Hand gegen ihren Oberschenkel.

„Finde ich auch", sagte Tanja. „Sie hatten entweder die Tat von langer Hand geplant, oder es kam spontan zu einem Streit mit Ihrem Mann, in dessen Verlauf Sie ihn von hinten niederschlugen. Das würde die späte Abrechnung erklären, die Sie dann für die tödliche Attacke ausnutzten. Nun mussten Sie zusehen, wie Sie Ihre Hände reinwaschen konnten, und inszenierten diesen Überfall. Sie suchten hier im Laden nach einem Gegenstand, mit dem sie die Tür aufbrechen konnten, und taten das auch. Dann kamen Sie wieder herein und legten den Gegenstand zurück an seinen Platz. Förster, diesen Gegenstand und vermutlich auch die Mordwaffe werdet ihr also hier im Laden finden", sagte sie an ihren Kollegen gewandt. „Dann gingen Sie in die Küche und beseitigten die Überreste Ihres Streits im Mülleimer, gingen anschließend in den Verkaufsraum und nahmen das Geld aus der Kasse. Förster, das Geld hat sie auf jeden Fall noch bei sich oder in ihrer Wohnung versteckt. Zum Wegschmeißen ist sie zu gierig, um es auf die Bank zu bringen, zu schlau."

„Was fällt Ihnen eigentlich ein, mich zu beschuldigen und zu beleidigen? Ich werde Sie anzeigen wegen … wegen …"

„Machen Sie nur. Um meine Ausführungen zu Ende zu bringen: Zu guter Letzt riefen Sie die Polizei an und meldeten den Überfall. Sie sind nie nach Hause gegangen und haben auch kein Essen vorbereitet. Sie waren hier und haben Ihren Mann erschlagen."

„Warum sollte ich das tun?"

„Verraten Sie es uns. Ich weiß nur, dass Sie es gewesen sind. Und die Beweise dafür werden sich finden lassen. Gut, ich wäre dann fertig. Hast du noch was?", fragte sie Förster.

Dessen Handy klingelte, und er nahm das Gespräch entgegen.

„Aha. – Ja. – Okay, ich sag's ihr. – Gut, bis dann."

„Was ist?"

„Wir haben einen neuen Fall. In deinem Heimatort, wie's aussieht. Der Chef dachte, das solltest du übernehmen."

„Da sind wir ausnahmsweise mal derselben Meinung."

Er trat auf Tanja zu. „Was sollte denn dieser Auftritt hier eben?", fragte er leise.

„Du wolltest meine Hilfe."

„Ja, aber doch nicht …"

„Was? Indem ich den Fall löse?"

„Du kannst doch gar nichts beweisen."

Ein leises Klackern unterbrach sie. Beide drehten sich um und sahen, wie Frau Szepanski auf ihren Stöckelschuhen die Flucht antrat. Sie hatte die Ladentür aufgezogen und wollte sich hinausstehlen.

„Da läuft deine Unschuld. Schnell hinterher, Förster!"

***

Als Tanja ihr Büro betrat, stand Zaunholz bereits vor ihrem Schreibtisch und wartete auf sie.

„Sie können's wohl kaum erwarten, mich hier gleich wieder rauszukriegen?"

„Ja, ich muss zugeben, dass mich dieser Anruf nicht ohne eine gewisse Freude zurückließ." Er reichte ihr das Telefonprotokoll des Gespräches mit den Kollegen aus Steinfurt. „Ein Bauer aus Ihrem Heimatdorf ..."

„Stadt", korrigierte sie ihn. „Sogar Burgmannstadt, falls Ihnen das was sagt."

„Von mir aus auch das. Dieser Bauer gab jedenfalls an, Leichenteile in seinem Schweinestall gefunden zu haben, die wohl ein fremdes Individuum dort eingebracht hat."

„Menschliche Überreste?"

„Das werden Sie herausfinden. Sie kennen sich dort aus, vielleicht kennen Sie sogar diesen Bauern und sind Nachbarn oder im gleichen Ortsverein oder was weiß ich. Ich will jedenfalls bis heute Abend wissen, ob das ein Mord war oder nicht."

„Was soll es denn sonst sein? Ein Unfall? Selbstmord? Oder Killerschweine?"

Zaunholz rückte unwirsch seine rote Fliege zurecht, die Tanja so verabscheute. „Fahren Sie hin und erstatten Sie mir Bericht. Schriftlich bis heute Abend einundzwanzig Uhr." Tanja salutierte, und Zaunholz verließ schnaubend vor Wut das Büro. Dann las sie sich das Protokoll der Polizeidienststelle aus Steinfurt genauer durch. Lothar Wenninghoff war der Name des Bauern. Tanja kannte ihn und seine Frau Lisbeth. Sie ließ keine Zeit mehr verstreichen und machte sich auf den Heimweg, der heute zum ersten Mal auch der Weg zur Arbeit war.

***

Lothar und Lisbeth standen beide leichenblass vor ihrer Haustür, als Tanja ihren Pajero auf den Hof lenkte. Sogar von Weitem konnte sie erkennen, wie die Knie der beiden schlotterten. Lisbeths Augen war geschwollen vom Weinen, und in Lothars Lippen war keine Farbe mehr zu erkennen.

„Tanja", sagte er überrascht, als sie ausstieg. „Es geht jetzt schlecht, wir warten gerade auf die Polizei."

„Ich weiß, ich bin die Polizei, Lothar."

Er runzelte die Stirn.

„Ach richtig", raunte Lisbeth mit schwacher Stimme, „du bist ja ..."

„Bei der Mordkommission", beendete Tanja den Satz für sie. Sie reichte beiden die Hände. „Tut mir leid, dass ihr das mitansehen musstet."

„Ja, wir haben die Kinder erst mal zur Oma gebracht. Damit die nichts mitkriegen. Es war einfach ... fürchterlich."

„Glaub ich. Könnt Ihr es mir bitte zeigen und kurz erklären, was heute Morgen passiert ist?"

„Ist denn sonst niemand von der Polizei hier?", fragte Lisbeth.

„Nein, nur ich."

„Aha. Und ... ich dachte, es wäre mehr Personal da, wenn ..."

„Das ist jetzt mein Fall. Ich entscheide, was getan werden muss. Aber dazu muss ich es mir ansehen. Nach dem zu urteilen, was ich bereits weiß, müssen wir von einem Verbrechen ausgehen. Ich schau's mir an, und dann gebe ich den Kollegen von der Kriminaltechnik Bescheid."

„Okay."

„Also, wie lief das heute früh ab? Wer ging in den Stall?"

„Ich", meldete sich Lothar. „Ich wollte meine Kontrollrunde machen und hörte plötzlich, dass in einer Box laut gefressen und um das Futter gekämpft wurde. Ich bin hin, und da waren alle Tiere am Trog. Als ich nachsah, entdeckte ich das Fleisch."

„Verstehe. Zeigst du mir bitte die Box?"

Lothar öffnete die Tür, und sie traten ein.

„Die Schweine hab ich in eine leere Bucht umgestallt."

„Das war völlig richtig."

Lothar ging vor zu der besagten Box, in der immer noch Reste vom Fleisch im Trog und dem von ihm gefüllten Eimer lagen.

„Ich hab erst versucht, das alles rauszuholen. Dann ist Lisbeth in Ohnmacht gefallen, weil sie sah, wie einem Schwein ein Finger ausm Maul hing."

„Ach du je. Das ist ja der Horror."

„Ich …" Lothar unterdrückte ein Würgen. „Ich hab ihn oben auf das Zeug im Eimer gelegt."

„Okay, danke." Tanja zog sich Handschuhe an. „Ihr bleibt einfach hier stehen, und ich schau es mir genau an."

Sie betrat vorsichtig die Box und sah zuerst in den Trog. Dann machte sie Fotos mit dem Handy von dem, was darin noch übrig war. „Habt ihr Kameras hier drin?"

„Nein, leider nicht."

„Das wäre einfacher gewesen", sagte Tanja und lächelte aufmunternd. Sie sah sich um und prüfte die Wände und die Decke. „Einen zweiten Eingang gibt es nicht, oder?"

„Nein, nur den vorne und die Klappen zu den Ausläufen."

Sie nickte und widmete sich dann dem Eimer und seinem Inhalt.

„Ach du Scheiße", entfuhr es ihr. Sie bückte sich, inspizierte alles und schoss weitere Fotos. Dann zückte sie ihr Handy.

„Ja, Terholte, Mordkommission. Ich brauche eine Technikereinheit und den Rechtsmediziner. Einen Sarg werden wir nicht brauchen, aber 'ne Menge Plastikbeutel."

***

„So was hab ich überhaupt noch nicht gesehen", sagte Karl Brüning von der Kriminaltechnik. Er stand in seinem weißen Overall neben Tanja im Stall. Etwa eine Stunde war vergangen, seit sie die Kollegen unterrichtet hatte.

„Den Schweinen zum Fraß vorgeworfen", murmelte sie ganz in Gedanken.

„Hab gehört, Sie wohnen hier?"

„Ja."

„Nette Gegend."

„Moin zusammen", flötete da eine Stimme, und Tanjas Schultern sanken herab. Dr. Schulze-Brennigkemper war der wahrscheinlich schlechteste Rechtsmediziner der Welt, von dem sie vermutete, dass er irgendein untalentierter Sohn eines wichtigen Mannes war, der seinen tumben Jüngling mit Vitamin B durch alle Instanzen des Studiums und des Berufslebens bis zu diesem Posten gelotst hatte. Aus dem Jüngling war nun ein ebenso tumber Mann Anfang dreißig geworden, was die Sache um keinen Deut besser machte. „Was haben wir denn Schönes?", fragte er und klatschte in die Hände.

Tanja und Brüning sahen sich gequält an.

„Was an einem Eimer voll menschlicher Überreste schön sein soll, dürfen Sie sich gern selbst beantworten. Ich will es nicht hören. Ihr Untersuchungsobjekt befindet sich jedenfalls im Eimer. Im Trog werden Sie auch noch das ein oder andere Teilstück finden."

„Eimer? Trog?", fragte er und blieb stehen, so als ob er gar nicht mehr weiter in die Box gehen wollte.

Tatsächlich stellte er sich jetzt auf die Zehenspitzen, um einen Blick in den Eimer zu werfen.

„Das sieht ja gar nicht so gut aus", kommentierte er seinen ersten Eindruck. „Wie kommen Sie darauf, dass es menschliches Dings … äh … Gewebe ist?"

„Da war 'n Finger dabei."

„Ach so? Naja, dann sehe ich das so wie Sie."

„Ich brauche so schnell wie möglich eine Analyse des Gewebes. War es ein Mann oder eine Frau? Wir müssen das Opfer identifizieren und die Todesursache ermitteln. Können Sie uns jetzt schon irgendetwas sagen? Todeszeitpunkt wird auch schwer, oder?"

Er sah sie entsetzt an. „Ja, extrem schwer."

„Von hier aus", fügte Brüning an.

Schulze-Brennigkemper schluckte. „Dann geh ich mal rein“, sagte er zögerlich.

„Bitte, gern.“ Tanja machte eine einladende Geste.

„Ach du heiliger Vater“, sagte er, als er über dem Eimer stand.

„Sie meinen, es ist ein Geistlicher?“

„Nein! Nein, ich, ich hab nur … ich … das ist ja wirklich ein absolutes Abschlachten gewesen. Wer tut denn so was?“

„Wenn Sie mit Ihrer Arbeit beginnen würden, könnte ich es sicherlich bald herausfinden“, sagte Tanja. Dann kam ihr noch eine viel bessere Idee. „Ich lasse euch kurz mal allein, bin gleich wieder da“, meinte sie an Brüning gewandt.

„Alles klar, wir sind hier noch ’ne Weile dabei. Das Gelände ist groß.“

Tanja fuhr in den Ort, parkte an der Straße und betrat den Laden ihres Bruders, „Rudis Metzgerei – Wenn Sie einen sauberen Schnitt wollen.“ Es warteten zwei Kundinnen an der Theke. Tanja ging um den Tresen herum, und Rudi machte große Augen.

„Was machst du hier?“

„Ach, hallo Frau Terholte“, begrüßte sie eine der Damen. „Es ist doch noch Terholte, oder nicht?“

„Wenn ich heirate, kriegen Sie die erste Einladung, Frau Pissmeier.“

Rudi unterdrückte ein Lachen.

„Pies-meier“, sagte Frau Piesmeier leicht angefasst.

„Kann ich dich kurz sprechen, Metzger?“, fragte Tanja ihren Bruder.

„Geh nach hinten, ich komme gleich.“

Er bediente die Damen noch einige Minuten lang, bevor er zu ihr in die kleine Küche kam, wo sie gegen die Arbeitsplatte gelehnt dastand und nachdachte. „Was gibt’s, warum arbeitest du nicht?“, fragte er.

„Das ist es ja. Ich arbeite. Ein äußerst unschöner Mordfall hier in Horstmar.“

„Was, hier? Wer wurde denn …“

„Wissen wir nicht. Genau deswegen bin ich hier.“

„Ich versteh kein Wort von dem, was du sagst.“

„Ich brauche deine Hilfe. Das Opfer ist zerstückelt aufgefunden worden. Wir haben Teile, vermutlich aber nicht die ganze Leiche, bei Wenninghoffs im Schweinestall gefunden."

„Wenninghoff hat jemanden zerstückelt?", fragte Rudi entsetzt.

„Nein, lass mich doch mal ausreden. Er hat die Überreste nur gefunden, jemand hatte sie im Stall platziert, damit die Schweine sie fressen."

Er zwirbelte nervös das linke Ende seines englischen Barts und pustete die Luft aus.

„Was ist denn hier los?", fragte er ratlos.

„Das will ich herausfinden, und du musst mir dabei helfen."

„Ich?"

„Ja, dieser Rechtsmediziner ist die absolute Vollniete, der kann eine Niere nicht von einem Choco Crossie unterscheiden. Ich will, dass du mit von der Partie bist, wenn wir die Leichenteile untersuchen."

„Bist du jetzt völlig übergeschnappt? Ich bin Schlachter, verdammt noch mal, sieh dich mal um."

„Du bist der beste Schlachter, und keiner kennt sich mit Anatomie und Schnitttechniken so gut aus wie du. Ich weiß, dass du heimlich diese CSI-Forensik-Serien guckst, du bist ganz süchtig danach."

„Spionierst du mir nach?"

„Mann, Metzger, ich mach einfach nur meine Augen auf, sogar Muttern weiß das. Jetzt hab dich nicht so, und hilf mir."

„Und wie soll das gehen? Willst du mich heimlich da einschleusen, oder was?"

„Ich wette, Brennigkemper ist froh, wenn du kommst, weil er dann endlich mal fachliche Unterstützung bekommt. Den haben sie doch nur in die Rechtsmedizin gesteckt, damit er als Arzt keinen umbringt."

„Ich weiß nicht."

Die Ladenglocke klingelte.

„Kundschaft", sagte Rudi.

„Also?"

„Ja, okay. Ich mach's. Auch wenn das völlig irre ist."

„Danke dir. Aber zieh dir was anderes an. 'ne Anzugjacke und 'n Pullover reichen schon, dann siehste aus wie alle anderen."

***

Tanja war gerade auf dem Rückweg zu den Wenninghoffs, da erreichte sie ein Anruf aus ihrer Dienststelle.

„Sag mal, was ist denn das nur für ein Dorf, in dem du wohnst?", meldete sich Förster. „Hier ging eben ein Anruf ein, dass ein Herr Holthefe wahrscheinlich Leichenteile in seinem Garten gefunden habe."

„Heiliger Zeus. Das gibt's doch nicht", sagte Tanja.

„Kennst du den etwa auch? Oder soll ich dir die Adresse nennen?"

„Nein, kenn ich. Liegt etwas außerhalb, aber ich weiß, wo."

„Wird immer gruseliger, was?"

„Ja, hast du den Käseladen schon durchsucht?"

„Mmh. Wir haben eine Schaufel gefunden. Ist bereits im Labor."

„Na siehste. Dann bis später."

„Halt, das war noch nicht alles", rief Förster.

„Was denn nun noch?"

„Eine Vermisstenanzeige haben wir auch."

„Aus Horstmar?"

„Jo, ein gewisser Dr. Stratmann, der dortige …"

„Tierarzt, ich weiß. Verdammte Axt. Was passiert hier?"

„Da wird wohl jemand mit seiner Rechnung sehr unzufrieden gewesen sein, schätze ich."

„Keine Zeit für Scherze, Förster. Ich kenne Stratmann persönlich."

„Tschuldigung. Das war's jetzt aber. Mehr hab ich nicht."

„Für heute reicht's." Tanja legte auf und hielt kurz am Fahrbahnrand an. Es war schwer zu glauben, was hier gerade passierte. Ihr Zuhause war immer so etwas wie eine Zuflucht von ihrer Arbeit gewesen, und nun drang ihre Arbeit auf grausame Art in diese Schutzzone ein. Das behagte ihr nicht. Noch weniger mochte sie, dass Menschen betroffen waren, die sie kannte. Dr. Stratmann war seit Ewigkeiten ihr Tierarzt. Mit Lothar und Lisbeth war sie zusammen zur Schule gegangen.

Sie setzte den Blinker, um direkt zu Holthefes zu fahren. Sie hatten einen Pferdehof knapp vier Kilometer von hier entfernt, und Tanja kannte Jürgen über ihren Bruder. Sie lenkte den Pajero zurück auf die Fahrbahn und kurbelte ihr Fenster herunter. Inzwischen stach die Sonne regelrecht, und sie spürte, wie sie am Rücken und am Haaransatz zu schwitzen begann.

Der Hof lag abseits der Landstraße und war über einen kleinen Wirtschaftsweg zu erreichen. Eingebettet in ein fast quadratisches Wäldchen aus Eichen und umgeben von Feldern, war das Anwesen kaum zu erkennen. Die tatsächliche Größe der Gebäude und Stallanlagen wurde einem erst bewusst, wenn man durch das eiserne Tor fuhr.

In der Mitte des Hofes ragte eine alte Eiche über zwanzig Meter hoch auf und warf ihren Schatten auf eine kreisrunde, von einer Sandsteinmauer eingefasste Fläche, die mit weißem Kies und sternförmig vom Stamm des Baumes ausgehenden alten Holzbohlen bestückt war. Eine Messingschrift auf der Mauer empfing den Gast auf dem „Hof Holthefe". Die alten Fachwerkgebäude waren aufwendig renoviert worden und leuchteten in einem kräftigen Rot. Die Holzbalken waren naturgrau. Die beiden Schäferhund-Mischlinge der Holthefes liefen nicht wie sonst üblich frei herum, sondern waren an der Waschstelle für die Pferde angeleint worden und bellten aufgeregt.

Tanja stieg aus, und schon kam ihr Jürgen Holthefe aus dem Wohnhaus entgegengeeilt.

„Moin", rief er und winkte. „Herzlich willkommen. Was kann ich für Sie tun?" Im Näherkommen erkannte er Tanja. „Bist du nicht die Schwester von Rudi Terholte?"

„Ja, hallo."

„Sag nicht, dass ihr Pferde zum Schlachten sucht. Da ist bei mir nichts zu holen." Er lachte zwar, aber er wirkte dennoch sehr nervös und unruhig.

„Nein, ich bin in einer anderen Sache hier. Ich arbeite bei der Mordkommission Münster."

„Richtig, ach, das bearbeitest du? Klasse, prima. Ja, dann zeig ich dir alles."

„Was ist denn überhaupt passiert?"

„Leo und Lupo haben heute Morgen beim Spaziergang etwas gefunden und versucht, es zu fressen. Meine Frau war mit ihnen unterwegs und hat darin … naja … so Leichenteile erkannt, denken wir. Ihr geht's nicht so gut, sie liegt im Bett. Hat sie sehr mitgenommen. Auch wegen Dr. Stratmann."

Tanja stutze. „Woher wisst ihr das mit Stratmann?“

„Oh, das war die Praxis. Er wollte heute rumkommen, aber die Damen riefen an, weil er nicht in der Praxis erschienen ist. Sie machten sich Sorgen. Also haben sie erst mal alle Termine abgesagt.“

„Verstehe.“

„Du meinst doch nicht, dass der Stratmann da draußen auf der Wiese liegt?“, fragte er leiser.

„Kann ich nicht sagen. Ich muss erst alles genau untersuchen.“

Sie waren kaum fünf Minuten gegangen, da deuteten Kratzspuren auf dem Weg bereits an, dass sie die Stelle erreicht hatten. Jürgens Frau Annika hatte die Hunde von dem kleinen Umflutgraben regelrecht wegzerren müssen.

„Da unten“, sagte Jürgen und wandte sich gleich wieder ab.

Tanja kletterte hinunter.

„Uaoh!“, stieß sie plötzlich aus und zuckte erschrocken zurück.

„Was ist? Was hast du?“, fragte Jürgen besorgt.

„Da ist ein Fuß.“ Sie versuchte, ihre Übelkeit wegzuatmen. „Was hier liegt, ist eindeutig menschlich. Schon wieder.“

„He?“

„Ihr seid nicht die Einzigen. Ich hab heute schon eine andere Stelle untersucht. Hilf mir mal hier raus.“ Sie streckte eine Hand aus, und Jürgen zog sie wieder auf den Weg. „Ich denke, eins ist damit bewiesen. Ein Unfall oder ein Selbstmord kann es schon mal nicht gewesen sein.“

„Ein Mord, hier bei uns?“, fragte Jürgen entsetzt.

„Ja, hundertprozentig. Und ein widerwärtiger noch dazu. Kann ich mit deiner Frau sprechen, bitte?“

Jürgen war sich nicht sicher, ob das eine gute Idee war, aber bei einem Mordfall blieb Tanja keine andere Wahl. Sie informierte die Kriminaltechnik und den Rechtsmediziner und betrat mit Jürgen das Wohnhaus.

„Sie ist oben im Schlafzimmer.“ Jürgen ging die Treppe hinauf, und Tanja folgte ihm. „Schatz? Hier ist jemand für dich. Tanja Terholte, die Schwester von Rudi. Sie möchte mit dir sprechen“, sagte er vorsichtig durch die Tür hindurch.

„Die Schwester vom Schlachter?“, kam es dumpf zurück.

„Genau die."

„Okay", rief sie.

Jürgen öffnete die Tür, und Tanja trat ein. Annika Holthefe lag in Alltagskleidung unter der Decke in ihrem Ehebett. Sie hatte geweint, das konnte Tanja erkennen.

„Tut mir leid, dass ich etwas verhindert bin", entschuldigte sie sich und richtete sich auf.

„Oh, das ist doch kein Problem, Frau Holthefe."

„Worum geht es denn?"

„Na, um die vermeintlichen Leichenteile, die Sie gefunden haben."

„Woher wissen Sie das?"

„Ich bin Kriminalhauptkommissarin in Münster, das ist mein Fall."

„Oh", rief Annika Holthefe überrascht aus. „Ich wusste gar nicht, dass Sie bei der Polizei arbeiten, ich dachte, Sie hätten die Rinderzucht und helfen Ihrem Bruder."

„Nein, das mache ich nur nebenbei. Kommissarin ist mein Hauptberuf."

Annika Holthefe blickte unsicher zur Tür, wo ihr Mann schüchtern im Türrahmen stand. „Also gut, dann … stellen Sie mir Ihre Fragen."

Viel Neues erfuhr Tanja nicht. Doch Annika Holthefes Verhalten während ihrer Schilderungen kam Tanja merkwürdig vor. Sie wirkte weniger geschockt als total niedergeschlagen, war reizbar und fahrig.

„Können denn die … ich meine … kann mein Fund mit dem Verschwinden von Dr. Stratmann zusammenhängen?", fragte sie, als Tanja sich wieder verabschieden wollte.

„Das ist noch viel zu früh zu sagen. Wir wissen bisher nicht einmal, ob es sich bei der Leiche um eine Frau oder einen Mann handelt."

„So was kann doch kein Zufall sein. Lassen Sie denn schon nach ihm suchen? Wie nennt man das noch gleich?"

„Eine Fahndung? Nein, bis jetzt gibt es keinen Anhaltspunkt für ein Verbrechen, was das Verschwinden von Dr. Stratmann angeht. Aber wir werden das klären, keine Sorge."

Zitternd wischte sich Annika Holthefe die Haare aus dem bleichen Gesicht. „Es muss doch so schnell wie möglich etwas getan werden."

„Ich habe auf dem Weg hierher überhaupt erst davon erfahren. Doch ich werde mich darum kümmern. Versprochen."

Sie verließ das Zimmer und ging mit Jürgen hinunter in den Flur.

„So, dann vielen Dank fürs Erste", sagte Tanja und gab Jürgen die Hand. „Es werden noch Leute von der Kriminaltechnik und der Rechtsmediziner kommen. Der Fundort wird abgesperrt."

Oben drangen schluchzende Laute aus dem Schlafzimmer.

„Ist in Ordnung. Danke dir", sagte Jürgen leise zu Tanja und schloss behutsam die Haustür hinter ihr.

Auf dem kurzen Weg zu ihrem Wagen überlegte sie, dass es sich gerade so anfühlte, als hätte sie den Angehörigen von Stratmann einen Besuch abgestattet. Aber das stand ihr ja erst noch bevor.

Ein Streifenwagen kam mit Blaulicht, jedoch ohne Martinshorn auf den Hof gefahren, gefolgt vom VW-Bus der Kriminaltechnik. Tanja winkte sie zu dem kleinen Weg, den sie entlangfahren mussten, und beschrieb ihnen die Stelle, bevor sie ihnen zu Fuß folgte. Der schmale Wirtschaftsweg wurde gesperrt, damit die Spurensicherung ohne Störfaktoren erfolgen konnte.

Auf dem Rückweg zum Hof sah Tanja schon von Weitem, dass Annika Holthefe sie vom Schlafzimmerfenster aus beobachtete. Irgendwas stimmt mit dir nicht, meine Liebe, dachte sie und tat so, als hätte sie sie nicht bemerkt.

Sie erreichte ihren Pajero und steuerte ihr nächstes Ziel in dieser Anhäufung an Verbrechen und Merkwürdigkeiten in ihrem Heimatort an: die Praxis von Dr. Stratmann.

Die Praxisräume waren natürlich leer, sah man von den drei Mitarbeiterinnen ab, die dabei waren, die doch sehr große Kaffeemaschine zu reinigen, die im Wartezimmer stand, wohl um überhaupt irgendeine Beschäftigung zu haben. Es zischte und dampfte gefährlich, als Tanja eintrat und die drei Damen erschreckte.

„Ha", rief die älteste von ihnen und zuckte zusammen, als sie Tanja hinter sich bemerkte. „Wir haben geschlossen."

„Ich weiß, ich bin von der Kripo Münster. Tanja Terholte."

Einer der jüngeren Kolleginnen ging sichtlich ein Licht auf. „Sind Sie nicht die mit den chinesischen Edel-Rindern?“

„Es sind japanische. Aber ja, die bin ich.“

„Ihr Mann ist der Schlachter im Dorf“, informierte die Arzthelferin die beiden anderen.

„Mein Bruder“, korrigierte Tanja.

„Ach, die Schlachterei Rudi. Da kaufe ich immer, wenn wir Besuch bekommen“, freute sich die Ältere. „Aber wieso sind Sie bei der Kripo?“

„Hab mich beworben, und sie haben mich genommen“, antwortete Tanja. „Kann ich jetzt bitte erfahren, was heute Morgen passiert ist?“

„Na, da gibt's nicht viel zu erzählen. Der Doktor kam einfach nicht. Er ist sonst nie zu spät. Hat nicht angerufen, nicht auf den AB gesprochen, kein Zettel, gar nichts. Also hab ich bei ihm zu Hause angerufen, aber seine Frau wusste auch nicht, wo er sein kann. Seit gestern Abend nicht.“ Den letzten Satz flüsterte sie Tanja bedeutungsschwer zu.

„Verstehe. Sie drei haben ihn letzte Woche aber noch gesehen?“

„Ja, natürlich. Da war alles wie immer. Krank sah er auch nicht aus. Hoffentlich liegt er nicht irgendwo im Graben“, sagte sie und wollte damit wahrscheinlich ihrer Befürchtung Ausdruck verleihen, er könnte einen Autounfall gehabt haben. Von dem schrecklichen Fund bei Wenninghoffs und Holthefes wusste sie ja nichts.

„Gut, dann werde ich jetzt zu Frau Stratmann fahren.“

„Och, die Arme. Die muss ja ganz von Sinnen sein vor Sorge.“

Die beiden Jüngeren nickten bekräftigend.

„Vielen Dank erst mal an Sie drei. Ich melde mich, sobald ich mehr in Erfahrung gebracht habe.“

***

Das Anwesen der Stratmanns lag im Südosten der Stadt, und auf dem Grundstück verrichteten mehrere Baumaschinen und ein Laster ihre Arbeit. Eine Staubwolke umfing die Fachwerkhäuser. Es wurde gesägt, gehämmert, gemeißelt und geschliffen. Tanja parkte direkt hinter einem

Privatfahrzeug, das wahrscheinlich Frau Stratmann gehörte. Ein Bauarbeiter ging mit einem Holzbalken auf der Schulter an ihr vorbei.

„Entschuldigung, wo finde ich Frau Stratmann?"

„Im Carport!", schrie er.

Tanja ging darauf zu und erkannte hinter einer Staubschutzwand aus Plastikfolie schemenhaft ein Wohnmobil. Sie teilte den Vorhang mit den Händen und trat ein. Die Fenster des recht luxuriösen Wohnmobils waren dunkel und mit Gardinen verhangen.

„Hallo? Frau Stratmann?", rief sie vorsichtig.

„Was ist denn nun schon wieder?", rief eine schrille Stimme aus dem Innern, und die Tür wurde aufgestoßen. Eine dunkelhaarige Frau mit hochrotem Kopf und sehr dunkel geschminkten Augen schaute grimmig heraus. „Wer sind 'n Sie?", fauchte sie.

„Tanja Terholte", begann Tanja sich vorzustellen.

„Kennen wir uns nicht?"

„Das kann sein. Ich wohne hier im Ort, mein Bruder und ich züchten die Wagyu-Rinder."

„Ah, richtig, die Tochter von Elisabeth Terholte", sagte sie, und ihr Gesichtsausdruck wurde etwas milder. „Was wollen Sie?"

„Es geht um Ihren Mann. Ich bin Kriminalhauptkommissarin in Münster, und Sie meldeten Ihren Mann als vermisst."

„Moment mal, Sie haben doch gerade gesagt, dass Sie Rinder züchten."

„Ja, auch. Aber hauptberuflich bin ich bei der Polizei."

„Na, so was."

„Können wir bitte einen Augenblick in Ruhe reden?"

„Ruhe gibt's hier keine mehr. Ein einziges Irrenhaus. Kommen Sie rein."

Tanja stieg die kleine Stufe empor und betrat den Innenraum des Wohnmobils. Hier brannte kein Licht, und Frau Stratmann machte auch keine Anstalten, es anzuschalten. Im Hintergrund lief Musik. Tanja glaubte, Joni Mitchell zu erkennen.

„Setzen Sie sich", bot Frau Stratmann an und wies auf einen Platz am Esstisch. Sie selbst nahm auf der Bank gegenüber Platz.

„Ihr Mann ist also verschwunden?“

„Stimmt“, sagte sie nur und sah Tanja fest in die Augen. Es war keine Gefühlregung darin zu erkennen. „Seit wann genau vermissen Sie ihn?“

„Er kam gestern Abend nicht nach Hause. Ich rief in der Praxis an, aber da war er nicht mehr. Erst dachte ich an einen Notfall, das kennen Sie ja vermutlich auch. Irgendein Hund wird überfahren, oder eine Kuh kalbt. Aber als er in der Nacht noch nicht zurück war und auch nicht an sein Handy ging, dachte ich gleich, es sei etwas passiert. Heute Morgen habe ich dann die Polizei gerufen.“

„Okay. Und einen Grund, einfach so wegzubleiben, gab es nicht? Einen Streit vielleicht? Oder hat er so etwas schon öfter gemacht?“

„Streit haben wir alle Nase lang. Aber seine Art ist das ganz und gar nicht. Er hat ja noch viel vor. Gucken Sie sich das Chaos da draußen doch mal an. Wir stecken mitten im Umbau. Der Wohnwagen ist mittlerweile meine einzige Zuflucht vor Lärm, Dreck und Staub. Ich schlafe hier.“

Tanja warf einen schnellen Blick auf das ungemachte Bett. Dort lagen nur eine Decke und ein Kopfkissen.

„Hat Ihr Mann in letzter Zeit mit sonst jemandem Streit gehabt? Ein Patient … äh, Kunde … oder wie nennt man das bei einem Tierarzt?“ Tanja lachte verlegen.

„Nennen Sie's, wie Sie wollen. Und nein, niemand hatte Ärger mit ihm, alle liebten ihn. Wirklich jeder“, sagte sie fast angewidert.

„Aber Sie kennen ihn auch anders?“

Jetzt blickte sie Tanja in die Augen. „Ist das nicht immer so? Es gibt den Menschen, der man draußen ist, und es gibt den, der man in seinen eigenen vier Wänden ist.“

„Da kann ich Ihnen nur beipflichten. Ist daraus zu schließen, dass Sie Eheprobleme hatten?“

„Oh, verstehe, Sie denken, dass ich ihn umgebracht habe und die Polizei rief, um unschuldig auszusehen. Nein, nein, so dämlich bin ich dann doch nicht. Aber er hat sich schon verändert in den letzten Jahren, und das ist mir nicht gut bekommen, sag ich mal. Er ist anders als früher. Nicht er selbst.“

„Und diese Veränderung, wissen Sie, woher die rührt?"

„Midlife-Crisis? Keine Ahnung, nein wirklich. Ich frag mich das ja selbst jeden Tag. Aber wahrscheinlich verändern wir uns alle. Ich, Sie, nur man selbst bemerkt es nicht." Sie wischte traurig über die Buchenfurnieroberfläche des Esstischs.

„Gibt es Freunde oder Verwandte, bei denen er sich aufhalten könnte?", wollte Tanja wissen.

„Nein. Nichts dergleichen. Er hat nur eine entfernte Cousine in den Staaten, aber die kennt er kaum."

Tanja schwieg einen Moment, bevor sie sich etwas vorbeugte und mit sanfterer Stimme sprach. „Frau Stratmann, ich muss Sie darüber informieren, dass wir heute früh an zwei Stellen hier im Ort Leichenteile gefunden haben, die wir noch nicht zuordnen können."

Sie erwartete eine heftige Reaktion, aber in Frau Stratmanns Gesicht zeigte sich keine Regung.

„Ja", sagte sie nur knapp.

„Wir können, wie gesagt, noch nichts über die Identität des Opfers sagen, aber ich informiere Sie, sobald wir etwas wissen, okay?"

Frau Stratmann nickte abwesend.

„Ich muss jetzt auch wieder. Bis dann."

„Ja, bis bald."

Tanja verließ das Wohnmobil. Der Baulärm schwoll wieder an, und sie schmeckte den Staub in der Luft.

Nun galt es, in der Pathologie so schnell wie möglich herauszufinden, wer der oder die Tote war. Bisher konnte man nicht einmal sagen, welchen Geschlechts das Opfer war. Aber das Verschwinden Stratmanns und dieser Fund an ein und demselben Tag sprachen leider für keinen Zufall.

Nicht in einem Ort wie diesem.

# drei

„Du siehst aus wie ein verwirrter Franzose“, sagte Tanja zu ihrem Bruder. Sie hatte ihn von zu Hause abgeholt und war mit ihm auf dem Weg nach Münster in die Rechtsmedizin.

„Ich bin nervös“, gab er zurück und bewegte unbehaglich die Schultern in dem etwas zu engen Jackett. „Außerdem ist das ein englischer Bart und kein französischer.“

„Du siehst aus wie ein französischer Lehrer, der in dieser Kuppel-Show ‚First Dates‘ mitmacht“, sagte sie. „Bonjour, meine Nom istö Jaques“, ergänzte sie mit französischem Akzent, „und isch suche eine Frau, die … öh … sähr übsch und sähr schlonk ist und sähr, sähr gern Fleisch isst.“

„Halt die Klappe!“

Tanja lachte. „Was macht eigentlich deine Internetbekanntschaft? Wolltest du sie nicht mal treffen?“

„Geht dich ’n feuchten Kehricht an.“

„Uh, Monsieur ist etwas unleidlisch …“

„Du klingst wie Lucien Favre. Das ist unheimlich.“

„Wer soll das sein?“

„Der Fußballtrainer?“

„Keinen Schimmer.“

„Muss man als Polizistin nicht wenigstens ’n bisschen Allgemeinbildung haben?“

„Muss man sich in ärztliche Behandlung begeben, wenn man als Schlachter Interesse an menschlicher Anatomie hat?“, konterte sie. Rudis Kopf fuhr herum. „Ich muss dir nicht helfen, Schwester. Ich kann auch verdammt noch mal zu Hause bleiben und meinen Feierabend genießen."

„Schon gut, schon gut", beschwichtigte sie ihn. „Tut mir leid, ich schätze sehr, was du hier für mich machst. Ehrlich."

Er brummte ungläubig.

„Soll ich dich hinterher auf einen Burger einladen?"

„Ich bin nicht käuflich."

„Natürlich nicht."

Stille kehrte im Wagen ein. Nur die leise Musik aus dem Radio war noch zu hören und natürlich das Motorengeräusch des alten Pajero.

„Aber so'n kleiner Burger nach getaner Arbeit ...", nahm Rudi den Faden wieder auf.

„Aha", rief Tanja. „Also doch."

„Wir selbst verkaufen das beste Burgerfleisch in ganz Nordwestdeutschland. Wo sollen wir also essen gehen?"

„Bleibt nur Sam's Diner", sagte Tanja.

Sam's Diner war der Laden, der im näheren Umkreis exklusiv Burgerfleisch von ihrem Hof verkaufte.

„Jawoll!" Rudi rieb sich die Hände.

„Aber zuerst die Arbeit", erinnerte Tanja ihn, was ihm das Lächeln im Gesicht gefrieren ließ.

***

Ein langer, schmaler und zur linken Seite durch enge Lichtschächte schwach beleuchteter Flur lag vor ihnen. Auf der rechten Seite befanden sich Stahltüren, die mit kleinen weißen Schildern versehen waren.

„Ach du Scheiße", hauchte Rudi.

„Was ist?", fragte Tanja arglos.

„Mann, das ist das verdammte Leichenschauhaus, was soll also schon sein? Ich hab Gänsehaut bis zum Kragen."

„Ach, das ist nicht weiter schlimm. Komm, es ist ganz hinten."

„Auch das noch."

Sie setzten ihren Weg fort. Ihre Schritte auf dem alten Linoleumfußboden, der so glänzte, dass er die Neonröhren an der Decke wie eine Wasserpfütze spiegelte, hallten von den Wänden wider.

„Was soll ich denn sagen?", fragte er.

„Du brauchst gar nichts sagen. Ich rede, und Brennigkemper wird alles akzeptieren. Hör auf, dir in die Hose zu machen."

Vor der letzten Tür mit der Aufschrift „Leichenhalle VI" blieben sie stehen, und Tanja klopfte kurz, ehe sie die schwere Tür öffnete. Der Raum, der sich dahinter auftat, war bis unter die Decke weiß gefliest. Unter den metallenen Tischen, die das kalte Deckenlicht reflektierten, gab es Ablaufgitter. Er war einem Schlachtraum gar nicht unähnlich, dennoch bekam Rudi Angstschübe, als sie sich den Metallklappen in der Wand am hinteren Ende des Raums näherten, wo Brennigkemper mit Kopfhörern auf den Ohren und ratlosem Blick vor einem der Tische stand, während sich seine Lippen stumm zur Musik bewegten. Er hatte sie noch nicht bemerkt, und Tanja begann zu winken.

„Brennigkemper!"

Er schaute auf, und sogleich erstrahlte ein freudiges Lächeln auf seinem Gesicht. „Frau Terholte, cool, dass Sie kommen."

„Cool", raunte Tanja ihrem Bruder zu und grinste.

„Er sieht aus wie einer der Beach-Boys", flüsterte Rudi mit Blick auf die langen blonden Haare des Rechtsmediziners. „Wie alt ist er?"

„Anfang dreißig", gab sie leise zurück und legte dann eine Hand auf Rudis Schulter. „Darf ich vorstellen? Das ist mein Bruder. Er ist Spezialist für Anatomie und würde uns gern assistieren."

„Cool, klar. Find ich super. Wir können jede Hilfe gebrauchen, was?" Er lachte und reichte Rudi über den Tisch hinweg die Hand.

Jetzt erst erkannte Rudi, was wie ausgestellt auf der Oberfläche lag. Es waren einzelne Fleischstücke, manche mit Knochen, manche ohne. Einige angefressen, andere nicht. Ein geordnetes Durcheinander.

„Heilige Scheiße", entfuhr es ihm.

„Ja, genau", sagte Brennigkemper. „Das hab ich auch gedacht. Krank, oder?"

„Allerdings."

„Das ist … sind die Exemplare von beiden Fundorten."

„Haben Sie schon irgendwas … äh … analysieren können?", fragte Tanja.

„Naja", begann er, „ich denke, dass alles von einer einzigen Person stammt. Sicher ist, dass viele Teile noch fehlen. Kopf, Geschlechtsteile, weswegen ich auch noch keine Zuordnung machen konnte. Rücken, Rippen hab ich auch nicht gesehen."

Rudi beugte sich zur Seite, um besser erkennen zu können, was er da vor sich hatte.

„Gehen Sie ruhig näher ran", sagte Brennigkemper. „Wollen Sie Handschuhe?"

„Gern."

Er reichte ihm die Packung, und Rudi entnahm ein Paar.

„Sag einfach, was du davon erkennst", meinte Tanja und holte einen Block heraus, um sich Notizen zu machen.

„Warten Sie, ich hab das hier." Brennigkemper zog ein Diktiergerät aus der Kitteltasche.

„Vielleicht ist es besser", sagte Rudi, „wenn wir das hier filmen." Er machte eine Handbewegung, die den Tisch und auch sie selbst einschloss.

„Krasse Idee. Klar, mach ich." Brennigkemper zückte sein Handy.

„Krasse Idee", flüsterte Tanja Rudi zu.

„Ich bin bereit, Aufnahme läuft", sagte Brennigkemper ganz aufgeregt und hielt sein Handy mit beiden Händen ausgestreckt wie ein neuer Spielberg, der gerade seinen Abschlussfilm an der Filmhochschule dreht.

„Tja, also", stammelte Rudi und ging ganz nah an den Tisch heran, „wir sollten erst mal … die Teile benennen, denke ich … und dann vielleicht an… also anordnen."

Tanja und Brennigkemper nickten.

„Hm, das hier ist eindeutig ein Stück aus dem Oberschenkel. Der Femurknochen ist vollständig erhalten. Allerdings ist der Gluteus Maximus herausgelöst." Rudi nahm das größte Teilstück auf dem Tisch in beide Hände und drehte es so, dass er die Schnittstellen besser begutachten konnte. „Die Sehnen am Knie und auch am Hüftknochen wurden sauber durchtrennt. Um an den Hüftknochen zu kommen, hat der Täter den Gluteus Maximus herausgelöst. So viel hierzu." Er legte es wieder auf den Tisch und deutete nacheinander auf einige andere Stücke. „Außerdem haben wir noch einen kompletten Fuß, am Sprunggelenk gelöst, eine Kniescheibe, den Latissimus, das hier ist der Zwillingswadenmuskel, dies der Schollenmuskel und das da der Rautenmuskel." Er ordnete die Einzelteile so an, wie sie bei einem Menschen vom Fuß bis zum Oberkörper angelegt sind, und trat einen Schritt zurück. „Das ist so ungefähr die linke Körperhälfte eines Mannes, denke ich", konstatierte er. „Es fehlen Schien- und Wadenbein und der knöcherne Torso sowie der Hüftknochen. Da einige Teile offenbar angefressen sind, steht zu vermuten, dass Tiere sich daran zu schaffen gemacht oder etwas mitgenommen haben. Aber es gibt keinen Maden- oder Insektenbefall, also ist es noch relativ frisch. Der Mann kann noch nicht lange tot sein."

Tanja und Brennigkemper sahen mit einer Mischung aus Entsetzen und Faszination auf den Tisch.

„Alter Verwalter", raunte Brennigkemper und nahm das Handy herunter. „Was sind Sie für ein Arzt? Chirurg?"

Rudi sah zu seiner Schwester, die nur mit den Schultern zuckte.

„Ich bin Schlachter."

Der Rechtsmediziner riss den Mund zu einem lauten Lachen auf, doch das ebbte schnell ab, als er sah, wie ernst Rudi blieb.

„Im Ernst?", hakte er nach.

„Ja, ich habe eine Schlachterei, interessiere mich aber für Anatomie und Forensik und so weiter."

„Wow, krass. Das war echt stark – und das als Nicht-Mediziner. Sehr geil."

„Ich bräuchte mehr Informationen zu dem Täter", schaltete Tanja sich ein. „Kannst du darüber noch irgendwas sagen?"

Rudi widmete sich wieder dem Tisch und nahm einzelne Teile genauer unter die Lupe. „Das ist sehr interessant. Die Art, wie das Opfer zerlegt wurde ... ich meine, das sind professionelle Schnitte. Das ist echte, körperliche Arbeit. Aber nicht die eines Chirurgen, sondern eher die eines … naja … Schlachters.“ Er sah die beiden fast entschuldigend an. „Wer auch immer den Mann hier zerteilt hat, er wusste, was er tat. Die Schnitte sind mit einem sehr scharfen, biegsamen Messer geführt worden. Die Klinge ist mindestens zehn, fünfzehn Zentimeter lang. So etwas benutze ich auch, wie jeder Schlachter oder Metzger. Ich denke, das war ein Ausbeinmesser. Er wusste zudem, wo er schneiden musste. Es gibt da, wo er das Messer geführt hat, keine zweiten oder dritten Ansätze, kaum Korrekturen. Das sieht ehrlich gesagt so aus, als hätte er das nicht zum ersten Mal gemacht.“

„Schlachter machen das ja auch jeden Tag“, meinte Brennigkemper.

„Ja, am Schwein oder am Rind. Aber nicht am Menschen. Der wusste, wo er bei einem Menschen schneiden musste, und er hat eine besondere Technik angewandt. Das hab ich schon mal gesehen auf einer meiner Reisen. Bei Rindern natürlich.“

„Was meinst du?“, fragte Tanja.

„Na, die Art, wie er den Oberschenkel ausgelöst hat, wie er den Gluteus entfernt hat. Das nennt man die ‚Argentinische Eröffnung‘.“

„Die … weißt du, wie verrückt das klingt?“ Tanja schüttelte den Kopf.

„Mein Gott, woher wissen Sie das alles?“, fragte Brennigkemper.

„Ist mein Beruf.“

„Sie sind nicht einfach nur ’n Schlachter, Sie sind ein Genie, Mann.“

„Du willst also sagen, dass dies das Werk eines Serienkillers ist? Dass er es vielleicht noch mal macht? Und dass er wahrscheinlich aus Argentinien kommt?“

„Ich sage gar nichts. Ich sehe, was ich sehe, und ziehe meine Schlüsse. Mehr nicht. Ich bin ja kein Kriminalist.“

„Aber du hast gesagt, er hätte das schon mal gemacht.“

„Ich sage nur, dass er immer auf Anhieb die richtige Stelle gewählt hat. Der hat nicht ausprobiert. Der hat diesen Mann fachmännisch und im Wissen, wo bei einem Menschen die entscheidenden Muskeln, Sehnen und Knochen verlaufen, zerteilt, verstehst du? Das könnte kein normaler Schlachter oder Metzger. Und mit dem Werkzeug, das er benutzt hat, auch kein Arzt. Der hat … Erfahrung damit.“

„Also doch. Ein Serienkiller."

„Keine Ahnung. Ich sage nur, er hat Erfahrung, Punkt!"

„Warum traust du dich nicht einfach mal, was zu sagen und dazu zu stehen?"

„Ich will hier zu gar nichts stehen. Das ist mir zu heikel, Schwester, kapierst du das? Ich scheiß mir gerade in die Hosen und will jetzt endlich nach Hause!"

Brennigkemper lachte mitfühlend. Tanja blinzelte nachdenklich.

„Okay, eine Sache habe ich noch: Diese komische Eröffnung, gibt's die nur in Argentinien?"

„Nein, die wird so genannt, weil sie dort erfunden wurde, aber theoretisch kann die jeder Metzger anwenden, ob in Kanada, Singapur oder Schweden. In der Ausbildung hier in Deutschland steht sie nicht auf dem Lehrplan."

„Aha, das ist doch schon mal was wert." Sie klopfte ihm versöhnlich auf die Schulter.

„Mann, ihr zwei seid schon recht speziell. Wollen wir Feierabend machen für heute?", fragte Brennigkemper gut gelaunt.

„Sie schreiben das alles in einen Bericht und setzen Ihre Unterschrift darunter", forderte Tanja. „Haben Sie Proben ans Labor geschickt?"

„Hab ich."

„Stark", sagte Tanja überrascht, und er lächelte stolz.

***

Als Rudi erschöpft die Autotür zuzog und Tanja neben ihm eingestiegen war, legte er beide Hände aufs Gesicht. Seine Bartspitzen lugten an den Seiten heraus. „Oh, Mann, ich glaub, ich kann jetzt nichts essen. Ich glaub, ich kann nie wieder was essen", sagte er in seine Handflächen hinein.

„Ich auch nicht", bestätigte Tanja und ließ den Motor an. „Wir fahren nach Hause und trinken Schnaps."

Ihre Mutter Elisabeth saß noch immer auf der Bank vor dem Haus. Die Sonne war bereits untergegangen, der Himmel aber noch hell. Er schimmerte in einem orangegoldenen und blauen Ton. Wie es ihre Art war, hatte Elisabeth ihr Kinn etwas angehoben, was hochnäsig und beleidigt zugleich aussah.

„Sie würde auch da schlafen, wenn wir sie nicht reinholen würden", meinte Rudi, als sie auf den Hof fuhren. Tanja hielt mit Absicht direkt auf sie zu und stoppte einen knappen Meter vor ihren Knien. Ihre Mutter sah aus, als hätte sie den Wagen nicht mal bemerkt.

„Sie macht das wirklich gut", meinte Tanja grinsend und stieg aus.

„Das Essen ist abgeräumt", sagte Elisabeth.

„Wir waren in der Leichenhalle, da konnten wir nicht auf die Tischzeiten achten", entgegnete Tanja.

„Ich sag's ja nur."

„Wir wollen einen Schnaps trinken", sagte Rudi. „Kommst du mit rein?"

Elisabeth spitzte die Lippen, hob ihr Kinn noch höher und antwortete nicht.

„Na gut, aber keine Eichhörnchen jagen, Mama." Rudi hob drohend den Zeigefinger, und Tanja verschluckte sich fast an einem Lachen.

Sie betraten das Haus, gingen in die Küche, und mit blindem Verständnis holte Tanja den Schnaps aus dem Kühlschrank und Rudi die beiden Gläser aus dem Regal. Elisabeth ging, ohne zu schauen, an der Küchentür vorbei ins Esszimmer.

„Drei Gläser", sagte sie nur.

Die Geschwister warfen sich einen belustigten Blick zu, und Rudi nahm ein weiteres Glas. Als sie das Esszimmer betraten, saß Elisabeth am Kopfende des Tisches und starrte gegen die Wand. Die beiden setzten sich links und rechts neben sie und schenkten ein. „Kopp in'n Nacken", sagte ihre Mutter energisch und hob das Glas. Die drei kippten den Schnaps hinunter.

„Na, was ist euch denn über die Leber gelaufen?", fragte Elisabeth.

„Ein Mord", entgegnete Tanja.

„Das ist ja nichts Neues bei deiner Berufswahl."

„Nee, aber ein zerhackter Dr. Stratmann schon", ergänzte Rudi und schenkte nach.

„Hab schon gehört. Die sprechende Dorfzeitung, Frau Schmedding, war hier, angeblich, weil sie einen Festbraten für die Familie zur Silberhochzeit ihrer Cousine haben wollte. Hat aber nur von Mord und Totschlag erzählt. Stratmanns Frau soll Gulasch aus ihm gemacht haben, ganz professionell."

„Stimmt das, steht Frau Stratmann unter Verdacht?", wollte Rudi von Tanja wissen.

Sie kippten den nächsten Schnaps hinunter.

„Ich weiß ja nicht mal, ob das Opfer Stratmann ist, also kann ich auch seine Frau nicht verdächtigen. Aber gut lief es nicht zwischen den beiden, das steht mal fest."

Elisabeth tippte mit der Fingerspitze an ihr Glas, und Rudi goss wieder voll.

„Bei wem läuft es schon gut", meinte sie. „Ihr werdet auch noch rausfinden, wie eine Ehe funktioniert. Ich wünsche euch nur, dass ihr denjenigen oder diejenige nicht erst im Seniorenstift in der Dienstagsbastelgruppe kennenlernt. Herrgott, niemand sonst im Ort hat Kinder, die mit vierzig noch nicht unter der Haube sind."

„Mama, müssen wir wieder davon anfangen?", nörgelte Tanja erschöpft.

„Wieso denn nicht? Morgen will dein Bruder doch wenigstens mal den Anfang machen und diese Hippiestudentin einladen."

„Wow, im Ernst?", erkundigte sich Tanja überrascht.

„Oh, jetzt bitte nicht auch noch das", murmelte Rudi, trank den Schnaps und schenkte sich sofort nach. Elisabeth grinste spitzbübisch und tippte wieder an ihr Glas. „Erzähl uns doch mal, was du vorhast", forderte Tanja ihren Bruder auf. „Willst du sie zum Kaffee einladen oder gleich zum Essen oder ruderst du mit ihr auf'm Teich herum? Was hast du geplant?"

„Nur 'n Abendessen, nichts Außergewöhnliches."

„Wo geht ihr hin? Hier im Ort? Sie wohnt doch jetzt auch hier, oder?"

„Euch beiden werde ich zuallerletzt sagen, wo ich mit Silke essen gehe. Sonst sitzt ihr zwei da noch wie die Geier am Nebentisch."

„Oi, jetzt sei doch nicht gleich so angefasst."

„Ich bin nicht angefasst, ich schütze nur meine Privatsphäre. Und sie ist kein Hippie, Mama. Hippies gab es in den Siebzigern, falls du dich noch erinnerst. Da trugst du Korksohlen und so 'ne fette Sonnenbrille, dass du aussahst wie 'ne Stubenfliege. Sie wohnt lediglich in einer Studenten-WG."

Elisabeth kippte den Schnaps hinunter und tippte sofort auf den Glasrand.

Rudi ließ die Gläser volllaufen und trank als Erster.

„So kannst du dich morgen aber nicht zeigen", sagte Tanja.

Elisabeth gab ein Grunzen von sich. „Schon gar nicht in diesem Sakko mit Teppichmuster, das dir drei Nummern zu klein ist." Sie kicherte und stieß Tanja unter dem Tisch an.

„Das hab ich nur an, weil sie es vorgeschlagen hat. Angeblich sehe ich wie'n verdammter Polizist damit aus."

„Wie'n bescheuerter Polizist siehst du damit aus." Elisabeth schüttelte den Kopf. „Hast du kein vernünftiges Hemd?"

„Aber nicht so was, was du sonst so trägst. Vielleicht ein weißes oder ein schwarzes", riet Tanja ihm.

„Ihr müsst mir doch nicht erzählen, was ich anzuziehen habe. Wo sind wir denn?"

„Hoffentlich geht das gut." Elisabeth seufzte. „Um deinetwillen."

„Also … warum reden wir eigentlich dauernd von mir und nicht mal über Tanja? Jede Woche kommt dieser Vossenkuhl hier vorbei und scharwenzelt hier rum. ‚Schönen guten Tach auch, ist deine Schwester zufällig im Haus? Ich hab aus Versehen einen Strauß Blumen gekauft, den würd ich ihr gern dalassen.' Junge, Junge, der Kerl hat doch den Schuss nicht gehört. Der ist so steif wie seine Hemden. Warum kaufen wir das blöde Futter immer noch bei dem?"

„Er ist unser Nachbar, und er ist günstig", erwiderte Tanja nüchtern.

„Ja, warum wohl? Weil er dir seit dreißig Jahren hinterherläuft."

„Ich hab ihm nie Hoffnungen gemacht", beharrte Tanja und hob ihr Kinn genauso wie ihre Mutter.

„Nee, aber gesagt, dass du ihn für 'n Blindgänger hältst, hast du auch nicht."

„Ich zahl gern weniger, als ich muss."

„Das ist Prostitution", beschwerte er sich.

„Unsinn. Deine Schwester ist eine clevere Geschäftsfrau, offenbar cleverer als du. Und nu schenk nach."

Rudi tat, wie ihm geheißen, und sie tranken das nächste Glas. „Clever", moserte er. „Hab noch nie 'n cleveren Polizisten gesehen."

„Ich zeig dir, wie clever ich bin, und finde raus, wo ihr morgen Abend essen geht."

„Halt dich zurück!" Er drohte ihr mit erhobenem Zeigefinger.

Tanja lachte teuflisch. „Jetzt hat er doch Angst."

„Verschreck sie bloß nicht", sagte Elisabeth. „Mir ist lieber, du bist mit so 'ner Hippie-Else verheiratet als gar nicht."

„Sie ist keine ..."

„Ja, ja, schenk einfach nach."

Er füllte die Gläser erneut, bis nur noch ein paar Tropfen aus der Flasche herauskamen.

„Leer."

„Na, dann kann ich auch ins Bett gehen", meinte Elisabeth und kippte den letzten Schnaps hinunter.

# vier

Tanja und Rudi waren früh wach am nächsten Morgen, und ihr erster Gedanke war der an die Leichenhalle Nummer sechs, die sie gestern besucht hatten. Ihr zweiter Gedanke der an Gunnar. Heute war Gunnars letzter Tag. Heute sollte er geschlachtet werden. Dass ihm das Aufstehen schwerer fiel als sonst, schob Rudi auf den Schnaps. Obwohl er schon deutlich mehr getrunken und sich danach deutlich schlechter gefühlt hatte.

Tanja und er trafen sich am Frühstückstisch. Elisabeth hatte entweder gestern Nacht oder sehr zeitig am Morgen den Küchentisch gedeckt, kam aber etwas später nach unten als die beiden.

„Ist der Kaffee fertig?", fragte sie und steuerte auf die Kaffeemaschine zu.

„Riecht man das nicht?", entgegnete Tanja.

„Ich hab nicht gefragt, ob er Aroma hat, sondern ob er fertig ist." Sie zog die Kanne von der Platte und schenkte sich welchen ein. „Ist Gunnar heute dran?"

„Mhmh", bejahte Rudi mit vollem Mund.

Elisabeth setzte sich, goss Sahne in ihren Kaffee und rührte klimpernd um. „Dann komme ich mit raus", sagte sie entschieden.

Eine halbe Stunde später standen die drei auf der Weide, und Tanja rief die Herde zu sich. Rudi hatte frischen Feldsalat als Lockmittel dabei. Am Gatter hinter ihnen wartete ein Veterinär aus Laer, der das Tier vor dem Schlachten in Augenschein nehmen würde. Rudi achtete penibel darauf, dass alles so schonend ablief wie möglich.

Die Rinder galoppierten ihnen im feinen Morgendunst entgegen.

„Na koooomm, komm, komm", rief Tanja erneut, und die Rinder hielten direkt auf sie zu, bis sie kurz vor ihnen abbremsten und mit vorgestreckten Köpfen und weiten Nüstern stehenblieben. Rudi suchte nach Gunnar und fand ihn im hinteren Drittel der Herde.

„Gunnar, schau mal hier." Er wedelte leicht mit dem Salat, um den Bullen aus der Herde herauszulocken, doch Gunnar folgte nur zögerlich.

„Er weiß genau Bescheid", sagte Elisabeth leise.

Gunnar ließ sich von Rudi auf einen Meter heranlocken, dann blieb er stehen. Rudi streckte die Hand aus und gab ihm etwas vom Feldsalat, das er genüsslich schmatzend fraß. Mit der nächsten Portion ging Rudi etwas weiter zurück, und Schritt für Schritt folgte ihm der Bulle. Der Tierarzt wartete am Gattertor, bereit, es für Gunnar zu öffnen. Dahinter war ein Laufweg bis zum Eingang der Schlachthalle aufgebaut.

„Na komm, Großer", sprach Rudi dem Bullen gut zu und ging vorweg in Richtung Tor.

„Der riecht den Braten", kommentierte Elisabeth.

Aber Gunnar trottete Rudi hinterher. Schon hatte er ihn durch das Tor bis in den Gang.

„Na siehste, klappt doch", sagte Tanja zu ihrer Mutter. „Ihr kommt ja jetzt allein klar. Ich muss los."

„Fahr nur, fahr nur."

Tanja schlüpfte durch das Gatter und lief den beiden hinterher.

„Gunnar!" Sie lief außen am Ganggatter entlang, und der Bulle drehte sich zu ihr um. „Komm her." Sie kraulte ihn ein letztes Mal zwischen den Augen und eilte dann, ohne einen Blick zurückzuwerfen, zu ihrem Wagen.

Tage wie dieser fielen ihr schrecklich schwer. Sie hatte keine Ahnung, wie Rudi das schaffte. Sie wollte jedenfalls nicht in seiner Haut stecken, selbst wenn so ein Fall wie der jetzige vor ihr lag.

Während sie vom Hof fuhr, legte sie sich ihre nächsten Schritte zurecht. Zuerst würde sie Karl Brüning von der Kriminaltechnik besuchen und hören, was er gefunden hatte. Die nächste Ampel zeigte Rot. Tanja lehnte sich mit dem Ellenbogen gegen das Fenster und ließ gedankenverloren ihren Kopf in die Handfläche sinken. Sie vernahm das Trommeln von Hufen im Sand, und im nächsten Moment galoppierte Gunnar an ihr vorbei und links in ein Maisfeld hinein.

„Heiliger Zeus!“, rief sie und richtete sich kerzengerade auf. Diesen Ausruf hatte sie ungewollt von ihrer Mutter übernommen, und sie hasste sich jedes Mal dafür, wenn sie ihn benutzte. Aber er war ihr inzwischen in Fleisch und Blut übergegangen. Auch wenn sie sich Mühe gab, niemals so zu werden wie Elisabeth, gegen den heiligen Zeus konnte sie sich nicht wehren.

Sie blickte in den Rückspiegel und entdeckte ihren Bruder, der mitten auf der Straße lief. Kurz entschlossen fuhr sie den Pajero an den Fahrbahnrand, setzte den Warnblinker und stieg aus. Rudi hatte eine Art Lasso dabei, das er wild in seinen Händen schwenkte, während er lief.

„Wo isser?“, fragte er völlig aus der Puste.

„Da lang.“ Tanja deutete auf die Schneise im Maisfeld links der Straße.

„Scheiße“, fluchte Rudi und nahm die Verfolgung auf.

„Brauchst du mich?“, rief sie ihm hinterher.

„Nein, nein, fahr nur“, antwortete er, und seine Stimme wurde immer schwächer, je tiefer er ins Maisfeld vordrang.

Tanja wollte gerade wieder einsteigen, als ein Wagen hinter ihrem hielt. Es war Fine Tillbecksjahn, sie kannten sich aus der Schulzeit. Fine war eine kleine, zierliche Person und versank fast in dem großen Dodge Ram, den sie fuhr.

„Tanja, was ist los? Kann ich helfen?“, fragte sie.

„Moin Fine. Nee, nee, unser Schlachtbulle hatte bloß keine Lust aufs Schlachten und ist ausgebüxt. Rudi fängt ihn gerade ein.“ Sie lehnte sich ins Beifahrerfenster, das Fine runtergefahren hatte. „Wie geht's euch?“, fragte sie, einfach nur um Small Talk zu machen, als sie Fines gerötete Augen bemerkte. In ihrem blassen Gesicht fielen sie besonders auf.

„Ach …“, sagte Fine nur, da brach ihr auch schon die Stimme, und sie unterdrückte die Tränen.

„Stimmt was nicht?“ Tanja war ehrlich besorgt. Sie hatte Fine in letzter Zeit immer in bester Laune gesehen, sehr aktiv und voller Tatendrang.

Jetzt saß sie da wie ein Häufchen Elend. Tanja dachte sofort, dass Jens, ihr Mann, sie vielleicht verlassen hatte.

„Es … es ist nichts, nur …", stammelte Fine und wischte sich über die laufende Nase.

„Ist was mit Jens?"

„Nein, nein, die Sache mit Stratmann macht mir irgendwie zu schaffen."

„Stratmann?"

„Ja, er … ach, das weißt du ja. Ich hab gehört, dass du das Ganze untersuchst, stimmt das?"

„Ja, korrekt."

„Gut", schniefte sie. „Denn …" Sie wollte etwas sagen, aber dann verließ sie anscheinend der Mut.

„Denn?"

„Ich bin halt nur so furchtbar geschockt, dass so was hier bei uns passiert. Er war doch eigentlich ein guter Kerl, und jetzt hat ihn jemand zerstückelt wie …" Erneut ließ ihre Stimme sie im Stich, und sie heulte los wie ein kleines Kind. Tanja ging um den Dodge herum, öffnete die Tür und setzte sich neben sie auf den Beifahrersitz.

„Schon gut", sagte sie und strich Fine tröstend über den Arm. Die schnäuzte laut in ein Taschentuch und versuchte, ihre Fassung zurückzuerlangen.

Tanja verstand ihre Reaktion, andererseits fand sie sie auch ein wenig übertrieben. Sie und Stratmann waren schließlich nicht befreundet oder so etwas. Sie sahen sich nicht besonders häufig und hatten auch sonst keine Berührungspunkte in der Gemeinde. Aber vielleicht war sie, für die ein Mord gewissermaßen Routine war, durch ihren Beruf auch einfach zu abgestumpft. Nein, den Gedanken verwarf sie sogleich wieder. Kein Mord wurde je zur Routine. Schon gar nicht ein so schrecklicher wie dieser.

„Ich schlage vor, du fährst jetzt ganz langsam nach Hause und machst dir erst mal einen Tee zur Beruhigung. Okay? Wie wäre das?"

Fine nickte nur. Ihre Hände zitterten, als sie sie aufs Lenkrad legte. „In Ordnung, ich muss jetzt auch los. Ich … ich … tut mir leid wegen der Heulerei."

„Schon gut, völlig verständlich“, sagte Tanja. „Kommst du allein klar, oder soll ich …“

„Nein, nein, ich komme klar.“ Fine lachte nervös. „Alles gut. Ich fahr jetzt einfach. Schönen Tag noch.“

„Okay. Dir auch.“ Sie stieg aus, und nach einem kurzen Winken fuhr Fine den wuchtigen Truck wieder auf die Straße und donnerte davon. Tanja blieb ein wenig ratlos auf dem Grünstreifen stehen. Von Rudi und Gunnar war noch nichts zu sehen.

Nach einem Blick auf die Uhr setzte sie sich wieder in ihren Wagen und fuhr nach Münster.

***

Brüning führte Tanja in eins der Labore, in dem auf einem gefliesten Tisch mehrere Gipsabdrücke lagen.

„Wir haben einige Reifenspuren gefunden. Wird allerdings schwierig, die dazugehörigen Kraftfahrzeuge zu ermitteln, weil sie sich größtenteils überlagern.“ Brüning stellte sich an den Tisch und zeigte Tanja die verschiedenen Abdrücke. „Wenninghoffs Hof wird von vielen Fremden besucht, bis jetzt konnten wir lediglich das Reifenprofil der Hofeigentümer identifizieren. Was aber viel interessanter ist, ist ein Teilabdruck eines Stiefels am Außenbereich des Schweinestalls“, fuhr er fort und führte sie ans Ende des Tisches, wo ein Sohlenabdruck lag. „Der gehört zu einem Stiefel Größe vierundvierzig und gehört nicht dem Hofeigentümer. Zudem fanden wir ihn an einer Stelle, die so gut wie nie von einem Besucher betreten wird. Er könnte allerdings zu einem Schuh des Tierarztes passen, das müssen wir noch überprüfen.“

„Der Tierarzt wird vermisst“, erinnerte ihn Tanja.

„Richtig. Aber vielleicht lässt sich schon allein über die Schuhgröße etwas ausschließen. Ansonsten wäre das ein echter Volltreffer.“

Tanja fuhr mit den Fingern über das Profil. „Das hab ich bei einigen Schuhen schon gesehen.“

„Ja, es ist eine häufig verwendete Sohlenart für Wildlederstiefel oder

Stiefeletten mit Gummisohle. Allerdings gibt es auch hier immer wieder kleine, feine Unterschiede, die Rückschlüsse auf die verschiedenen Marken zulassen. Thorsten sucht in einem Verzeichnis bereits nach infrage kommenden Herstellern." Er deutete auf seinen jüngeren Kollegen, der hinter ihnen am PC saß.

„Fingerabdrücke?", fragte Tanja.

„Ja, an allen zu erwartenden Stellen, jedoch leider nicht dort, wo der Abdruck gefunden wurde. An der Box keine anderen Abdrücke als die der Eigentümer. Ich würde vermuten, der Kerl hat Handschuhe getragen."

„Klar, jemand wie der macht keine Anfängerfehler."

„Glauben Sie, dass es ein Mehrfachtäter war?", fragte Brüning.

„Es spricht laut Ru … äh … Brennigkemper einiges dafür."

„Brennigkemper hat etwas Substanzielles zu diesem Fall beigetragen?", hakte Brüning zweifelnd nach.

„Ja, doch."

„Und Sie glauben seiner ‚Expertise'?" Er malte mit beiden Händen Anführungszeichen in die Luft.

„Ja, ja, das tue ich."

„Na dann …"

„Gute Arbeit bis jetzt, Brüning. Vielen Dank."

„Das war aber noch nicht alles. Ich hab mir erlaubt, von Frau Stratmann eine Haarprobe ihres Mannes zu besorgen, sodass wir die DNA des Opfers mit seiner vergleichen können."

„Klasse, wann können wir da mit einem Ergebnis rechnen?"

„Morgen oder übermorgen."

„Oh Mist, da kommt der Alte." Tanja ging hinter dem Tisch in die Hocke.

„Was soll das?"

„Ich hab mich auf seinen Parkplatz gestellt, weil irgendwer auf meinem steht", flüsterte sie. „Ich dachte, dass ich schnell wieder weg bin."

„Er kommt hierher", sagte Brüning ganz steif.

„Wimmeln Sie ihn ab!"

„Sie haben …"

„Herr Brüning!", tönte Zaunholz' Stimme aus dem Gang zu ihnen herüber, und man sah bereits von Weitem sein wutgerötetes Gesicht leuchten.

„Ich bin hier, Herr -"

„Das sehe ich", fauchte Zaunholz und betrat mit auf dem Boden klappernden Ledersohlen das Labor. „Haben Sie Frau Terholte gesehen? Ist sie hier?"

„Also bisher … ist sie nicht hier aufgetaucht, Herr Zaunholz."

„Sie hat doch tatsächlich die Unverfrorenheit besessen, sich auf meinen Parkplatz zu stellen, das muss man sich mal vorstellen!", beschwerte sich der Chef von Tanjas Abteilung aufgebracht. „Das ist ja Amtsanmaßung, so was. Und noch dazu mit solch einer schäbigen chinesischen Blechlore."

„Wie gesagt, hier hab ich sie noch nicht gesehen."

„Dafür steht ein Audi TT auf dem Parkplatz von Frau Terholte. Wissen Sie, wem der gehört?"

„Kein Ahnung, Herr Zaunholz. Ich fahre einen Golf und parke zu Hause, weil ich mit dem Fahrrad zur Arbeit komme."

„Na, dann sind Sie ja schon mal entlastet", sagte Zaunholz und blickte auf den Tisch. „Was ist das hier?"

„Abdrücke von Tatortspuren. Reifen und Schuhabdrücke."

„Von diesem neuen Mordfall bei der Terholte in ihrem komischen Dorf da?"

„Genau, ja."

„Meinen Sie, sie kriegt das hin? Zerstückelung und so weiter, das ist eine haarige Angelegenheit."

„Wenn es jemand hinkriegt, dann sie."

Brüning warf einen schnellen Blick nach unten zu Tanja, die ihm dankbar zublinzelte.

„Sie sind doch Chemiker oder so was Ähnliches, richtig?", fragte Zaunholz und beugte sich konspirativ über den Tisch.

„So in der Art, ja", entgegnete Brüning unsicher.

„Gibt es nicht irgendetwas, das man in diese Fehlkonstruktion von Pkw kippen kann, damit er nie wieder fährt?"

„Herr Zaunholz …"

„Ja, ja, ich weiß." Er winkte ab. „Aber ich krieg Augenherpes, wenn ich dieses Ungetüm noch länger angucken muss. Reicht Zucker, oder muss es was Schärferes sein?"

Wieder sah Brüning nach unten. Diesmal waren Tanjas Augen vor Schreck geweitet.

„Schauen Sie doch einfach nicht hin. Sie können doch nicht im Ernst -"

„Ja, ja, Sie haben ja recht", unterbrach ihn Zaunholz. „Schon gut, Brüning. Wenn die Terholte hier auftauchen sollte, schicken Sie sie in mein Büro, klar?"

„Das werd ich."

„Gut. Also dann. Sie kennen das aus dem Fernsehen, diese Unterhaltung hat nie stattgefunden."

Mit offenem Mund stand Brüning da, während Zaunholz das Labor wieder verließ.

„Haben Sie das gehört?", hauchte Tanja fassungslos in ihrem Versteck.

„Er mag Ihr Auto irgendwie nicht."

„Was Sie nicht sagen." Wütend stand sie auf. „Aber das lass ich nicht auf mir sitzen. Niemand beleidigt meinen Pajero."

***

Zurück in Horstmar, machte Tanja an einem Elektroladen halt.

„Womit kann ich dienen?", fragte eine Stimme aus dem Dunkel eines Hinterraums, als Tanja am zugestellten Tresen stand und eben auf eine Klingel drücken wollte, was sich nun aber erübrigte.

„Ich brauche ein paar Dinge", sagte sie und wartete darauf, dass Hannes Schmedding aus dem Schatten trat. Er war ihr schon immer unheimlich gewesen, vor allem als kleines Kind, wenn sie hilflos in ihrem Buggy gesessen hatte. Sie erinnerte sich noch, wie Schmedding sie mit seinen grässlichen hochgekämmten Augenbrauen fixiert hatte. Wie dicke Raupen saßen sie über seinen kleinen, dunklen Knopfaugen und bewegten sich auch so, wenn er sprach.

„Ist noch 'n bisschen ungenau, junge Dame", murmelte er und kam ins

Licht. Junge Dame hatte er sie schon damals genannt, wie alle kleinen Mädchen und selbst die Jungen, wenn sie für seinen Geschmack zu lange Haare hatten.

„Ich benötige zwei Überwachungskameras, nicht größer als drei mal zwei Zentimeter und …"

„Bist du nicht die kleine Terholte?", fragte er, und die Raupen näherten sich einander.

„Ja, richtig. Tanja."

Er musterte sie misstrauisch. „Warst schon immer 'n bisschen … komisch."

Tanja richtete sich zu voller Größe auf. „Ach so? Inwiefern?"

„Na, so wie du eben warst. Verhaltenstechnisch."

„Und das ist auch so geblieben, Ihrer Meinung nach?", fragte sie angriffslustig.

„Naja, irgendwie schon. Oder nicht?" Er lachte, als wäre das sonnenklar. „Kriminalpolizei …", ergänzte er und lachte erneut.

„Hat sich das schon rumgesprochen, ja? War aber nie ein Geheimnis."

„Nee, aber da hast du auch noch nicht die Miss Marple hier gespielt."

Tanjas Mundwinkel zuckten, und ihre Augen verengten sich zu Schlitzen. „Ich kann meinen Kram auch woanders kaufen."

„Was brauchtest du noch gleich?", fragte er und öffnete die Schublade mit den Überwachungskameras.

„Schon vergessen? Wie lange haben Sie denn noch bis zur Rente, Herr Schmedding?"

Etwas erstaunt blickte er auf. „Nachtsichtfunktion oder nicht?"

„Ja, mit."

Er entnahm zwei Kameras, eine zylindrische und eine würfelförmige, und legte sie auf die Glasplatte des Tresens. „Hier", sagte er.

„Gehören Sie nicht auch zu Dr. Stratmanns Stammtisch?", wollte Tanja wissen.

„Hm?"

„Stammtisch. Sie und Stratmann."

„Ja, was soll das jetzt?"

„Ich ermittle in einem Mordfall und möchte ein paar Antworten von Ihnen."

Die Raupen zuckten nervös auf und ab.

„Also, wann haben Sie ihn das letzte Mal gesehen?"

Er starrte sie mürrisch an, ohne zu antworten.

„Herr Schmedding!", rief sie, so als wollte sie ihn aufwecken.

„Was wollen Sie?"

„Eine Antwort. Wann haben Sie ihn zuletzt gesehen?"

„Letzte Woche", antwortete er.

„Welcher Tag, welche Uhrzeit, bei welcher Gelegenheit?"

„Na, am Freitag. Da haben wir Stammtisch. Um zwanzig Uhr in der Gaststätte ‚Zum Münstertor'."

„Na, sehen Sie, war doch gar nicht so schwer. Und wie haben Sie ihn erlebt? War er anders als sonst? Ängstlich, nervös, schlecht gelaunt?"

„Nee, eigentlich nicht."

„Also so wie immer. Hat er irgendwas erzählt? Hatte er Streit mit jemandem, oder ist an dem Abend ein Streit entstanden?"

„Nein, der Stratmann ist in Ordnung. Auf den lass ich nix kommen."

„Hat er nichts berichtet? Vom Umbau zu Hause vielleicht? Oder etwas von der Arbeit?"

„Vom Umbau, ja. Aber nichts Außergewöhnliches."

„Von seiner Frau?"

„Nee, warum?"

„Ich frage Sie nur. Also nicht?"

„Nein. Was soll das? Denken Sie, dass Hilde etwas damit zu tun hat oder ich oder irgendein anderer aus Horstmar oder was?"

„Jemand muss es gewesen sein, und ich finde heraus, wer. Dazu muss ich Dinge in Erfahrung bringen. Wenn Sie mir nicht helfen wollen, Herr Schmedding, kann ich Sie auch gern aufs Präsidium bitten, und wir machen das Ganze etwas offizieller."

„Wollen Sie die nun kaufen, oder was?" Er wies auf die Kameras.

„Ja, beide. Und was soll dieses Schild da kosten?" Tanja deutete auf einen Drehständer, in dem verschiedene Blech- und Plastikschilder ausgestellt waren, von „Warnung vor dem bissigen Hund“ bis „Betreten verboten – Eltern haften für ihre Kinder“. Sie zog ein Schild mit der Aufschrift „Dieser Laden ist videoüberwacht“ heraus.

„Vier fuffzig“, sagte Schmedding.

„Okay, das nehme ich auch noch.“

Er rechnete alles im Kopf zusammen. „Macht siebenundneunzig fuffzig.“

„Bei Ihnen kann man wahrscheinlich nicht mit Karte zahlen, oder?“

„Ich bin Elektrohändler, natürlich kannst du das“, gab er zurück.

„Hat Stratmann mal was bei ‚dir‘ gekauft in letzter Zeit?“, fragte sie.

„Bin ich jetzt schon verdächtig, nur weil jemand hier was kauft?“

„Frage beantworten!“, ermahnte sie ihn und legte ihre EC-Karte auf den Tisch.

„Nein, hat er nicht.“

„Sicher?“

„Ja?“

„Aber Ihr Gedächtnis könnte Sie trügen.“

„Nein.“

„Was hat er denn gekauft?“

„Nichts, das hab ich doch gerade gesagt!“

„Ich wollt Sie nur testen“, sagte Tanja und grinste.

Hektisch schob er die Karte in das Lesegerät und zog nach Tanjas Eingabe der Geheimzahl den Bon ab. „Hier.“

„Vielen Dank. Sagen Sie, ist der Herr Bramkötter vom Imbiss nicht auch immer beim Stammtisch dabei?“

„Ja, wieso?“

„Weil ich ein wenig Hunger verspüre“, meinte Tanja und nahm die beiden Packungen und das Schild entgegen. „Bis bald, Herr Schmedding. Sollte Ihnen noch etwas einfallen, sagen Sie’s einfach Ihrer Frau, so erfahre ich es am schnellsten.“

Ihm fiel die Kinnlade herunter. „Was soll das heißen?“

Tanja stand schon an der Tür und nahm die Klinke in die Hand. „Wissen Sie denn nicht, wie man Ihre Frau hier im Ort nennt?“

„Nee, wie denn?“

„Die sprechende Dorfzeitung.“ Tanja zwinkerte ihm zu und ging hinaus.

Sie warf die Sachen auf den Beifahrersitz des Pajeros und ging die paar Schritte bis zum „Imbiss Bramkötter“.

Von außen war der Imbiss eigentlich kaum als solcher zu erkennen. Es gab eine große Frontscheibe, die mit alten, aber sauberen Gardinen verhängt war. Links daneben führte eine ebenfalls mit Gardinen bestückte Glastür in den Laden. Über dem Türfenster hing der Name als Leuchtschrift in blauen Lettern. Tanja öffnete die Tür und betrat den kleinen Gastraum, in dem drei Tische mit jeweils vier Stühlen standen. Vor dem Holztresen gab es noch vier weitere Sitzgelegenheiten in Form von Barhockern. Herr Bramkötter war ein gedrungener Mann mit weißen, dünnen Haaren und einer dickglasigen Brille aus den siebziger Jahren, was gut zum Mobiliar passte. Er trug stets eine blaue Kochuniform und weiße Crocs.

„Moin, was kann ich für Sie tun, bitte?“ fragte er fröhlich. Seine gute Laune war keine Maßnahme zum Kundenfang, sondern Teil seiner Natur. Er hatte immer ein Lächeln im Gesicht, einen netten Spruch auf den Lippen und kochte für sein Leben gern für seine Kunden.

Tanja nahm auf einem der Barhocker Platz, und er schob seine Brille zurecht. „Ach, die kleene Tanja Terholte“, sagte er erfreut.

„Stimmt genau. Hallo, Herr Bramkötter.“

„Ist schon ’n bisschen her, seit du hier warst.“

„Ich hab viel zu tun.“

„Ja, aber sicher. Schön, dich wieder mal hier zu sehen. Was darf’s sein?“

„Ich hab ’n Mordshunger“, sagte sie, und sofort fiel ihr auf, wie unpassend diese Bezeichnung in der derzeitigen Situation war.

„Großes Schnitzel mit Pommes, Currywurst XXL oder das Mega-Schaschlik würde ich da empfehlen. Fleisch kommt vom Hof Wenninghoff, kennst du ja, oder?“

„Ja, allerdings.“

So fröhlich, wie er es sagte, wusste er wohl noch nichts von dem Fund im Schweinestall.

„Die arme Familie“, fügte er dann aber mitfühlend an. „Du hast davon gehört, oder?“

„Ja, ich ermittle in dem Fall.“

„Richtig! Du bist ja zur Polizei gegangen. Und das liegt jetzt in deiner Zuständigkeit? Das ist ja toll! Also, ich meine für dich, so ganz beruflich, mein ich.“

„Verstehe schon, danke. Ist tatsächlich komisch, hier einen Mord aufzuklären. Münster ist doch noch ein ganzes Stück weit weg.“

„Ist es denn sicher, dass es Mord war?“

„Ziemlich, ja.“

„Und stimmt es, dass ... naja, dass Werner derjenige sein könnte?“, fragte er leiser. „Er wird vermisst. Und wir haben diese Leiche. Es liegt also nahe, dass er es ist.“

„Gott noch eins, das ist doch ...“ Er schüttelte betroffen den Kopf und ordnete wahllos einige Dinge auf dem Tresen.

„Du warst doch ein Freund von ihm, ist dir etwas an ihm aufgefallen in letzter Zeit? Hatte er Probleme, Streit, finanzielle Schwierigkeiten?“

„Nee, ach hör auf, der war doch überall beliebt. ’n Pfundskerl. Weiß nicht, wie oft der uns einen ausgegeben hat am Stammtisch. Bei dem lief alles glatt. Auch mit den Frauen, wenn du verstehst ...“

Tanja rückte näher. „Nicht genau. Was meinst du damit?“

„Naja, er kam gut an bei Frauen. Nicht, dass er was mit irgendeiner gehabt hätte, nee, nee.“

„Du meinst also, dass Frauen ihn attraktiv fanden, aber eine Affäre oder so hatte er nicht?“

„Ja, also nein, also ... er hatte keine Affäre, so.“

„Komisch, denn auf mich machte er jetzt nicht unbedingt den Eindruck, ein Frauenschwarm gewesen zu sein. Ich bin ja auch eine Frau, und ich muss sagen, dass er mich nie ... begeistert hat.“

„Da sind die Geschmäcker wohl verschieden. Apropos, was soll’s denn nun sein?“

„Ich nehm das Schaschlik.“

„Genau wie früher, mach ich sofort." Er drehte sich zum Herd um, warf ein paar Pommes in die Fritteuse und hob den Deckel eines rechteckigen Behälters an, in dem die Tomatensoße vor sich hin blubberte.

Tanja saß nachdenklich da und spielte mit dem Salzstreuer.

„Das kann nur ein unglücklicher Zufall gewesen sein. Oder ein Versehen", sagte Bramkötter, während er mit Teller und Besteck hantierte.

„Du meinst, jemand hat ihn unbeabsichtigt zerstückelt? Ich weiß nicht."

„Aber ich kann mir keinen vorstellen, der ihm sowas antun würde."

„Kennst du seine Frau?"

„Sicher. Schon lange. Die ist vollkommen in Ordnung, die hat niemals … nee, nee. Die Hilde, nein, die macht solche Sachen nicht. Gut, ganz so geschmeidig lief es jetzt nicht zwischen den beiden, aber die haben sich arrangiert. Jeder wusste, was er am anderen hatte, und hat ihn machen lassen."

„Machen lassen?"

„Ja, Freiheit und so. Beide konnten ganz frei entscheiden, was sie machen wollen. Keiner hat dem anderen reingeredet, so."

„Verstehe. Und sie wollte gern im Wohnmobil leben?"

Jetzt drehte er sich wieder zu ihr um.

„Nu, das wohl nicht. Manchmal hat er einfach Dinge entschieden, und dieser Umbau ist halt etwas umfangreicher. Das ist aber doch nur 'ne Notlösung, bis alles fertig ist, und dann ist das ein Prachtstück, das Haus."

„Sagt Stratmann."

„Du, für die Hilde leg ich meine Hand ins … ins … hier ins kochende Fett, ehrlich." Er hielt seine Hand über die Fritteuse.

„Ja, ja, schon gut", sagte Tanja und winkte ab.

„Bierchen dazu?", fragte er.

Sie blickte auf die Uhr.

„Na, komm. Ein kleines zum Essen."

***

Nach dem Mittagessen fuhr Tanja weiter, sie wollte in die Praxis, um die Damen noch mal in Ruhe zu ihrem Chef zu befragen.

Ein Auto stand auf dem Parkplatz, und durch die geöffnete Eingangstür vernahm Tanja eine erboste Stimme.

„Verdammt, es ist doch nur 'ne bescheuerte Impfung! Das kann doch nicht Ihr Ernst sein! Geben Sie's mir, dann mach ich es."

Tanja trat auf die Eingangsstufe und sah einen Mann mit einem wuscheligen weißen Hund unter dem Arm vor der Rezeption stehen. Man konnte nicht erkennen, ob er ein Tier oder eine Portion Zuckerwatte mit sich herumtrug.

„Ich fahre den ganzen verdammten Weg, Flocke kotzt mir dreimal ins Auto, und Sie sagen mir, Sie können ihm diese blöde Spritze nicht geben?"

„Ich bin nur die Sprechstundenhilfe. Der Herr Doktor ist nicht da. Ich kann und darf nichts machen. Sie sollten einen anderen Arzt aufsuchen, denn hier –"

„Guten Tag, Kriminalpolizei", warf Tanja ein. „Ich muss Ihnen dringend ein paar Fragen stellen." Sie trat auf die beiden zu.

„Mir?", rief der Mann und drehte sich und den Zuckerwattehund in ihre Richtung.

„Nein, Sie müssen bitte gehen. Das ist vertraulich. Auf Wiedersehen." Sie hielt ihm ihren Ausweis unter die Nase und machte den Weg für ihn frei.

„Kriminalpolizei", brabbelte er verärgert vor sich hin, machte sich aber aus dem Staub.

„Danke", sagte die Dame hinter dem Schalter erleichtert.

„Gern geschehen." Tanja entzifferte den Namen auf dem kleinen Schildchen an ihrem Polohemd. „Frau Pohl-Metternich, ich hätte tatsächlich noch Fragen. Haben Sie Zeit?"

„Oh, ja, ja, ich geh gerade nur allen Papierkram durch und mache etwas Ordnung."

„Haben Sie volle Einsicht in die geschäftlichen Unterlagen?", fragte Tanja.

„Ich mache quasi alles, den ganzen Schreibkram, die Abrechnungen, Lieferungen und so weiter, ja."

„Ist Ihnen da etwas aufgefallen, das eventuell mit dem Verschwinden von Dr. Stratmann zu tun haben könnte?"

Sie zog ahnungslos die Mundwinkel nach unten. „Nicht, dass ich wüsste. Was sollte das denn sein?"

„Nun, Schulden zum Beispiel oder ein Rechtsstreit mit einem Ihrer Kunden."

Sie schüttelte den Kopf. „Nee, also da ist alles in Ordnung so weit. Ich hab hier lediglich eine Bestellung, die ich nicht ganz verstehe, aber es ist alles bezahlt."

„Was ist das für eine Bestellung?"

„Ein Medikament gegen Parasiten. Keine Ahnung, ob es da Engpässe gab oder was, aber er hat eine sehr große Menge davon bestellt. Weiß gar nicht, wo die abgeblieben ist." Sie sah sich suchend um, so als könnten die Kisten irgendwo hinterm Tresen stehen.

„Darf ich das mal sehen?", bat Tanja neugierig.

„Das muss ich erst noch mal raussuchen. Wollen Sie so lange einen Kaffee trinken?" Sie deutete auf den Vollautomaten an der Wand hinter Tanja.

„Ja gut, warum nicht." Sie hatte zwar schon ein Bierchen bei Bramkötter getrunken, aber ein kleiner Kaffee konnte nicht schaden. Tanja machte sich kurz mit der Anzeige vertraut, stellte einen Kaffeepott unter die Ausgabe und drückte dann die Taste für einen Cappuccino. Die schaumige Flüssigkeit lief dampfend in die Tasse, nachdem die Mühle angesprungen war. „Duftet ja herrlich", sagte sie.

„Zucker ist gleich daneben in diesen Stäbchen dort." Frau Pohl-Metternich wies auf einen kleinen Bastkorb.

Tanja öffnete eins der länglichen Tütchen, rührte den Zucker in den Cappuccino und setzte sich mit ihrer Tasse auf einen Sitz im offenen Wartezimmer.

„Mmh, ausgezeichnet!"

„Sehen Sie. Das sagen alle. So, und hier hab ich's auch schon“, sagte Frau Pohl-Metternich und kam mit einem Aktenordner zu ihr. „Hier, letzten Januar bestellt. Tausend Dosen Levamisol. Das verbrauchen wir nicht in fünf Jahren. Und er hatte erst tausend Dosen im letzten Jahr geordert.“ Sie zuckte mit den Schultern. „Vielleicht war's auch ein Sonderangebot, oder das Medikament lief aus oder so.“

„Können Sie mir die Rechnung kopieren, bitte?“

„Na klar. Gehen Sie noch zu der Demo?“, fragte die Sprechstundenhilfe, während sie die Angaben notierte.

„Demo?“

„Die gegen den Abriss der alten Schulze-Kottenströhter-Scheune.“

„Ach, stimmt. Das könnte ich eigentlich. Die meisten kennen Dr. Stratmann, da könnte ich den Leuten noch ein paar Fragen stellen.“

„Gibt sogar Bratwurst und Bier.“

„Gegessen habe ich schon“, entgegnete Tanja lachend.

Nachdem sie ihren Kaffee ausgetrunken und die Kopie von Frau Pohl-Metternich entgegengenommen hatte, machte sie also den kleinen Abstecher zu der Protestveranstaltung und sah bereits von Weitem die zahlreichen Autos, die an der Landstraße parkten. Die zweistöckige, hölzerne Scheune befand sich etwa hundert Meter weiter hinten auf einem Acker. Sie stand seit rund zweihundert Jahren oder noch länger und sollte nun einem Windrad weichen, was vielen hier im Ort nicht gefiel.

Schulze-Kottenströhter hatte dem Bau auf seinem Grund und Boden zugestimmt, weil Windkraft in diesen schweren Zeiten für die Landwirtschaft eine gute zusätzliche Einnahmequelle war. Die Scheune war schon lange nicht mehr in Benutzung und verfiel nur immer mehr. Die Jugendlichen des Ortes nutzten sie oft zum nächtlichen Feiern und machten dort auch Feuer und hinterließen ihren Müll. Unter einem Windrad Party zu machen, war mit Sicherheit weniger spaßig, daher waren hier auch einige jüngere Gesichter zu erwarten.

Tanja ging auf das Grundstück zu. Die Demonstranten waren mit ihren auf und ab wippenden Schildern und selbst gebastelten Bannern direkt bis an die eingezäunte, aber noch unangetastete Baufläche gegangen, auf der zwei Bagger auf ihren Einsatz warteten. In der Einfahrt stand tatsächlich ein Imbisswagen und verkaufte Bratwürstchen, während ein hiesiger Polizist neben zwei Leuchtbarken, die den Abzweig aufs Grundstück notdürftig absperrten, lustlos den Verkehr vorbeileitete.

„Tach Sprotte", grüßte Tanja den Beamten.

„Wer sind Sie denn?", wollte er wissen und sah sie unverwandt an.

„Tanja Terholte", sagte sie und hielt ihm ihren Ausweis vor die Nase.

Er zuckte zurück. „Kripo? Was ist passiert? Und woher kennen Sie meinen Namen?"

„Echt jetzt? Ich bin's, Tanja. Du hast mich in der Grundschule immer an den Haaren gezogen und meine Pausenbrote gegessen", erinnerte sie ihn.

„Ach?" Er machte ein dümmliches Gesicht. Das war etwas, das Lars Sprottenkieker keine große Mühe kostete, wie Tanja insgeheim feststellte. Aber sie war ihm in gewisser Weise auch dankbar. Seit der Grundschule nahm sie bei Stadt-Land-Fluss in der Tierkategorie immer die relativ unbekannte Sprotte. Dass es sich dabei um einen Fisch handelte, hatte sie als Zweitklässlerin durch ihn erfahren.

„Lang nicht mehr gesehen. Bei der Polizei gelandet, was? Ironie des Schicksals."

„Was willst du damit sagen?"

„Nichts, Kollege, gar nichts", entgegnete sie und lächelte fröhlich, ehe sie sich dem Besitzer der Würstchenbude zuwandte. „Verkaufen Sie auch was Süßes?"

Würstchen-Peter musterte sie eindringlich.

„Eis", sagte er schließlich.

„Dann ein Cuja Mara Split, bitte."

„Cuja Mara ist aus."

„Dann ein Capri."

„Capri ist aus."

„Dann eben ein … Super Twister."

„Ist auch aus."

„Was ist denn noch da? Mal so rum gefragt."

Er drehte sich um und schob die Tiefkühltruhe auf. „Nogger Choc, Riesenhappen, Domino und Mini Milk."

„Dann Mini Milk."

„Vanille oder Schoko?"

„Vanille, bitte."

„Ach nee, Vanille ist auch aus. Gibt nur noch ein Erdbeer und zwei Schoko."

„Dann Erdbeer."

„Gute Wahl." Er reichte ihr das Eis über den Tresen. „Macht fuffzig Zent."

Tanja reichte ihm das Geld.

„Was macht denn die Kripo Münster hier auf der Demo?", fragte Sprottenkieker von der Seite.

„Kripo?" Würstchen-Peter erschrak.

„Ja, das ist Tanja Terholte. Sie ist jetzt bei der Kripo", erklärte der Ortspolizist.

„Die Kleene von der Terholte? Will wohl die Demo gegen den dämlichen Ackerventilator auflösen", meinte Würstchen-Peter und lachte heiser.

„Ich wollte nur ein Eis, und das hab ich bekommen. Ganz knapp. Macht's gut, Männer." Sie schob sich an Sprotte vorbei und ging in Richtung Demo davon.

Würstchen-Peter schüttelte den Kopf. „Was wollte die von dir?"

„Keine Ahnung, sie meinte nur, ich hätte sie früher mal an den Haaren gezogen."

„Komisches Mädchen."

„Die alte Terholte ist doch die, die immer wie 'ne Schaufensterpuppe vor der Tür hockt. Und ihr Sohn hat diese hässlichen vietnamesischen Rinder."

„Is ja Konkurrenz für mich. Und das ist seine Schwester?"

„Jo."

„Na ja, liegt wohl in der Familie."

„Mach mir mal noch 'n Kaffee."
„Geht klar."

Tanja stapfte auf die Baustelle zu und sah, dass Schulze-Kottenströhter und ein Bauleiter versuchten, die Massen vor dem wackeligen Bauzaun zu halten. Wirklich engagiert waren nur die ersten Reihen, die Sprüche skandierten und Schilder mit Slogans wie „Für Horstmar - gegen Windräder!" oder „Windräder = Attentäter!" oder auch „Windräder fly home!" hochhielten. Weiter hinten standen Männer- und Frauengruppen beisammen und unterhielten sich angeregt. Jugendliche mit Bierflaschen in der einen und Handys in der anderen Hand streiften durch die Reihen oder versammelten sich in einer größeren Gruppe und rauchten.

„Moin, die Herren", begrüßte Tanja eine Traube von vier älteren Männern aus der Bauernschaft in karierten, wegen der Hitze weit aufgeknöpften Hemden, die sie alle flüchtig kannte.

Misstrauisch beäugten die vier sie und nickten zur Begrüßung.

„Tanja Terholte. Ich bin von der Kripo Münster und untersuche das Verschwinden von Dr. Stratmann. Wer von Ihnen ist denn persönlich mit Dr. Stratmann bekannt? Wer gehört noch zu seinem Stammtisch?"

Die Männer stutzten und besahen sie von oben bis unten.

„Terholte?", fragte einer der Männer grimmig.

„Genau." Sie schlotzte einmal lautstark am Mini Milk.

„Die Tochter von der Elsa?"

„Elisabeth, ja."

„Und warum willst du das wissen?"

„Wie gesagt", sie biss das letzte Stück vom Eis ab, steckte sich den Stiel in den linken Mundwinkel und zeigte ihren Ausweis vor, „ich bin von der Kripo und untersuche den Fall."

„Auch das mit den Leichenteilen?", fragte ein anderer.

„Auch das, ja."

„Und was willst du jetzt von uns?", hakte der Erste misstrauisch nach.

Sie schob den Stiel mit der Zunge auf die andere Seite.

„Ich möchte wissen, wer von Ihnen mir etwas über Dr. Stratmann erzählen kann, damit ich Informationen über ihn bekomme."

„Hier aus'm Dorf hat ihn jedenfalls keiner umgebracht, falls du das meinst."

„So weit sind wir noch lange nicht. Ich kläre das schon alles auf, keine Bange."

„Das wird irgend so'n irrer Lastwagenfahrer gewesen sein. Hört man doch immer wieder, dass die nicht ganz sauber ticken."

„Mag sein, aber ich brauche Fakten und Beweise. Im Moment möchte ich mir einfach ein Bild über Dr. Stratmanns Privatleben machen. Also, wer von Ihnen gehört dazu?"

Die Männer wechselten skeptische Blicke, ob man dieser Frau etwas mitteilen sollte oder nicht. Sie entschieden sich, zu schweigen.

„Okay, sehr kooperativ, die alte Garde", kommentierte Tanja ihr Verhalten und holte einen Block und Stift heraus. „Ihre Namen, bitte. Fangen wir doch gleich bei Ihnen an." Sie lächelte den Wortführer auffordernd an.

„Falsche Adresse, junge Dame", gab der zurück.

„Alles klar, Sievers, Vorname Herbert." Sie notierte das. „Ich kenne Sie ja alle und notiere mir Ihre Namen ohne Ihr Zutun. Allerdings müssen Sie dann damit rechnen, dass Sie für Befragungen nach Münster vorgeladen werden. Der dadurch entstehende Arbeitsausfall wird nicht erstattet."

„Was ist denn mit Ihrem Bruder?", fragte der Mann und beugte sich etwas vor.

„Was soll mit ihm sein?"

„Naja, man fand eine zerstückelte Leiche, und Ihr Bruder ist Schlachter … da zählt man doch zwei und zwei zusammen."

„Ach, so meinen Sie das!" Sie lachte fröhlich und zog den Eisstiel aus dem Mund, um damit auf ihn zu deuten. „In diesem Fall ist zwei und zwei dann fünf, was? Sie Überflieger."

Sie klopfte ihm auf die Schulter, und der Bauer registrierte mit wachsender Wut, dass er von ihr auf die Schippe genommen wurde. Einige in der Gruppe konnten sich ein Grinsen nicht verkneifen. Tanja ließ die Männer stehen und ging weiter.

„So eine bescheuerte Kuh. Die hatte schon als kleine Göre eine Schraube locker. Die ganze Familie hat 'ne Schraube locker."

„Das kannst du so aber nicht sagen", ergriff ein anderer Partei. „Die Elisabeth hat's ganz schön schwer gehabt und alles allein beisammengehalten. Meine Frau und sie kennen sich gut."

„Red keinen Quatsch! Guck sie dir doch an! Die hat nicht alle Latten am Zaun. Der Ausweis war wahrscheinlich auch gefälscht. Ich geh jetzt nach Hause, hab keine Lust mehr, hier rumzustehen."

Als Nächstes schlenderte Tanja auf die rauchenden und Bier trinkenden Jugendlichen zu. Sie machte ein freundliches Gesicht und holte ihren Ausweis heraus.

„Kriminalpolizei Münster", sagte sie gleich darauf streng. „Darf ich mal eure Ausweise sehen?"

Erschrocken versteckten einige die Flaschen hinter ihren Rücken. Tanja lachte und zeigte mit dem Finger auf die Kids. „Ahhh, reingefallen!"

Den meisten gefiel es nicht, ihr auf den Leim gegangen zu sein, aber schnell entspannten sie sich wieder. Tanja stellte sich zu ihnen, um die Demo zu beobachten.

„Sie wohnen doch auch hier, oder?", fragte ein vielleicht fünfzehnjähriges Mädchen. „Sind Sie nicht die Schwester von Rudi, dem Metzger?"

„Das ist richtig", entgegnete Tanja, schaute dabei aber weiter auf die Menge. Die Motoren der Bagger wurden angeworfen, und schwarzer Qualm stob aus den Auspuffrohren.

„Gab es wirklich einen Mord in Horstmar?", fragte ein Junge, der neben ihr stand.

„Ja, leider. Habt ihr irgendwas Verdächtiges gesehen oder gehört? Kennt ihr Leute, die sich komisch verhalten haben in letzter Zeit?" Jetzt wandte sie sich zu ihnen um und schaute den Jugendlichen in die Gesichter.

Die meisten schüttelten den Kopf.

„Meine Mutter ist komisch drauf", sagte ein Junge.

„Inwiefern?“

„Sie heult sich die Augen aus, weil dieser Tierarzt verschwunden und vermutlich tot ist. Ich meine, es ist nur der Tierarzt, kein Familienmitglied oder so.“

„Bist du der Sohn von Fine?“

„Ja.“

„Ich hab sie vorhin zufällig getroffen. Sie hat geweint.“

„Sehen Sie, sie weint 24/7.“

„Und kennt ihr sonst noch jemanden, der sich merkwürdig verhält?“

Wieder Kopfschütteln.

Die Bagger fuhren unter lautem Protest der Demonstranten auf die Scheune zu und hoben ihre Schaufeln.

„Mein Vater sagt, Ihr Bruder sei's gewesen“, sagte der Junge neben Tanja.

„Weil er Schlachter ist, ja, ja. Den Scheiß hab ich mir eben schon anhören müssen.“

„Jetzt geht's los“, sagte das Mädchen und reckte den Hals.

Die Bagger ließen ihre Schaufeln auf das Dach niedersausen, Holz barst, und krachend fiel das Gebäude in sich zusammen wie ein Kartenhaus. Buhrufe ertönten, und Pfiffe gellten über den Acker.

Innerhalb von Minuten machten die Bagger die Scheune dem Erdboden gleich. Anschließend schoben sie die Trümmerteile zusammen und bildeten zwei große Haufen.

„Stooopp!“, erklang auf einmal ein Schrei, und jemand winkte hektisch dem Baggerfahrer zu. „Stooopp!“ Der Bauleiter oder wer auch immer es war, auf jeden Fall trug er einen Helm, blickte wie erstarrt auf den Boden. Die am Rand der Baustelle stehende Menge wurde stiller und stiller.

„Was is'n jetzt los?“, fragte ein Junge aus der Gruppe und trat näher.

Die Motoren beider Bagger gingen stotternd aus. Die Schilder und Banner sanken herab.

„Ich schau mal“, sagte Tanja und hob zum Abschied grüßend die Hand. Sie ging auf die Absperrung zu, wo aus der Menschenmenge besorgtes Gemurmel und Geflüster zu vernehmen war. Beide Baggerführer waren aus ihrem Führerhaus geklettert und schauten nun zusammen mit dem vermeintlichen Bauleiter und dem herbeigeeilten Schulze-Kottenströhter in eine Grube unter dem Fundament der alten Scheune.

„Was ist denn passiert?", fragte Tanja eine Frau am Zaun.

„Jemand hat sich verletzt oder so", sagte sie.

„Quatsch, die haben was gefunden", widersprach ein Mann. Er blickte zähnebleckend durch ein kleines Fernglas. „Sieht aus wie … Knochen, die haben Knochen gefunden."

„Knochen?", quietschte die Frau entsetzt.

„Darf ich mal?" Tanja quetschte sich an den beiden vorbei und zwängte sich durch den mit einer Kette lose gesicherten Zaun hindurch. Die vier Männer blickten auf, als sie Tanja bemerkten, und der Bauleiter kam mit ausgestreckten Armen auf sie zu.

„Tut mir leid, kein Zutritt für Unbefugte! Bitte gehen Sie, das ist kein …"

Tanja zückte ihren Ausweis und hielt ihn dem Mann entgegen. „Kriminalpolizei Münster, Terholte. Was ist hier los?"

„Kriminal… mein Gott, wie schnell sind Sie denn hier, wir haben Sie doch gar nicht gerufen", sagte er etwas verwirrt.

„Ich war zufällig hier. Was ist los?"

„Hier liegen Knochen", sagte einer der beiden Baggerfahrer.

„Oh, verdammt, verdammt und noch mal verdammt", jammerte Schulze-Kottenströhter. „Mir bleibt aber auch nichts erspart."

Tanja blickte in die beim Abtragen des Fundaments frisch aufgerissene Erde und die Knochenteile, die bräunlich daraus hervorlugten."

„Ist das … sind das Füße?", fragte der Baggerfahrer.

„Kann ich nicht sagen, wir müssen mehr freischaufeln. Aber vorsichtig", sagte Tanja und ging in die Knie. Mit der Hand fegte sie die lose Erde zur Seite. „Haben Sie einen Besen oder ein Kehrblech?"

„Ich hab 'n Besen", sagte der zweite Baggerfahrer und lief zu seinem Gefährt.

„Schrauben Sie den Bürstenkopf ab", wies Tanja ihn an, als er zurückkam, und ging auf allen vieren in Position. Er überreichte ihr die Bürste, und sie begann vorsichtig, die Knochen von der Erde zu befreien. Es waren tatsächlich menschliche Fußknochen, und nun kamen auch mumifizierte Hautreste zum Vorschein.

Der erste Baggerfahrer unterdrückte ein Würgen.

„Heilige Maria in der Höh", sagte Schulze-Kottenströhter und bekreuzigte sich.

„Ich würde sagen, wir machen mit dem Abriss für heute Schluss. Ich muss die Kollegen benachrichtigen. Das sieht mir doch recht sicher nach einem menschlichen Skelett aus."

„Wie lange wird das dauern?", fragte der Bauleiter.

„So lange, wie es dauert, Herr ..."

„Briegel, wie der Fußballer, nicht verwandt oder verschwägert."

„Schön, Herr Briegel. Bitte entfernen Sie die Bagger von dem Gelände, aber lassen Sie den Zaun stehen. Niemand darf hier rein."

„In Ordnung. Ihr habt's gehört, Männer, Feierabend für heute."

„Und was mach ich jetzt?", fragte Schulze-Kottenströhter ängstlich. „Muss ich ... ich meine, das ist ja mein Land, muss ich irgendwie was tun oder ..."

„Bewahren Sie bitte Ruhe, Herr Schulze-Kottenströhter, ich kümmere mich um alles."

„Woher kennen Sie meinen Namen?"

„Ich wohne hier im Ort."

„Ach so? Naja gut, dann ... was soll ich machen? Soll ich nach Hause gehen?"

„Gute Idee. Sie gehen nach Hause, und wir sprechen später, okay?"

„Ist gut. Ich wohne ... ah, das wissen Sie ja schon. Bis dann."

Tanja rief ihren Bruder an und musste lange warten, bis er ranging.

„Hey Metzger, wir haben beim Abriss der Kottenströhter-Scheune gerade eine weitere Leiche gefunden."

„Du verarschst mich", sagte er.

„Nein, ist aber schon älter. Kannst du vorbeikommen und einen Blick drauf werfen?"

„Ich muss … ach, auch egal. Ich mach Feierabend. Bin in zehn Minuten bei dir."

Nachdem sie Brüning und Brennigkemper kontaktiert hatte, versuchte Tanja, während sie wartete, so gut es ging mehr von dem Skelett freizulegen. Als die ersten Streifenwagen vorfuhren, hatten sich sämtliche Schaulustigen vom Gelände entfernt. Sogar der Imbisswagen war verschwunden.

„Tach, Schwester, ich kann heute aber unmöglich wieder mit nach Münster kommen", sagte Rudi zur Begrüßung, als er an der Fundstelle eintraf.

„Ach ja, dein Date. Keine Angst, ich vermassel es dir schon nicht. Was sagst du dazu?", fragte sie und deutete in die Grube.

„Was du bisher freigelegt hast, sieht nach Fuß und Unterschenkel aus. Den Todeszeitpunkt kann man wohl am Baujahr der Scheune ablesen. Die müssen das Ding direkt auf dem Leichnam erbaut haben."

„Ja, entweder zufällig oder absichtlich", entgegnete sie und sah ihren Bruder dabei vielsagend an.

„Er ist quasi mumifiziert worden", ergänzte Rudi und wies auf die ledrige Haut. „Man könnte meinen, Urgroßvater Kottenströhter hätte hier jemanden in bester Mafiamanier entsorgt."

„Das wird Schulze-Kottenströther nicht gefallen. Ich weiß, dass du heute dein Date hast, aber es wäre nett, wenn du dir die Leiche morgen noch mal in der Rechtsmedizin ansehen könntest."

„Alles, nur nicht heute Abend."

„Danke dir. Dann mach Feierabend, ich bin hier noch 'n bisschen beschäftigt. Wir sehen uns nachher."

Rudi fuhr nach Hause, und Tanja entschied, dort weiterzumachen, wo sie den Kopf der Leiche vermutete. Die Erde war hier noch fest zusammengepresst, und sie schaufelte sie mit einem Stück Holz vorsichtig zur Seite, bis sie auf Knochen stieß. Mit dem Besen wischte sie die Erde von dem Schädel, bis schließlich die Augenhöhlen, das Nasenbein und der Kiefer mit den Zähnen zu erkennen war.

„Oh Mann", hauchte sie, stand auf und entfernte sich ein Stück. Sie musste zugeben, dass ihr dieser Anblick eine gehörige Gänsehaut verursachte.

Am Rand der Grube tauchte jetzt Sprottenkieker auf, der neugierig nach vorne gebeugt auf das Fundstück linste. Sie sah, wie sich seine Augen weiteten und die Farbe aus seinem Gesicht wich.

„Na, immer noch Appetit auf ein Würstchen?“, rief sie ihm zu.

Seine Augen drehten sich nach oben, und er kippte ohnmächtig zur Seite.

Tanja grinste. „Das hat er sich aber verdient.“

***

Tanja ließ den Pajero im Leerlauf auf den Hof rollen und hielt vor der inzwischen leeren Bank an. Elisabeth war bereits ins Haus gegangen. Rudis Lieferwagen, ein 83er Ford Transit in Babyblau, parkte vor dem Schlachthauseingang.

Kaum war sie ausgestiegen, trat ein Mann, der sich allem Anschein nach unbemerkt angeschlichen hatte, auf sie zu und drückte ihr einen Blumenstrauß in die Hände.

„Moin Tanja.“ Rüdiger Vossenkuhl neigte kurz seinen Kopf. Das war eine Geste, die Tanja zur Weißglut brachte. „Ich hab zufällig diese Blumen … also, ich bin zufällig am Blumenladen vorbeigekommen, und da hab ich die gesehen und musste sie einfach kaufen. Für dich. Für … naja, für dich.“

Er trug seine beste beige Bundfaltenhose und ein stark gestärktes weißes Oberhemd. Wahrscheinlich ist er sogar beim Friseur gewesen, dachte Tanja. „Vossenkuhl, hast du mich aber erschreckt“, sagte sie und machte einen Schritt zurück.

„Oh, tut mir leid, ich war nur gerade hier so am … äh, Warten.“

„Ja, Muttern ist schon drin.“

„Genau, ja.“

Sie lachte, und er fiel mit ein.

„Vielen Dank. Für die Blumen.“ Sie lachte wieder, weil es klang wie

Udo Jürgens in Tom und Jerry.

„Jo. Und?", fragte er nervös. „Sonst so?"

Sie hätte jetzt natürlich „Jo, muss ja" antworten können, aber dazu konnte sie sich einfach nicht durchringen. „Viel Arbeit."

„Ach ja, hab davon gehört. Schrecklich. Und du musst das jetzt alles aufklären?"

„Das ist mein Job."

„Glaubt man gar nicht, dass so was hier bei uns passieren kann. Ich bewundere dich, wie du das machst."

„Mhmh."

Sie wussten beide nichts mehr zu sagen und schauten auf ihre Füße.

„Tja, also, es war ein langer Tag … ich werd dann mal reingehen", sagte sie.

„Natürlich, klar. Versteh ich. Ich wollt ja auch nur die Blumen … äh, abgeben. Gute Nacht … also …" Er lachte verlegen. „Schönen Abend noch, wollt ich sagen."

„Ja, dir auch. Bis dann."

Er drehte sich um und ging davon, während Tanja mit den Augen rollte und schnell ins Haus trat.

Elisabeth hatte den Teetisch gedeckt, sie goss sich gerade eine Tasse ein und pustete das Teelicht im Stövchen aus, als Tanja hereinkam und sich stöhnend auf einen Stuhl fallenließ.

„Oh Mann, was für ein Tag."

„Oh, Blumen", stellte ihre Mutter wenig überrascht fest. „Bei Vossenkuhl alles gut?"

„Woher …"

„Der lungert seit zwanzig Minuten da draußen rum und nässt sich ein."

„Mama!"

„Tee ist jetzt alle", sagte ihre Mutter und rührte in ihrer Tasse.

„Ich brauch sowieso was Stärkeres."

„Du hast eine Mumie gefunden, hab ich gehört?"

„Ja, so was in der Art. Schulze-Kottenströhter hat beinahe geheult."

Tanja stand auf, legte die Blumen in die Spüle und sah in den Kühlschrank.

„Wir sind heut allein, weil dein Bruder sein erstes Rendezvous mit dem Hippiemädchen hat", erinnerte Elisabeth sie und trank ihre Tasse aus.

„Stimmt. Keine Ahnung, was wir essen sollen. Ich glaub, ich bestell uns was", erklärte Tanja und nahm sich ein Bier.

„Ich esse keine Pizza, keine Hamburger und nichts, was man mit den Händen essen muss", sagte Elisabeth.

„Schon gut, ich hol uns was vom Türken."

„Türke? Isst man da nicht auch alles mit den Fingern?"

„Du kannst sogar Sauerbraten mit den Fingern essen, das hängt ganz von dir ab."

„Hallo Leute, wie seh ich aus?", fragte Rudi. Hoffnungsvoll lächelnd stand er mit ausgebreiteten Armen in der Tür. Er trug schwarze Chinos und dazu ein schlammfarbenes Leinenhemd mit einer grün karierten Wollweste.

„Gut", meinte Tanja.

„Wie ein französischer Hochschullehrer", sagte Elisabeth amüsiert. „Zieh bloß die Weste aus."

„Was habt ihr nur immer mit den Franzosen?", beschwerte er sich.

„Du siehst toll aus, sie wird sehr beeindruckt sein. Wo geht ihr hin?"

„Du kannst es nicht lassen, was?"

„Lädst du sie ein, oder teilt ihr euch die Rechnung?", wollte Elisabeth wissen.

„Das ist doch völlig wurscht, Mama."

„Nein, ist es nicht. Nachher sitzt du da, und diese spontane Entscheidung entscheidet über Erfolg oder Niederlage. Also früher …"

„Ja, früher hat der Mann bezahlt, und da war ohnehin alles besser und so weiter, ich weiß."

„Na gut, wenn keiner meinen Rat benötigt, halte ich halt meinen Mund." Sie hob schmollend ihr Kinn.

„Was ist eigentlich mit Gunnar?", fragte Tanja.

„Steht im Stall. Hat nicht geklappt heute."

„Der führt euch an der Nase rum“, stellte Elisabeth fest.

„Wolltest du nicht den Mund halten?“ Tanja sah sie auffordernd an und setzte sich zu ihr an den Tisch.

„Also, ein kleines Anliegen hab ich noch“, meinte Rudi und nahm ebenfalls Platz. „Ich brauche ein Auto und wollte jetzt nicht mit meinem Lieferwagen da aufkreuzen. Könnte ich mir vielleicht den Mercedes ausleihen?“, bat er seine Mutter.

Sie hob ihr Kinn noch höher und schwieg demonstrativ.

„Antwortest du ihm bitte?“, sagte Tanja.

„Jetzt darf ich wohl wieder, wo dein Bruder etwas von mir will, ja? Und anscheinend hängt es jetzt auf einmal von mir ab, ob er Erfolg bei den Frauen hat oder nicht.“

„Muttern, bitte ...“

„Von mir aus, nimm ihn. Ich weiß aber nicht, ob er überhaupt noch anspringt. Bin ihn lange nicht mehr gefahren.“

„Danke“, sagte Rudi erleichtert. Er wusste, dass der Wagen anspringen würde, denn er hatte dafür gesorgt, dass er es tat. „Ich bin dann weg.“

„Viel Glück“, wünschte Tanja.

Rudi schnaufte noch einmal durch und verließ das Haus.

***

Der Wagen stand in der Garage, die sie Anfang der neunziger Jahre an das Haus angebaut hatten. Rudi öffnete das Schwingtor, und zum Vorschein kam ein Mercedes C230 Kompressor in Weiß. Elisabeth hatte sich den Wagen 1996 gekauft und war seitdem nicht mehr als 56.000 km damit gefahren. Er sah aus wie frisch vom Band gelaufen und war vollkommen rostfrei.

So spießig Rudi diese Karre auch fand, der C230 war besser als der übliche „Bauernbenz“ oder „Schweinedaimler“, der hier noch auf vielen Höfen herumstand. Immer wenn er auf den merkwürdig gemusterten, an Tetris erinnernden Sitzen Platz nahm und den Motor anwarf, fühlte er sich richtig gut. Der Kasten hatte immerhin 193 PS unter der Haube, von denen 150 für Elisabeth verschenkt waren. Sie hatte damals gemeint, sie würden das brauchen, um irgendwelche Anhänger auf dem Hof zu ziehen. Vielleicht hatte ihr der Verkäufer das eingeredet, aber wirklich genutzt wurde die Leistung nicht. Elisabeth fühlte sich einfach nur wie die Queen von Horstmar, wenn sie hinter dem Steuer saß. Und wenn dem so war, fand Rudi, stand das Ding verdammt noch mal zu Recht in ihrer Garage.

Er lenkte den Mercedes auf die Landstraße und trat das Gaspedal durch. Wenn das Date auch schiefgehen mochte, die Fahrt machte jetzt schon Spaß.

Das Restaurant, in dem sie sich treffen wollten, lag in einem anderen Dorf und war in der Gegend für seine gute Küche bekannt. Es war ein typisches Ausflugslokal, im Landhausstil gebaut und an einem kleinen Teich gelegen. Wie Silke hierherkam, wusste er nicht. Sie hatte sich hier mit ihm treffen wollen, doch er hoffte insgeheim, dass sie kein Auto besaß und er sie heimfahren konnte. Aber bis dahin war es noch ein langer, langer Weg, und als er das dachte, kam prompt die Aufregung, die er vorher kaum gespürt hatte. Wie ein Faustschlag donnerte sie gegen seine Brust.

„Oh, Scheiße“, sagte er atemlos, als er auf den Parkplatz gefahren war, und musterte sein Konterfei im Rückspiegel. „Dreh jetzt bloß nicht durch. Du bist ein erwachsener Mann.“ Hastig zog er den Schlüssel ab und stieg aus. Er brauchte frische Luft, doch die war zu heiß, als dass sie ihm eine Hilfe hätte sein können. Der Schweiß brach ihm aus, und sein Herz raste. Er war eine Viertelstunde zu früh und ging hinein, um sich schon mal an den Tisch zu setzen. Bis jetzt hatte Silke ihm nur wenige Fotos von sich geschickt. Er hoffte, dass er sie erkennen würde, wenn sie den Raum betrat.

„Ich habe reserviert, auf den Namen Terholte“, sagte er dem Kellner, der ihn am Eingang begrüßte.

„Ah, richtig. Zwei Personen, am Fenster“, entgegnete der Mann nach einem Blick ins Buch und lächelte. „Folgen Sie mir bitte.“

Rudi tapste dem Kellner hinterher. Die meisten Gäste saßen draußen auf der Terrasse. Wenn man es genau betrachtete, war hier im Gastraum gar kein Tisch belegt. Sie waren die einzigen. Im Moment war Rudi das ganz recht. Hier drin war es irgendwie kühler als draußen, und man war nicht unter so vielen Menschen.

„Oder möchten Sie auf einen Tisch draußen warten? Wenn etwas frei wird, können Sie auf die Terrasse gehen", sagte der Kellner.

„Ich ... äh ... warte noch auf jemanden, dann sage ich Ihnen Bescheid."

„Kein Problem. Möchten Sie schon etwas trinken?"

Rudi hätte am liebsten direkt mit einem Schnaps begonnen, um die Nervosität runterzuspülen.

„Ein ... eine Apfelschorle bitte."

„Sehr gern."

Der Kellner ging, und Rudi setzte sich. Neugierig linste er nach draußen, ob er von seiner Verabredung schon etwas sehen konnte. Ein silberner VW Polo fuhr auf den Parkplatz, und auf der Beifahrerseite stieg eine blonde Frau aus. Rudi reckte den Kopf. Sie sprach kurz mit dem Fahrer, den Rudi nicht erkennen konnte, und schlug schließlich die Tür zu. Der Polo fuhr davon, und die Frau kam auf das Restaurant zu. Sie war in Jeans und eine blaue Bluse gekleidet und trug einen bunten, mit indianischen Mustern verzierten Stoffbeutel über der Schulter. Das musste sie sein. Suchend hielt sie Ausschau und sprach schließlich den Kellner an, der ihr die Richtung zum Gastraum wies. Rudi stand auf und wusste nicht, wie er stehen sollte. Also setzte er sich wieder. Als sie hereinkam, sprang er wieder auf.

„Hallo!", rief er fast etwas zu laut für seinen Geschmack.

„Hallo", gab sie zurück, verengte ihre Augen und nahm ihn genauer in den Blick. „Dann bist du Rudi?"

„Ja, bin ich. Silke?"

„Volltreffer." Sie reichte ihm die Hand.

„Setz dich doch. Ich hoffe, du hast es gleich gefunden?"

„Ja, ja, mit Navi war das gar kein Problem", meinte sie, lächelte und sah ihn neugierig an.

„Tja ...", ließ Rudi in Ermangelung an Ideen, was er sagen konnte, hören.

„Endlich sehen wir uns“, sagte sie.

Der Kellner kam mit Rudis Apfelschorle, und Silke bestellte ein Wasser.

„Du warst ziemlich schnell mit einem Treffen“, begann Rudi.

„Ja, ich finde, online ist man so ganz anders als in der Realität“, meinte sie. „Ich lüge mir da einen Haufen Zeug zurecht, das gar nicht stimmt.“

„Ach nein?“, fragte Rudi fast ängstlich.

„Naja, diese Partnerschaftsseiten filtern doch alle die größtmögliche Übereinstimmung mit deinen eigenen Interessen und Hobbys aus der Masse heraus und schlagen dir dann diese Leute in Relation zu deinem Alter vor.“ Sie beugte sich näher zu ihm. „Ich will aber keinen kennenlernen, der genauso ist wie ich. Wie langweilig ist das denn? Ich such ja nicht nach mir, ich suche nach jemandem, der mir neue Welten aufzeigt und überraschende Wege vorschlägt und so weiter. Also lüge ich einfach.“

Rudi war für einen Moment sprachlos.

„Keine Angst, ich bin keine Soziopathin oder so was.“ Sie lachte fröhlich.

„Das beruhigt mich“, sagte Rudi und zwirbelte an seinem Bart herum.

„Ich hab noch nie jemanden mit so einem Bart gesehen.“

„Und ich noch niemanden mit so …“ Eigentlich wollte Rudi ihr ein Kompliment machen. Er fand, dass sie sehr hübsche, offene, blaue Augen hatte und sehr süße Sommersprossen. „… einer Tasche“, sagte er stattdessen, was Silke zumindest zum Lachen brachte.

Der Kellner kam zu ihnen und brachte ihr Wasser.

„Ach so, wenn du möchtest, können wir auch raus auf die Terrasse“, sagte Rudi mit rotem Kopf.

„Ich finde es hier besser“, entgegnete Silke, und der Kellner reichte ihnen daraufhin die Speisekarten. „Bist du jetzt verunsichert?“, fragte sie.

„Ich war schon vorher verunsichert. Was ist denn nun eigentlich wahr von dem, was du auf der Seite geschrieben hast?“

„Also, mein Alter stimmt fast. Ich bin etwas jünger, achtundzwanzig, und promoviere gerade in meinem Studienfach Soziologie. Der Rest ist erfunden.“

„Okay …“ Rudi lachte nervös. „Also bist du … naja, auch egal.“

Er nahm einen Schluck von der kühlen Apfelschorle.

„Tut mir leid. Ich wollte nicht … ich will dadurch niemanden verletzen oder vorführen oder so. Ich wollte einfach nur jemand Interessantes kennenlernen."

Rudi fiel ein, dass er auch nicht die ganze Wahrheit geschrieben hatte. Bei der Berufsbezeichnung hatte er nicht Schlachter eingetragen. Er hatte das Gefühl gehabt, dass das eher ein Ausschlusskriterium war, also hatte er Landwirt geschrieben.

„Macht nichts, alles gut. Jetzt sind wir ja hier und können neu anfangen", sagte er. „Ich war auch nicht ganz ehrlich."

„So, so." Sie grinste. „Dann wollen wir mal sehen, was es hier Gutes gibt."

Sie schlug ihre Karte auf. Rudi tat es ihr nach und durchsuchte die Hauptspeisen.

„Ich bin eigentlich gar nicht wirklich Landwirt."

„Nein, was denn sonst? Haben die hier auch veganes Essen?", fragte sie leiser.

Rudi versteinerte. „Vega…"

„Ja, ich bin Veganerin. Hab ich auch nicht geschrieben, sonst kriegst du nur solche Ökos mit drei Meter langen Bärten vorgeschlagen. Nichts gegen deinen Bart …"

Rudi schluckte.

„Was ist?"

„Nichts."

„Du guckst so komisch. Was wolltest du gerade erzählen?"

„Nichts."

„Doch, du bist kein Landwirt, sondern …"

„Äh … ich … also … ich bin genau genommen … Rinderzüchter."

„Rinderzüchter?"

„Ja-Ja-Japanische Wagyu-Rinder."

„Japanische Rinder? Warum die?"

„Weil … weil die so zutraulich sind."

Sie lachte erneut. „Echt?"

„Ja, die sind wie Haustiere."

„Okay, das klingt total schön. Dann musst du doch glücklich sein in deinem Beruf, oder?“

„Sehr.“

„Dann kannst du melken?“

„Melken ist nicht so direkt das, was ich mache …“

„Ach so, es ist kein Milchvieh?“

„Nein.“

„Also verkaufst du das Fleisch?“

„Ja“, sagte er vorsichtig.

„Schon gut, ich komm damit klar. Ich bin nur Veganerin, nicht weltfremd. Hast du schon was gefunden?“

Eigentlich war Rudi der Appetit vergangen. Ihm war sogar ziemlich übel im Moment. Eigentlich wünschte er sich an einen anderen Ort.

„Ich nehm einen Caesar Salad ohne Putenstreifen und was von deiner Beilage“, sagte sie und klappte die Mappe zu.

***

Ihm war immer noch übel, als sie nach dem Essen im Auto saßen und er sie nach Hause fuhr. Sie hatten sich zwar gut unterhalten und gelacht und Spaß gehabt, aber im Hinterkopf blieb immer diese eine Lüge, die er ihr aufgetischt hatte und die zwischen ihnen stand wie die Berliner Mauer.

„Das ist ein weiter Weg nach Münster jeden Morgen“, sagte er, als sie vor dem Mehrfamilienhaus im Osten von Horstmar hielten, in dem Silke mit zwei Mitbewohnern eine kleine Wohnung mit Garten gemietet hatte.

„Ich war ja früher in der Stadt, aber als Doktorandin muss ich nicht ganz so oft hin. Da wollte ich ins Grüne ziehen, weg von dem Trubel.“

„Naja, mich freut’s“, sagte er.

„Danke, du bist nett. Und es war ein wirklich schöner Abend.“

„Wenn du magst, können wir das gern wiederholen.“

„Na klar, ich würd deine Rinder gern mal kennenlernen. Deine Familie natürlich auch.“

„Lieber die Rinder“, erwiderte er.

Sie lachte und gab ihm einen Kuss auf die Wange. „Tschüss. Bis bald."

Rudi sah ihr nach, wie sie durch das Gartentor aufs Haus zuging und die Türe aufschloss. Sie winkte ihm ein letztes Mal zu und war gleich darauf im Haus verschwunden.

Auf dem Hof angekommen, lenkte er den Mercedes in die dunkle Garage und stellte den Motor aus. Deprimiert schlurfte er ins Haus und setzte sich müde und mit hängenden Schultern an den Esstisch. Schritte auf der Treppe kündigten Tanja an, die mit leuchtenden Augen im Türrahmen stehen blieb.

„Und, wie war's?"

„Sie ist toll", sagte Rudi traurig. „Hübsch und nett und lustig und irgendwie verrückt. Sie will mich wiedersehen."

„Ist doch super, warum hockst du dann hier rum wie 'n Trauerkloß?" Sie setzte sich zu ihm.

„Es wird nicht klappen", sagte er.

„Woher willst du das wissen?"

„Sie ist Veganerin, Tanja." Er blickte auf. „Veganerin, verstehst du?"

„Und? Hat sie schlecht reagiert, als du ihr von dir erzählt hast?"

„Ich hab natürlich gelogen. Hab gesagt, ich züchte Rinder, mehr nicht. Sie hat keine Ahnung, dass ich ein verdammter Schlachter bin."

„Oh."

„Ja, oh!"

„Dummer Schachzug."

„Dumm? Na, du hast ja gut reden. Kommissarin klingt so, als rettest du jeden Tag die Welt! Schlachter klingt so, als würde ich sie jeden Tag abmurksen." Er sank verzweifelt in sich zusammen.

„Was ist denn das für ein Krach um diese Zeit?", tönte auf einmal Elisabeths Stimme aus dem Flur.

„Bitte nicht", flehte Rudi.

Ihre Mutter schlurfte im Bademantel an ihnen vorbei, warf nur einen minimal kurzen Blick auf ihren Sohn und ging weiter in die Küche. Sie kam mit drei Gläsern und einer Flasche Schnaps zurück und schenkte ihnen ein.

„Hast du's vergeigt oder war sie zu hässlich?", fragte sie, als sie das Glas hob.

„Sie war toll", sagte Rudi leise und trank seinen Schnaps.

„Also hat er's vergeigt", sagte Elisabeth zu Tanja.

„Er hat ein wenig geflunkert, als es um seinen Beruf ging", erklärte sie. „Sie ist Veganerin."

Elisabeth lachte los. „Das nenn ich mal Schicksal", kicherte sie.

„Muttern, es ist ernst", versuchte Rudi sie zu maßregeln, schmunzelte aber selbst.

„Das kommt von diesem komischen Internetfirlefanz mit diesem Paarboiling und so weiter."

„Parshipping, Mama", sagte Tanja, „Parboiling ist das beim Reiskochen."

„Von mir aus. Aber du siehst, was du davon hast: nur Missverständnisse und Probleme. Man muss sich von Angesicht zu Angesicht kennenlernen."

„Haben wir ja heute. Aber ich konnte es ihr nicht sagen. Ich wollte nicht, dass sie gleich wieder rausläuft."

Elisabeth goss sich ein zweites Glas ein.

„Und, trefft ihr euch noch mal?", fragte sie.

„Sie hat mir ihre Nummer gegeben. Ja, ich denke, sie will."

Elisabeth kippte den Schnaps hinunter.

„Dann musst du ihr die Wahrheit sagen, wenn ihr euch das nächste Mal trefft."

Rudi schob sein Glas zu seiner Mutter rüber. Sie goss nach, und er trank aus.

„Soll ich dich noch mehr aufheitern?", fragte Tanja.

„Was?"

„Einige hier im Ort denken, dass du Stratmann getötet hast, weil du … na, was?"

„Jetzt sag schon."

„Weil du Schlachter bist!"

„Deswegen kommt keiner mehr in den Laden."

„Sag mir, wer, und ich kümmer mich um die Leute", drohte seine Mutter erbost, aber kontrolliert.

„Muddern, du klingst wie 'n Mafiapate!" Tanja schlug lachend ihre Hand auf den Tisch, und die beiden anderen ließen sich von ihr anstecken.

# fünf

Am nächsten Morgen stattete Tanja zunächst den Holthefes einen Besuch ab, in der Hoffnung, dass sie Jürgen irgendwo allein sprechen konnte. Und tatsächlich lugte er besorgt aus der Haustür heraus, als sie auf den Hof fuhr und ausstieg.

„Moin, Jürgen."

„Ach, hallo", sagte er und schaute etwas unangenehm berührt drein.

„Was ist los?"

„Nichts, was soll los sein?"

„Wo ist deine Frau?"

„Im Stall."

„Was macht sie da?"

„Was soll sie schon machen?"

„Na, das frage ich dich."

„Keine Ahnung. Ausmisten, reiten ..."

Von den Stallungen her war ein Poltern zu hören, als wohl irgendetwas zu Boden fiel.

„Scheiße, verfluchte!", schrie Annika gereizt. „So eine verfluchte Scheiße!"

„Ui, die Nerven liegen wohl ein bisschen blank, was?", fragte Tanja überrascht.

„Ist das verwunderlich?"

„Du hast recht. Alles verständlich. Aber sag mal, findest du, dass deine Frau sich ... sagen wir mal normal verhält, wenn es um das Verschwinden von Dr. Stratmann geht?"

„Wie meinst du das?"

„Naja, ist sie normal geschockt oder vielleicht ein bisschen mehr?"

Irgendwas veränderte sich in Jürgens Gesicht.

Da er nicht antwortete, hakte sie weiter nach. „Habt ihr ein gutes Verhältnis zu ihm? Ist er ein Freund der Familie?"

„Würde ich nicht sagen."

„Mmh." Tanja blickte unschlüssig auf ihre Füße. „Sei jetzt bitte nicht böse, wenn ich das frage, aber ... kannst du dir vorstellen, dass sie ein Verhältnis mit ihm gehabt hat?"

Seine Augen wurden groß, und er schluckte vernehmlich.

„Oh Mann, ich ... ich hab genau das Gleiche gedacht", hauchte er mit Tränen in den Augen. „Sie war so fertig, dass ich dachte, sie muss einfach etwas für diesen Kerl empfinden. Er ist doch nur unser Tierarzt, verdammt."

Tanja nickte und legte ihm mitfühlend eine Hand auf die Schulter. „Gab es schon vorher Anzeichen für eine Affäre? Ist dir irgendwas aufgefallen?"

„Na, sie wollte ... wenn er zu uns kam, hat sie es immer irgendwie so arrangiert, dass sie allein mit ihm war. Letztens rief sie ihn, weil zwei Pferde eine Augenentzündung hatten. Kurz bevor er dann auftauchte, schickte sie mich in die Apotheke, um Kopfschmerztabletten zu kaufen, weil es ihr so schlecht ging. Und hinterher war sie wie ausgewechselt. Sie war so gut drauf, dass ich sofort dachte ... Aber Stratmann? Ich meine, das ist doch kein Frauenheld, oder? Was findet sie an dem?"

„Ich weiß es nicht", gab Tanja zurück.

„Was heißt das denn jetzt für den Mordfall? Dass ihr mich verdächtigt?", fragte er lauter.

„Nein, nein", wehrte Tanja ab. „Ich muss mir nur über die Zusammenhänge klar werden. Wir sind noch lange nicht soweit, dass wir jemanden verdächtigen können."

Sie musste sich allerdings eingestehen, dass Jürgen sehr wohl zum Kreis der Verdächtigen gezählt werden musste, sollte sich der Verdacht einer Affäre zwischen Stratmann und seiner Frau erhärten. Wenn es um Mord ging, war Eifersucht eines der gängigsten Motive überhaupt.

„Ich danke dir jedenfalls für deine Offenheit", sagte sie zu Jürgen. „Jetzt würd ich gern mit ihr darüber sprechen."

„Muss das sein?", fragte er.

„Ja, tut mir leid."

Tanja ging vom Haus zum Stalleingang und hörte, wie die Haustür hinter ihr geschlossen wurde.

„Was soll dieser Mist, he?", schrie Annika hinten im Stall. „Ich hab euch schon tausendmal gesagt, dass wir das so nicht machen. Weil dann nämlich so was dabei rauskommt. Haut ab! Sucht euch woanders 'nen Job! Los, raus hier!"

Tanja stutzte und blieb stehen, bevor sie mitten in diese Auseinandersetzung platzte. Vier junge Damen kamen ihr aus dem Stall entgegen. Sie waren ganz blass im Gesicht.

„Was ist passiert?", flüsterte Tanja ihnen zu.

„Ach, sie hat einen Anfall gekriegt, nur weil Kaja das Halfter falsch herum aufgehängt hat. Keine Ahnung, was mit der los ist. Sie hat uns alle gefeuert", berichtete eins der Mädchen.

„Das meinte sie vielleicht gar nicht so. Ich red mal mit ihr", sagte Tanja, obwohl sie nur eins der Mädchen kannte, und die keine Ahnung hatten, was sie hier auf dem Hof überhaupt wollte.

Sie ging weiter und traf Annika in der vierten Box auf der linken Seite an, wo sie vor sich hin brabbelnd und fluchend einem Fuchswallach das Halfter anlegte.

„Frau Holthefe?"

Sie fuhr herum, mit feuchten Augen, aber wütendem Blick, und rief: „Was ist denn noch?" Dann erkannte sie Tanja. „Ach, 'tschuldigung. Ich dachte, die Mädels wären noch hier."

„Nee, die sind schon raus. Wirkten ganz schön mitgenommen."

„Zu Recht, was die sich hier erlauben ..."

„Schönes Tier", sagte Tanja. Augenblicklich entspannten sich Annika Holthefes Schultern, und sie atmete die aufgestaute Luft aus.

„Ja, er ist ein Schatz. War früher mein Parade-Pferd. Bin wirklich tolle

Turniere mit ihm geritten." Sie klopfte dem Fuchswallach stolz auf den Hals. „Was machen Sie hier, sind Sie nicht mit dem ... naja, mit dieser Sache beschäftigt? Haben Sie schon was rausgefunden?"

„Noch nicht. Es gibt viel zu ermitteln, zumal gestern noch eine weitere Leiche gefunden wurde."

„Stimmt, hab's gehört. Wie unheimlich."

„Frau Holthefe, weshalb ich hier bin ... Sie werden doch auch von Stratmann betreut, stimmt's?"

„Ja."

„Kennen Sie die Eheleute privat, ich meine so, dass Sie manchmal Dinge zusammen unternehmen?"

„Nein, warum?"

„Nun, ich hab Sie vorgestern gesehen, ich sehe Sie heute, und ehrlich gesagt finde ich Ihre Reaktion auf Stratmanns Verschwinden etwas ... wie soll ich sagen ... überdimensioniert."

„Überdimensioniert?"

„Ja, eine Menge andere Leute, ich eingeschlossen, fanden die Nachricht von seinem mutmaßlichen Tod schockierend, haben aber nicht so emotional reagiert wie Sie. Und ich möchte gern von Ihnen wissen, warum das so ist."

„Was wollen Sie eigentlich von mir?", fauchte Annika Holthefe.

„Ich möchte eine Antwort auf meine Frage."

„Spinnen Sie jetzt, ganz ehrlich? Was spielen Sie sich hier so auf? Ich hab keine Ahnung, was Ihr Problem ist." Sie zog am Halfter und wollte mit dem Pferd an Tanja vorbeigehen. Doch die stellte sich den beiden in den Weg.

„Einen Moment noch", sagte Tanja. „Sie sind ganz schön -"

„Dürfte ich?", fiel Annika ihr mit Wut in der Stimme ins Wort.

„Erst, wenn Sie mir diese eine Frage beantwortet haben. Hatten Sie ein Verhältnis mit Dr. Stratmann?"

Annika Holthefe warf ihren Kopf nach hinten und lachte so schrill, dass der Wallach mit dem Kopf zuckte. „Was reden Sie da? Sie müssten sich mal hören, geradezu lächerlich! Passen Sie mal lieber auf, dass Sie am

Ende nicht ganz Horstmar auslacht."

„Ist das ein Nein?"

„Genau das ist es."

„Okay." Tanja ließ sie passieren und schaute Annika und dem Fuchs hinterher, bis sie den Stall verlassen hatten.

Zwischen Tinge und Schagern hatte Tanja freie Fahrt, fuhr aber dennoch sehr langsam, weil sie in Gedanken über Annika Holthefe und das Letzte, was diese zu ihr gesagt hatte, vertieft war. Sie hatte in ihrer Laufbahn gelernt, mit Beleidigungen umzugehen, aber wenn sie sehr persönlich waren, musste man aufpassen, dass man es nicht in sich hineinfraß. Man brauchte ein Ventil. In diesem Fall würde es ihr vielleicht auch helfen, wenn sie sich sagte, dass Annika gerade nicht sie selbst war. Aus welchen Gründen, das hoffte sie, noch in Erfahrung zu bringen. Fest stand nur, dass ihr etwas so viel Stress gemacht hatte, dass sie in diese merkwürdig aggressive Abwehrhaltung verfallen war.

Als sie Tier und Reiterin so vor ihrem inneren Auge sah, kam ihr eine weitere Möglichkeit in den Sinn, warum Stratmann und Annika vielleicht ein innigeres Verhältnis hatten. Was, wenn es nicht um Liebe, sondern um sportlichen Erfolg ging? Sie beauftragte Brüning sogleich telefonisch, sich noch mal genauer mit diesem Medikament zu befassen, für das Stratmann eigentlich weniger Verwendung hatte, als er an Mengen einlagerte.

In Schagern erregte auf einmal ein Trecker Tanjas Aufmerksamkeit. Es war der Deutz Agrotron von Vossenkuhl, der gerade nach links in die kleine Straße in der Kurve einbog und einen Anhänger mit gestapeltem Holz hinter sich herzog. Vossenkuhl hatte sie offenbar nicht bemerkt. Tanja wunderte sich, was er hier mit dem Baumaterial machte. Wenn er sich ein Grundstück gekauft hätte, hätte er ihr sicher davon erzählt. Sie setzte den Blinker und folgte ihm. Er passierte den einzigen Hof auf dieser Straße. Dann, kurz vor der nächsten Gabelung, fuhr Vossenkuhl nach rechts in einen neu aufgeworfenen Schotterweg, der auf das an die Straße angrenzende Feld führte. Und tatsächlich waren hier Vermessungspfosten in den Boden geschlagen. Elfriede Sassenheim-Fürsting stand in

Gummistiefeln und Blaumann auf dem markierten Grundstück und winkte Vossenkuhl zu, als dieser an ihr vorbeifuhr. Elfriede war im Vorstand der Ortsgruppe der Landfrauen und eine rastlose Seele, die immer neue Dinge auf die Beine stellte. Tanja lenkte den Wagen ebenfalls auf den Schotterweg und lehnte sich aus dem Fenster.

„Elfriede!", rief sie und fuhr im Schritttempo bis auf ihre Höhe.

„Tanja, was machst du denn hier?" Elfriede trat zu ihr an den Wagen und verschnaufte, während sie Tanja gegen die Sonne blinzelnd ansah.

„Ich hab Vossenkuhl mit dem ganzen Holz gesehen und war neugierig, was er hier bauen will."

„Oh, er hilft mir und meinen neuen Kollegen bei unserem Projekt. Ich und vier andere aus der Gegend haben einen Verein gegründet und wollen hier ein Tierheim errichten. Wir haben auch eine Kooperation mit einem Tierheim in Rumänien aufgebaut."

„Schön, finde ich richtig gut."

„Ja, und ohne Rüdiger wäre erst mal gar nichts gegangen. Er sponsort uns mit dem Material und baut das Haupthaus für uns."

„Ehrlich?" Tanja staunte und blickte rüber zu dem Traktor, der gerade rückwärts rangierte, um den Anhänger an die gewünschte Position zum Entladen zu bringen.

„Spenden sind herzlich willkommen", sagte Elfriede lächelnd und reichte ihr einen Flyer.

„Das merk ich mir. Wirklich schöne Sache. Ich wünsch euch gutes Gelingen." Tanja legte den Zettel auf den Beifahrersitz, wechselte in den Rückwärtsgang und winkte zum Abschied.

Als sie wieder auf die Hauptstraße bog, waren alle schlechten Gedanken verflogen. In diesem Fall, das musste sie zugeben, hatte Vossenkuhl sie überrascht und auch ein wenig beeindruckt.

***

„Guten Morgen, Herr Zaunholz", grüßte Tanja demonstrativ freundlich, als sie den Leiter der Abteilung erneut auf dem Parkplatz traf.

„Frau Terholte“, entgegnete er wenig begeistert. „Wie ich sehe, haben Sie dieses Ungetüm aus verformtem Blech und billigem Schaumstoff immer noch nicht verschrottet.“

„Sehr gut beobachtet. Und damit ein anderer Umstand Ihrer Aufmerksamkeit ebenfalls nicht entgeht, schauen Sie doch mal auf die Fahrerseite.“

Im hinteren Fenster entdeckte Zaunholz ein kleines Schild. Tanja hatte den Spruch aus Schmeddings Elektrogeschäft in ihrem Sinne manipuliert und zwei Buchstaben ersetzt. „Dieser Wagen ist videoüberwacht“, stand dort zu lesen.

„Ich hab zwei Kameras installiert, die den gesamten Wagen innen wie außen gegen Vandalismus und Diebstahl absichern. Zugriffe landen direkt in der Cloud und auf meinem Handy.“

Zaunholz schnaubte böse und richtete sich kerzengerade auf. „Wie kommen Sie denn in der Mordsache voran, oder beschäftigen Sie sich mehr mit Bastelarbeiten an dieser Seifenkiste?“ Er wandte sich dem Eingang zu, und auch Tanja setzte sich in Bewegung.

„Wir haben inzwischen zwei Leichen, und die von gestern werde ich mir heute in der Rechtsmedizin anschauen, wenn's recht ist.“

„In was für einem Dorf leben Sie da eigentlich?“

„Das hatten Sie schon mal gefragt.“

„Und fühle mich immer noch nicht ausreichend informiert. Wie auch immer, ich wünsche schnelle Ergebnisse in dieser Sache. Seit es den Münsteraner Tatort gibt, schauen uns alle auf die Finger. Vor allem die Presse. Und ich bin derjenige, der sich mit ihr rumschlagen muss.“

„Vielleicht sollten Sie Brennigkemper gegen Jan-Josef Liefers austauschen, dann wären wir schon einen ganzen Schritt weiter“, konterte Tanja.

„Frau Terholte, Sie stellen doch keine Personalentscheidungen infrage, oder?“

„Wie käme ich dazu? Wir sind doch top besetzt auf allen Ebenen.“

Zaunholz verzog das Gesicht, als hätte er Schmerzen. „Ihre Stelle bereitet mir am meisten Sorge.“

„Und das bei meiner Aufklärungsquote", erwiderte Tanja lächelnd.

Sie standen wieder vor der Fahrstuhltür, und sie drückte den Knopf.

„Lassen Sie das, das kann ich selber."

Sie hob unschuldig beide Hände. „Ich nehme die Treppe, Sie wissen ja, warum."

Sie wollte gerade die Stufen hinauflaufen, als ihr von oben jemand entgegenkam. Zu ihrer Überraschung war es Brennigkemper.

„Hoppla", rief sie.

„Herr Dr. Schulze-Brennigkemper, was führt Sie denn hierher?", fragte Zaunholz.

„Sorry, wollte Sie nicht erschrecken. Ich bin nur hier, weil ich Frau Terholte bitten wollte, ihren ... äh, Spezialisten zur Begutachtung der neuen ... also der alten beziehungsweise der neuen alten Leiche mitzubringen."

„Spezialisten?" Zaunholz wandte sich Tanja zu. Sein linkes Auge zuckte.

„Genau", gab sie zurück. „Ich kenne da jemanden, ein Spezialist auf dem Gebiet der archäologischen Forensik. Er ist eine Kapazität aus ... äh ... Osnabrück und hat dort auch bei der Rekonstruktion der Varusschlacht mitgeholfen."

„Soso." Zaunholz' Blick verdüsterte sich zweifelnd. Der Fahrstuhl kam an. „Wir sehen uns später", sagte er und stieg ein.

„Hab ich was Falsches gesagt?", fragte Brennigkemper leise, als die Tür zugegangen war.

„Sie haben überhaupt was gesagt", entgegnete Tanja. „Aber egal, danke, dass Sie unser Verwandtschaftsverhältnis nicht erwähnt haben. Ich rufe ihn gleich an, meinen Spezialisten."

***

Rudi war wenig begeistert, musste aber zugeben, dass er im Laden ohnehin wenig zu tun hatte.

„Es kommen einfach keine Kunden mehr rein, und die Bestellungen bleiben auch aus", beschwerte er sich. „Obwohl das fast egal ist, solange

Gunnar nicht mitspielt ..."

Rudi willigte ein, gleich nach Münster zu kommen, verstaute das Fleisch in der Kühlung und ging durch die Ladentür hinaus, um abzuschließen. Er wollte noch schnell nach Hause, einen Pullover und das Jackett anziehen und seinen Lieferwagen gegen Elisabeths Mercedes eintauschen.

Als er den Schlüssel gerade das zweite Mal herumdrehte, hörte er, wie jemand hinter ihm stehen blieb.

„Rudi?"

Er fuhr herum und sah die erstaunte Silke vor sich stehen. Sie blickte über ihn hinweg zum Schriftzug über der Tür.

Rudi brachte kein einziges Wort heraus, er spürte Hitze in sich aufsteigen. Sein Gesicht brannte plötzlich, als hätte ihn ein hohes Fieber gepackt.

„Du ... du bist ... Metzger?", fragte sie zögernd.

Er sah ihr in die Augen und all seine Felle davonschwimmen. Was hatte er nur getan? Warum hatte er sich nicht wie ein erwachsener Mann verhalten und ihr die Wahrheit gesagt? Jetzt stand er hier wie der letzte Blödmann vor seinem Laden und fühlte sich ertappt wie ein kleines Kind beim Kekseklauen.

„Warum hast du mir das nicht gesagt? Was soll ich jetzt davon halten?", fragte sie.

„Ich ... ich wollte ... hatte ... irgendwie nicht den passenden Moment gefunden. Aber es ... sorry, ich muss los. Ich muss in die Rechtsmedizin."

„Wohin?"

„Erklär ich dir später."

„Anscheinend gibt es viel Klärungsbedarf", sagte sie.

„Sorry, tut mir leid, Silke. Ich bin spät dran. Ich ruf dich an, ja? Okay?"

„Wenn du meinst."

„Okay, gut. Bis dann." Er winkte ihr, obwohl er direkt vor ihr stand, und eilte dann zu seinem Ford Transit.

Im Rückspiegel konnte er Silke immer noch vor dem Laden stehen sehen. Sie schaute ihm nach, während sie immer kleiner wurde.

„Du bist doch das dämlichste Rindvieh, das auf Erden weilt!“, schrie er sich wütend selbst im Rückspiegel an. „Horrrrrnochse!“ Er schlug mit der Faust aufs Lenkrad.

Eine Dreiviertelstunde später erreichte er mit dem Mercedes seiner Mutter Münster, wo Tanja vor den rechtsmedizinischen Hallen bereits auf ihn wartete.

„Du siehst irgendwie gestresst aus. Entspann dich, Brennigkemper hat schließlich selbst nach dir gefragt“, sagte sie.

„Das ist es nicht. Ich hab vorhin einen kompletten Reinfall erlebt. Silke tauchte vor meinem Laden auf, als ich rausging.“

„Oh“, sagte Tanja betroffen.

„Leider hatte ich keine Zeit, ihr alles zu erklären, und hab sie vertröstet. Ich schätze, damit hab ich's endgültig vermasselt.“

„Das täte mir leid“, meinte sie mitfühlend.

Rudi wollte noch etwas erwidern, als auf einmal ein kleiner Basketball aus der Tür zum Sektionsraum Nummer VI hoppelte und gegen die Wand im Flur stieß.

„Und ein knappes Ding in letzter Sekunde geht leider haarscharf vorbei am Korb ...“, hörten sie Brennigkemper im Sportkommentator-Stil rufen. Er kam heraus, klaubte den Ball auf und blieb stocksteif stehen, als er sie sah. „Ups.“

„Na, wie steht's?“, fragte Tanja.

„Ich glaub, ich verliere.“

„Können wir jetzt vielleicht zum Beruflichen zurückkehren?“

„Selbstverständlich, es tut mir leid, ich war einfach ... es war krass dumm von mir.“

Tanja sah, dass er innen einen Papierkorb vor die Tür gestellt hatte, den er jetzt hastig zur Seite stieß und die Tür hinter ihnen schloss. Rudi schmunzelte unter seinem Bart.

„Tja, ich bin mit meiner Untersuchung so weit durch“, erklärte Brennigkemper eifrig. „Knochenproben habe ich ins Labor gegeben, damit wir das Alter genau bestimmen können. Und ich bin mir sicher, dass es sich um eine männliche Leiche handelt. Ansonsten kann man jetzt kaum noch was feststellen. Aber Sie ja vielleicht schon, also bitte", sagte er höflich zu Rudi und deutete auf die schwarzbräunlich schimmernde mumifizierte Leiche auf dem Tisch. Sie lag auf dem Rücken. Beide Arme waren angewinkelt, die Kiefer mit den gelbbraunen Zähnen klafften auseinander. Haut spannte sich an einigen Stellen der Arme, Beine und des Rumpfes wie hartes Leder um den Knochen. Rudi fühlte sich augenblicklich an den Ötzi erinnert.

„Sie ist erstaunlich gut erhalten", sagte er und verschaffte sich einen Überblick.

„Wahrscheinlich ist sie durch den Zement, der als Fundament der Scheune diente, konserviert worden", erklärte Tanja. „Was dafürspricht, dass der Mord und der Scheunenbau zeitlich zusammenhängen."

„Würde ich auch sagen. Haben Sie vielleicht eine Lupe für mich?", fragte Rudi an Brennigkemper gewandt.

„Natürlich." Er reichte ihm eine beleuchtete Handlupe, und Rudi machte sich daran, den Leichnam zu begutachten, indem er sich vom Schädel bis hinunter zu den Füßen vorarbeitete.

„Pinzette?", bat er Brennigkemper konzentriert, und der Rechtsmediziner legte sie ihm in die Hand wie eine OP-Schwester.

Rudi hob die Haut an der Schulter des Toten etwas an, um darunter sehen zu können.

„Ich denke, wir werden wohl nie herausfinden, woran der arme Kerl gestorben ist. Viel zu lange her", sagte Brennigkemper und schnalzte bedauernd mit der Zunge.

Tanja sagte nichts. Sie wollte ihrem Bruder Zeit lassen.

„Das ist vielleicht nicht ganz richtig", sagte der mit einem Mal und richtete sich auf.

„Hast du was gefunden?"

„Ihr armer Kerl wurde erstochen", sagte er zu Brennigkemper. „Direkt ins Herz. Von einem Rechtshänder."

„Erzählen Sie keinen Quatsch!", entfuhr es Brennigkemper bewundernd.

„Ich glaub schon. Seht mal hier." Er deutete mit der Pinzette auf eine

Stelle an einem der linken Rippenbögen. Tanja und der Rechtsmediziner beugten sich neugierig vor. „Seht ihr diese kleine Kerbe? Die stammt von der Klinge eines Messers. Es wurde ihm durch die Rippen hindurch von vorn ins Herz gestoßen. Dann fiel er rücklings in die Grube. Ich nehme an, er lebte noch einen Moment und hob die Hände, um die Erde abzuwehren, die man auf ihn draufschaufelte. Deshalb sind sie angewinkelt. Ist aber bloß 'ne Vermutung. Der Täter war Rechtshänder, weil die Kerbe von rechts oben nach links unten in den Knochen hinein verläuft. Die Verletzung war absolut tödlich. Hier oben an der Schulter gibt es noch eine Fraktur, die ist aber verheilt und muss von einer alten Verletzung stammen."

„Das gibt's doch nicht", sagte Brennigkemper. „Sagte ich schon, dass Sie ein Genie sind?" In diesem Moment klopfte es an der Tür, und alle drei fuhren vor Schreck zusammen.

„Heiliger Zeus", sagte Tanja lachend.

„Herein!", rief Brennigkemper, und die Tür wurde geöffnet. Zaunholz' Kopf erschien.

„Sind Sie hier? Ah ja, zu Ihnen wollte ich." Er trat ein und schloss die Tür krachend hinter sich.

„Wer ist das?", flüsterte Rudi verunsichert.

„Mein Chef."

„Ach du Schei…"

„Herr Dr. Schulze-Brennigkemper." Zaunholz kam mit ausgestrecktem Arm auf den Rechtsmediziner zu und reichte ihm die Hand, ehe er an Tanja vorbei auf Rudi zuging. „Und mit wem habe ich hier das Vergnügen?"

„Das ist …", hob Brennigkemper an, war aber ziemlich ahnungslos, was er sagen sollte.

„Professor Rudolph", sprang Tanja ihm bei. „Professor Rudolph ist, wie ich Ihnen bereits sagte, Spezialist für archäologische Forensik an der Universität Osnabrück und hilft uns bei der Untersuchung der Leiche."

„Ah, fabelhaft", freute sich Zaunholz und schüttelte enthusiastisch Rudis Hand.

Rudi war es sichtlich unangenehm, mit Tanjas Chef zusammenzutreffen. Er glaubte, dass seine Identität jeden Moment auffliegen würde.

„Haben Sie denn schon etwas herausfinden können?", wollte Zaunholz wissen. „Gibt es etwas, das uns weiterbringen könnte?"

„Der Herr Professor hat eben gerade die Todesursache feststellen können", sagte Brennigkemper bewundernd.

„Tatsächlich? Das ist ja hervorragend. Chapeau, Herr Professor."

„Ein tödlicher Stich ins Herz mit einem Messer", erklärte Tanja.

„Er fand außerdem heraus, dass es ein Rechtshänder gewesen sein muss", ergänzte Brennigkemper.

„Und die Identität des Opfers, kann man da noch etwas feststellen?"

„Das wird schwer bis unmöglich nach so langer Zeit", meinte Brennigkemper wenig hoffnungsvoll.

„Oh, ich glaub, ein bisschen was können wir vielleicht doch noch herausfinden", sagte Rudi und beugte sich über die rechte Hand des Skeletts. Mit der Pinzette kratzte er die Haut an einem Finger von Zementresten frei und brachte etwas zum Vorschein, das teilweise darunter verborgen gewesen war. „Sehen Sie? Das ist sein Ehering!"

Alle Köpfe schossen vor.

„Ich zieh ihn runter, vielleicht steht was drin."

Rudi hob mit der Pinzette vorsichtig den Ring vom Finger. „Hätten Sie vielleicht etwas zum Reinigen?", bat er Brennigkemper, der sofort Alkohol und Watte holte.

„Das gibt's doch nicht", sagte der Rechtsmediziner, als er auf der Innenseite eine Gravur freigelegt hatte. „Da steht: ‚Eduard und Liselotte Stratmann, 21.10.1805'."

„Stratmann!", rief Tanja und blickte dem Skelett ins Gesicht. „Das ist … das muss der Ururgroßvater von Dr. Stratmann sein. Erst wird sein Enkel getötet, und nun er. Also, umgekehrt natürlich."

Brennigkemper staunte. „Wow, krasse Geschichte." Er pfiff durch die Zähne.

„Fabelhafte Arbeit, Professor Rudolph!", lobte Zaunholz und klopfte Rudi kollegial auf die Schulter.

Tanjas Telefon klingelte. Sie wandte sich ab, um den Anruf entgegenzunehmen.

„Dann gilt es nun herauszufinden, ob die Verbrechen an Stratmann senior und seinem Urenkel ein Zufall sind“, stellte Zaunholz fest, als sie das Gespräch beendet hatte und an den Tisch zurückkehrte.

„Es gibt keinen Zusammenhang“, konstatierte Tanja entschieden.

„Wie können Sie das so sicher behaupten, Frau Terholte?“, fragte Zaunholz brüskiert.

„Stratmann ist wieder da. Er lebt.“

# sechs

Abgeschirmt vom Baulärm draußen, saß Tanja mit der nunmehr verheulten Frau Stratmann und ihrem fahrigen, nervösen Ehemann in dem Wohnmobil am Haus.

Tanja selbst war immer noch verwirrt, könnte man sagen. Sie war fest davon ausgegangen, dass es sich bei dem Mordopfer um Stratmann handelte. Es war zwar nicht bewiesen, doch den Mord und sein zeitgleiches Verschwinden in einem Ort wie Horstmar nicht in einen Zusammenhang zu bringen, war für sie kaum vorstellbar.

„Sie müssen entschuldigen, wenn ich etwas perplex bin, aber wir waren uns sicher, dass Sie tot sind. Ihre Frau, Ihre Angestellten, Ihre Kunden, wir alle hier in Horstmar", sagte sie eindringlich zu dem jetzt trotzig die Unterlippe vorschiebenden Stratmann.

„Wieso, ich hab mir einfach eine kleine Auszeit genommen. Da ist doch nichts dabei. Wie gesagt, es war … eine spontane Entscheidung."

„Und Sie sagen keinem Bescheid? Nicht Ihrer Frau, die sich hier um Sie sorgt, und auch nicht Ihren Angestellten in der Praxis, die ohne Sie nicht läuft? Das ist doch mehr als merkwürdig."

Frau Stratmann wischte sich beleidigt mit dem Handrücken über die Nase und blickte hinaus auf die dunkle Innenwand des Carports.

„Na, mein Gott, es ist halt einfach passiert. Es gab viel Stress, also hab ich mir zwei Tage im Hotel gegönnt. Das ist doch kein Verbrechen."

„Nein, aber es ist … So was macht man doch normalerweise nicht. Sicher können Sie sich vorstellen, wie Ihre Angehörigen und Mitarbeiter darauf reagieren und was sie denken müssen. Das können Sie doch

nicht nicht bedacht haben."
„Hab ich aber wohl. Nicht bedacht, meine ich."
„Herr Dr. Stratmann. Bitte versuchen Sie mich nicht für dumm zu verkaufen. Wir kennen uns schon eine Weile."
„Das gibt Ihnen nicht das Recht, hier in meinen Angelegenheiten rumzuschnüffeln. Das ist Privatsache! Ich hab nichts verbrochen. Was in der Zeit meiner Abwesenheit in Horstmar passiert ist, können Sie nicht mir anhängen."
„Das will ich auch gar nicht. Ich will plausible Antworten. Und Sie machen sich durch Ihr Verhalten verdächtig."
„Da! Sie wollen es mir anhängen, Sie sagen es ja selbst!"
„Nein, aber verstehen Sie nicht? Was soll ich denn denken?"
„Gar nichts, es geht Sie nichts an!"
Tanja erwiderte nichts, lehnte sich nur zurück, atmete aus und sah ihn prüfend an.
„Was?"
Sie schüttelte nur den Kopf, als Zeichen, dass sie nicht antworten würde.
„Ja, gut, vielleicht hab ich nicht nachgedacht. Dann war ich halt ein Arschloch, was soll's." Er leckte sich über die trockenen Lippen.
„Ich kenne Sie jetzt ... naja, seit meiner Kindheit", sagte Tanja ruhig. „Ich habe Sie immer als sehr gewissenhaft und pragmatisch wahrgenommen, als überzeugt von sich und Ihrem Handeln. Aber jetzt sehe ich einen völlig anderen Mann vor mir."
„Sind Sie Psychiaterin oder was?"
„Hör auf, so mit ihr zu reden!", fuhr seine Frau ihn an. „Was fällt dir eigentlich ein? Dass du dich mir gegenüber so verhältst, ist ja nichts Neues, aber nimm dich anderen gegenüber gefälligst zusammen!"
Tanja lächelte Frau Stratmann dankbar an.
„Ich werde Ihnen etwas Zeit lassen. Wir müssen noch viele andere Dinge klären, aber fest steht auch, dass ich noch mal mit Ihnen sprechen muss. Bitte verlassen Sie in der nächsten Zeit den Ort nicht. Ach ja, und noch etwas: Die Leiche, die unter der abgerissenen Scheune gefunden

wurde, ist aller Wahrscheinlichkeit nach Ihr Ururgroßvater Eduard Stratmann."

„Bitte?"

„Wissen Sie, ob man ihn damals gesucht oder vermisst hat?"

„Angeblich ist er ausgewandert", antwortete er.

„Tja, dem ist wohl nicht so. Danke für Ihre Zeit."

Tanja stand auf und ließ den verblüfften Stratmann im Wohnmobil zurück.

***

Das waren höchst unbefriedigende Antworten, die ihr der Tierarzt da gegeben hatte. An der Sache war offensichtlich etwas faul. Die Frage war nur, ob es mit dem aktuellen Mordfall in Verbindung stand. Tanja wollte ihm etwas Zeit geben und sehen, was er in der Zwischenzeit tat. Vielleicht verriet er sich mit seinem nächsten Schritt selbst. Mit ihrem Pajero fiel sie allerdings zu sehr auf, als dass sie sich einfach an den Wegesrand hätte stellen können. Er kannte den Wagen und hätte sofort gewusst, was sie im Schilde führte. Daher fuhr sie zum direkten Nachbarn der Stratmanns. Dort hatte sie, wenn sie sich zwischen zwei Schuppen auf dem Hof postierte, freie Sicht aus dem Seitenfenster auf Stratmanns Einfahrt.

Tanja wendete und stellte den Motor aus. Es war niemand zu sehen, daher nahm sie an, dass sich Stammholte und seine Frau auf dem Feld aufhielten. Die beiden bauten seit ein paar Jahren Hanf an. Sie nahm ihr kleines Fernglas aus dem Handschuhfach und drehte an dem Rädchen, bis sie ein scharfes Bild bekam. Stratmanns Volvo Kombi stand noch im quellenden Baustaub, aber jetzt wurde die dicke Plastikfolie um das Carport zur Seite geschoben, und Stratmann kam wild gestikulierend heraus. Erregt warf er seine Arme in die Luft, während er zu seinem Volvo stapfte und dann eiligst vom Hof fuhr.

„Hey, was machen Sie hier?", fragte eine Stimme. Tanja fuhr erschrocken herum. Es war Holger Stammholte, der auf eine Forke gestützt vor ihrer Seitenscheibe stand. Sie ließ das Fenster herunter.

„Moin, Herr Stammholte“, begrüßte sie ihn. Jetzt erkannte er sie. „Ich bin nur gerade dabei …“ Sie folgte mit den Augen dem Volvo, der auf der Landstraße an ihnen vorbeizog. „Ich muss auch wieder los.“

„Das ist wohl auch besser so. Sie haben hier nichts verloren“, sagte er scharf.

Tanja stutzte. „Ich bin von der Polizei“, versuchte sie ihre Anwesenheit zu rechtfertigen.

„Ich weiß nicht, was Sie hier wollen, aber machen Sie's gefälligst woanders. Ich will nichts damit zu tun haben.“

„Tja, leider muss ich los, aber wir können uns ja noch mal unterhalten. Bis dann.“

Stammholte zog eine Grimasse und schaute ihr missmutig hinterher, bis sie auf die Landstraße abgebogen war.

„So langsam arbeite ich mich zum Mitbürger des Monats hoch“, sagte Tanja zu sich selbst und grinste in den Rückspiegel. Sie gab noch ein bisschen mehr Gas, und nach der nächsten Linkskurve tauchte das Heck von Stratmanns Volvo vor ihr auf. Mit genug Abstand, dass er sie nicht sofort erkennen konnte, folgte sie ihm bis in den Ort. Sie hatte eine Vermutung, wohin er wollte. Seine Mutter wohnte in einem Seniorenstift. Die alte Dame war bereits weit in den Neunzigern und körperlich nicht mehr so fit, als dass sie noch bei Stratmanns im Haus hätte wohnen können.

Tatsächlich parkte Stratmann vor der Einrichtung und lief mit gesenktem Kopf und eingezogenen Schultern, so als wollte er nicht erkannt werden, durch die Eingangstür. Tanja fuhr noch ein paar Meter weiter und hielt dann so auf dem Seitenstreifen, dass sie im Seitenspiegel den Volvo erkennen konnte. Es dauerte nur zwanzig Minuten, bis Stratmann wieder auf der Straße auftauchte und fortfuhr. Nun ging Tanja in das Gebäude, erkundigte sich nach der Zimmernummer der alten Dame und stattete ihr einen Besuch ab.

Klara Stratmann saß in einem Sessel am Fenster. Ihre Beine waren trotz der Hitze draußen in eine Wolldecke gehüllt. Ihr schlohweißes Haar lag wie ein fluffiger Schleier auf ihren schmalen Schultern, und sie starrte abwesend hinaus auf eine Buche, die etwas Schatten auf ihr Fenster warf.

„Hallo Frau Stratmann."

Die alte Dame reagierte nicht, also machte Tanja zwei Schritte auf sie zu. „Frau Stratmann?"

„Ja? Wer ist da?", fragte sie mit hoher Stimme und blickte so, als erkenne sie sie ohne Brille nicht, in Tanjas Richtung.

„Frau Stratmann, mein Name ist Tanja Terholte. Vielleicht kennen Sie mich noch. Ich bin die Tochter von Elisabeth Terholte."

„Natürlich kenn ich dich. Du bist doch die Kleine mit den Zöpfen."

Sie trug schon lange keine Zöpfe mehr, aber die alte Dame hatte recht. Bis zu ihrem neunten Lebensjahr hatte Tanja ihre langen Haare mit Micky-Maus-Haargummis zu zwei Zöpfen zusammengebunden getragen.

„Wie geht's dir denn? Was macht deine Mutter?", wollte Frau Stratmann wissen.

„Oh danke, es geht mir bestens und meiner Mutter auch. Wir kommen gut zurecht."

„Habt es nicht einfach gehabt", meinte Frau Stratmann und sah wieder hinaus auf die Buche.

„Nein, da haben Sie recht. Darf ich mich zu Ihnen setzen, Frau Stratmann?"

„Aber natürlich, Kleine", sagte sie und freute sich anscheinend über etwas Besuch.

Tanja zog den zweiten Stuhl näher und nahm Platz. „Wissen Sie, ich arbeite jetzt als Polizistin in Münster", erzählte sie.

„Bei der Polizei? Wie aufregend."

„Ja, und wir haben gestern leider eine unschöne Entdeckung gemacht", fuhr Tanja fort, „die mit Ihnen ein wenig zu tun hat. Beziehungsweise mit Ihrem verstorbenen Mann. Sagt Ihnen der Name Eduard Stratmann etwas? Er müsste sein Ururgroßvater gewesen sein."

„Allerdings, meine Liebe, er war schließlich das schwarze Schaf in der Familie. Er ließ Frau und Kinder zurück, als er auf Nimmerwiedersehen in die USA auswanderte."

„Ach so? Und ist das ganz sicher?", fragte Tanja.

„Ich wüsste nicht, warum es nicht so sein sollte. ‚Der Eduard ist nach

Amerika', hieß es immer. Ich weiß nichts anderes."

„Haben Sie aus Erzählungen etwas über ihn erfahren? Vielleicht durch Ihre Schwiegereltern?"

„Ja, es hieß, er sei sehr reich geworden. Aber der Kontakt ist gänzlich abgebrochen. Er hat sich nie wieder gemeldet. Es war damals wohl so ähnlich wie bei euch."

Tanja dachte kurz über diese Worte nach. Wieder lag die alte Dame richtig. Und dass sie es bemerkte, war irgendwie sehr tröstend. Für einen Moment fühlte sie sich ihr ganz nah, so als sei sie ihre eigene Großmutter.

Frau Stratmann nahm ihre alte, knorrige Hand von der Lehne des Stuhls und tätschelte Tanjas Knie. Tanja hätte fast geheult ob dieser Geste.

„Ach, Frau Stratmann ..." Sie seufzte.

„Es wird schon wieder", sagte die Alte.

„Ich habe eine vielleicht etwas verwirrende Nachricht für Sie. Wissen Sie, es sieht so aus, als ob der Eduard nicht ausgewandert ist, sondern ... sondern hier in Horstmar gestorben ist."

„Wie? Nicht ausgewandert? Aber wie kann das sein? Alle haben es doch gesagt?"

„Keiner wusste, was wirklich mit ihm passiert ist. Ich fürchte, er ist getötet worden."

„Nein!", sagte sie und legte erstaunt ihre Hand über den Mund.

„Es tut mir leid."

„Das ist doch nicht Ihre Schuld, meine Kleine."

„Nein, aber ich wollte Sie nicht aufregen."

„Ach, in meinem Alter regt man sich nicht mehr so schnell auf. Das ist aber natürlich ein Ding."

„Ich untersuche diesen Fall und werde sehen, ob ich nach so langer Zeit noch etwas über den Täter herausfinden kann."

„Oh, das ist sicher schwierig. Machen Sie sich keine Mühe."

„Doch, doch, ich muss. Und ich will es auch. Gibt es vielleicht Dokumente, die mir dabei helfen könnten? Haben Sie noch etwas aufbewahrt?"

„Oh, ich habe ganz viele Familienalben und Dinge von der Familie meines Mannes in meinem Haus. Es wurde über Generationen immer alles weitergereicht. Oben auf dem Dachboden ist alles in Kartons eingelagert. Sie können gern hineinschauen, wenn Sie möchten."

„Das wäre großartig, danke. Dann wende ich mich an Ihren Sohn. Wann haben Sie den zum letzten Mal gesehen?"

„Er war eben gerade hier", sagte sie und deutete zur Tür. „Hat sich länger nicht mehr blicken lassen. Er ist sehr beschäftigt."

„Verstehe. Haben Sie Veränderungen an ihm bemerkt?"

„Was meinen Sie? Einen Bart oder was?"

„Nein, verhielt er sich anders als sonst?"

„Nein. Er war schon immer ein Sturkopf, und Geld ist ihm am wichtigsten."

„Aha."

„Aber er wird Ihnen helfen. Und wenn nicht, macht es meine Schwiegertochter, die ist ein Engel."

„Okay, vielen Dank, Frau Stratmann. Sie haben mir sehr geholfen. Ich muss jetzt wieder los."

„Schön, dass Sie da waren. Grüßen Sie Ihre Mutter von mir."

„Das werd ich."

Tanja stand auf und gab der alten Dame die Hand, bevor sie hinausging und leise die Tür hinter sich schloss. Sie war überrascht, wie fit Frau Stratmann geistig noch war und was für ein einnehmendes Wesen sie hatte.

Sogleich stattete sie den Stratmanns einen weiteren Besuch ab. Die Bauarbeiter hatten inzwischen Feierabend gemacht, und auf dem Grundstück war Ruhe eingekehrt. Da das Wohnmobil leer war, klingelte Tanja an der Haustür, und Frau Stratmann öffnete.

„Da sind Sie ja schon wieder", sagte sie überrascht.

„Ja, ist Ihr Mann zu Hause?"

„Nein. Er fuhr kurz nach Ihnen weg. Keine Ahnung, wo er steckt. Aber das ist ja nichts Neues, nicht wahr?"

„Ich war eben bei Ihrer Schwiegermutter. Sie hat mir mitgeteilt, dass sie noch Familienfotos und Unterlagen besitzt, die auf dem Dachboden lagern."

„Nanu, Sie waren bei Klärchen?", fragte sie.

„Ich bin Ihrem Mann gefolgt. Er war dort."

„Ach? Na gut, schön, dann … wollen Sie die Sachen sehen?"

„Das wäre sehr freundlich. Ich brauche alle Informationen, die ich über Eduard Stratmann finden kann."

„Da haben Sie aber Glück. Ich hab den ganzen Krempel eigentlich wegschmeißen wollen, wegen des Umbaus. Oben ist alles leer. Ich hab's im Keller in einer Truhe verstaut, kommen Sie."

Frau Stratmann führte Tanja über eine Steintreppe nach unten in einen ziemlich aufgeräumten und hübschen Keller.

„Mein Mann hat sich hier ein kleines Weinlager eingerichtet und eine Art Partykeller, in dem er manchmal mit Freunden ein Glas trinkt oder auch zwei."

„Sehr nett", sagte Tanja und lugte neugierig in die handgefertigten Holzregale, in denen die Weinflaschen lagerten. Es gab auch eine größere Kühleinheit, die ein blassbläuliches Licht in den gewölbeartigen Raum warf. Die Holztruhe, um die es sich handelte, passte hier ebenso gut hinein wie jedes der anderen dekorativen Möbelstücke.

„Ich hab ein Polster draufgelegt, damit man sie auch als Sitzgelegenheit nutzen kann", erklärte Hilde Stratmann und entfernte das Kissen, um die Truhe aufzuklappen. Es quietschte, und dann lagen Stapel alter Zeitungen, Mappen und Alben in ledernen Einbänden vor ihnen. Im selben Moment klingelte Tanjas Handy. Frau Stratmann zuckte heftig zusammen, dann lachte sie erleichtert.

„Sorry, ich muss rangehen", sagte Tanja und nahm das Gespräch entgegen. Es war Karl Brüning.

„Frau Terholte, Sie wollten doch, dass ich mir das Medikament ansehe, von dem Stratmann Unmengen bestellt hatte."

„Ja, richtig. Haben Sie etwas darüber rausfinden können? Hat es eine leistungssteigernde Wirkung?"

„Nicht so, wie Sie denken", antwortete er.

„Wie meinen Sie das?"

„Naja, Sie dachten an Doping. Aber dieses Mittel wird zu einem ganz anderen Zweck missbraucht. Es dient zum Strecken von Kokain."

„Bitte?“, fragte sie erschrocken und sah dabei Frau Stratmann an, die sogleich einen Schritt zurück machte.

„Sie haben richtig gehört. Ko-ka-in.“

„Das ist ja mal … okay, vielen Dank. Ich bin gerade bei Dr. Stratmann zu Hause“, sagte sie.

„Oh, na dann viel Spaß, und passen Sie auf sich auf.“

„Natürlich, danke.“ Sie legte auf und atmete einmal tief durch.

„Ist was mit meinem Mann?“, fragte Frau Stratmann ängstlich.

Tanja sah sie ernst an. „Ich fürchte schon.“

***

Mit stapelweise Unterlagen im Kofferraum fuhr Tanja zu dem fünfundvierzig Kilometer entfernten Viersternehotel in Enschede, in dem sich Stratmann während der letzten beiden Tage angeblich aufgehalten hatte. Zu ihrer Überraschung hatte er hier tatsächlich genächtigt. Sie fragte die junge Rezeptionistin, ob er sich hier mit jemandem getroffen habe, und hoffte insgeheim, hinsichtlich eines Techtelmechtels vielleicht auf Fine oder Annika Holthefe zu stoßen, doch da wurde sie ebenfalls enttäuscht. Dr. Stratmann hatte stets allein im Restaurant gefrühstückt und zu Abend gegessen.

Zu Hause angekommen, fand sie Elisabeth auf der Bank vorm Haus vor. Sie war eingenickt und fuhr erst hoch, als Tanja die Fahrertür absichtlich laut zuschlug.

„Ha, du bist eingeschlafen!“, rief sie.

„Gar nicht, ich hab was auf dem Boden beobachtet, es sah nur so aus, als würde ich schlafen.“

„Was beobachtest du denn auf dem Boden?“, fragte Tanja und ging zum Kofferraum.

„Wir haben Ameisen. Rudi muss sich mal drum kümmern“, sagte ihre Mutter mit erhobenem Kinn und stand auf. „Was hast du denn da alles drin?“, wollte sie wissen, als Tanja mit vollen Armen auf sie zukam.

„Alte Sachen von den Stratmanns. Ich muss mehr über den Urururgroßvater herausfinden. Ach ja, und schöne Grüße von Klara Stratmann soll ich dir ausrichten."

„Das Klärchen", sagte Elisabeth. Sie freute sich sichtlich. „Und unser Doktor vom lieben Vieh ist wieder da, hab ich gehört?"

„Ja, er war in Holland, hat sich Urlaub genommen."

„Warum mach ich so was nicht?", fragte sich Elisabeth.

„Weil du bei uns die Ameisen zählen musst."

„Ich schmeiße hier den Hofladen", verteidigte sich ihre Mutter.

„Natürlich, wie viele hast du denn heute vergrau… äh … verkauft?"

„Zwei Packungen von diesen Hamburgerkissen."

„Patties heißen die."

„Neumodischer Quatsch. Frikadelle hieß das früher."

„Fri-ka-delle, das ist Französisch."

„Ach, lass mich in Ruh …" Sie ging vorweg ins Haus und rief nach ihrem Sohn.

Rudi kam die Treppe heruntergelaufen und schaute neugierig auf den Herd. „Was gibt's zu Essen?"

„Das, was du kochst", entgegnete seine Mutter. „Aber ich kann Kartoffeln schälen." Sie nahm sich das metallene Sieb vom Haken an der Wand.

„Dann mach ich Buletten", sagte er, und Tanja und Elisabeth grinsten sich an.

Tanja legte die Unterlagen auf dem Tisch ab. „Ich helf euch." Sie kochten gemeinsam und aßen zu Abend. Rudi beschwerte sich, dass Tanja ihn in Situationen brachte, in denen er anderen gegenüber lügen und sich als jemand anderes ausgeben musste.

„Stell dich nicht so an", sagte seine Mutter nur. „Du hilfst deiner Schwester damit."

Nach dem Essen saßen sie alle drei am Wohnzimmertisch. Der Fernseher lief leise. Die Nachrichten waren eingeschaltet, und obwohl nach Tanjas Wissen keine Presse im Ort gewesen war, hatte sie ständig Angst, dass ein Beitrag über den Mord in Horstmar kommen würde.

„Was machst du denn jetzt, wo Stratmann wieder da ist?", erkundigte sich ihre Mutter.

„Vor allem müssen wir klären, wer der Tote ist. Im Moment können wir die Leiche nicht identifizieren. Uns fehlen die entscheidenden …“, sie räusperte sich, „Teile.“

„Oh, wie furchtbar.“ Elisabeth schüttelte angewidert den Kopf.

„Solange wir nicht mehr … Teile finden, bleibt uns nur, die Vermisstenmeldungen abzugleichen.“

„Meinst du, Stratmann hat was damit zu tun?“, fragte Rudi.

Tanja nickte nachdenklich vor sich hin. „Genau das frage ich mich schon den ganzen Tag. Dieser Kurzurlaub liegt mir schwer im Magen. Er hat sich dort anscheinend nicht mit seinen vermeintlichen Liebhaberinnen getroffen. Das hätte ihn für den Mordfall ein wenig entlastet.“

„Liebhaberinnen?“ Elisabeth wurde hellhörig.

„Naja, ist nur so eine Theorie. Aber ich will keine Gerüchte in die Welt setzen.“

„Ach so, du meinst, du kannst es mir nicht erzählen, weil ich alles weitertratsche oder wie?“

„Muttern, bitte. Ich muss nur für mich …“

„Ja, ja, versteh schon“, sagte Elisabeth beleidigt.

„Ich hab noch viel zu tun. Ich arbeite jetzt die Stratmannsche Familiengeschichte durch.“ Tanja erhob sich, begab sich zum Esstisch, wo die Unterlagen auf sie warteten, und ließ die beiden vor dem Fernseher allein. Bis vier Uhr in der Nacht schaute sie sich die Schwarz-Weiß-Fotos in den Alben an, las in den Familienchroniken und den gesammelten Zeitungsartikeln und Urkunden. Der alte Stratmann hatte sich bereits in jungen Jahren als Arzt einen Namen gemacht, anscheinend behandelte er die Leiden der Arbeiter in der florierenden Textilbranche hier im Münsterland mit großem Erfolg. Er hatte mehrere Auszeichnungen erhalten, und es gab Bilder von ihm zusammen mit anderen Ärzten und Professoren. Offenbar war er ein ebenso angesehenes Mitglied der Gesellschaft gewesen wie sein Urururenkel heute. Es gab, bis auf sein Verschwinden, auch keine Anhaltspunkte auf irgendwelche Familientragödien. Denn Stratmann war wohlhabend gewesen, weshalb Tanja diesen Mord unter anderen Umständen als Raubmord eingestuft hätte, aber die Tatsache, dass er auf einem Feld abseits der Häuser des Ortes und weit entfernt von seinem eigenen Haus getötet worden war, widerlegte diesen Verdacht. Vielmehr ging sie davon aus, dass man ihn zum Tatort gelockt hatte, um den Umstand auszunutzen, dass der Bau der Scheune, an dem der oder die Täter vielleicht auch noch beteiligt gewesen waren, das Auffinden der Leiche unmöglich machen würde.

Es war vier Uhr dreißig, als sie ihre brennenden Augen rieb und sich entschloss, für heute Schluss zu machen und ins Bett zu gehen.

***

Der nächste Morgen begann hektisch, und Tanja fühlte sich, wahrscheinlich weil sie so wenig Schlaf bekommen hatte, merkwürdig nervös und hibbelig. Ständig entglitt etwas ihren Händen, oder sie stieß Dinge um. Am Steuer ihres Pajero versuchte sie sich zu beruhigen und legte das „Nebraska"-Album von Bruce Springsteen ein. Während Springsteen von den kargen, öden Weiten Nebraskas sang, fuhr sie mit offenem Fenster an den von grünen Wallhecken eingefassten Feldern des Münsterlands entlang, umkurvte hübsch und ordentlich bepflanzte Verkehrsinseln und passierte akkurat angelegte, von ihren Besitzern gepflegte Vorgärten mit den für die Region typischen Kiesbeeten und Korkenzieherzypressen.

Zu Tanjas Überraschung wartete in ihrem Büro ein älterer Herr auf sie.

Förster kam ihr entgegen und grinste freudig. „Guten Morgen, da ist ein Herr Horstmann für Sie und möchte eine Aussage machen", sagte er, so als habe er damit den Fall bereits gelöst.

„Zu der aktuellen Sache?", fragte sie.

„Mhhmm."

„Schön, dann schauen wir doch mal …" Tanja betrat ihr Büro und ging mit ausgestreckter Hand auf ihren Besucher zu, der kerzengerade auf dem Stuhl saß und sie mit ernster Miene begrüßte. „Guten Morgen, mein Name ist Terholte, wie kann ich Ihnen helfen?"

„Horstmann, Albert, aus Steinfurt. Sein Oberlippenbart zuckte. „Ich möchte mich hiermit als Zeuge im Vermisstenfall Dr. Stratmann melden."

„Ach, das ist ja interessant“, sagte Tanja und wollte ihn bereits aufklären. Dann entschied sie, das noch einen Moment lang aufzuschieben, um den Mann zunächst anzuhören.

„Genau, ja“, sagte er, ließ seinen Bart erbeben, und legte beide Hände, in denen er eine Herrenhandtasche hielt, auf seine Knie. „Ich komme wie gesagt aus Steinfurt und bin ein passionierter Radfahrer. Dadurch komme ich viel herum und habe diesen Herrn Dr. Stratmann in einem Waldstück am Gauxbach südlich von Metelen gesehen. Das ist jetzt vier Tage her.“

Tanja nahm sich Stift und Block und notierte sich die Angaben. „Darf ich fragen, woher Sie den Herrn Dr. Stratmann kennen? Und sind Sie sicher, dass es sich um ihn handelte?“

„Ich bin dem Herrn Doktor zu zwei verschiedenen Gelegenheiten begegnet. Einmal beim Schützenfest in Horstmar 2013 und dann noch mal bei einer Veranstaltung der Landfrauen in Steinfurt 2017. Meine Frau und seine Frau haben dort einen Leseabend mit einem nicht ortsansässigen Krimiautor organisiert.“

„Sie haben aber ein gutes Gedächtnis, diese beiden Gelegenheiten liegen ja schon drei bis sieben Jahre zurück“, gab Tanja zu bedenken.

„Der Herr Doktor hat sich wenig verändert in der Zeit.“

„In Ordnung, Sie sahen ihn also im Wald. Ging er dort spazieren, oder fuhr er Fahrrad, so wie Sie, oder was machte er?“

„Er stritt sich mit einem Mann und einer Frau. Deshalb ist es mir auch so im Gedächtnis geblieben. Sie waren recht laut, und ich hielt es für ungewöhnlich, dass man sich in einem Wald streitet. Ist mir zumindest noch nicht untergekommen.“

„Kannten Sie die anderen beiden Personen auch?“, fragte Tanja jetzt interessierter.

„Nein, tut mir leid.“ Wieder zuckte sein Bart.

„Konnten Sie verstehen, um was es bei dem Streit ging?“

„Nun, sie redeten durcheinander, beschuldigten sich gegenseitig. Ich konnte nicht verstehen, um was es im Kern ging. Das Einzige, was klar rüberkam, war das Wort ‚Smaragd‘. Ich fragte mich natürlich, ob sie sich über Juwelen streiten würden, schenkte dem aber keine weitere Beachtung. Dann erfuhr ich, dass Dr. Stratmann vermisst wird, und da ich heute ohnehin nach Münster fahren wollte, dachte ich, ich melde mich lieber gleich bei der Kriminalpolizei", schloss er seinen Bericht.

„Das haben Sie gut gemacht. Sie konnten also deutlich das Wort ‚Smaragd' verstehen?"

„Ja, ganz genau."

„Ungewöhnlich."

„Ja, ganz genau." Sein Bart zuckte auf und ab.

„Und die beiden Personen … können Sie die vielleicht beschreiben?" Sie wartete mit dem Stift in der Hand auf seine Antwort.

Er blickte nach links unten auf den Boden und schien in seinen Erinnerungen zu kramen.

„Also, der Mann war recht aufgebracht. Er war es auch, der von dem Smaragd gesprochen hat. Er hatte einen Vollbart und trug dunkle Hosen und ein weißes Oberhemd. Die Dame habe ich nur von hinten gesehen, aber sie war blond, langes Haar, schlank. Mehr kann ich nicht sagen. Ich bin ja nur vorbeigeradelt."

„Das hilft uns schon viel weiter. Wie verhielt sich Herr Dr. Stratmann, emotional gesehen? War er auch wütend?"

„Ja, er war ganz rot im Gesicht und drohte dem anderen Herrn mit dem Zeigefinger."

„Aha", sagte Tanja und notierte sich das. „Gibt es sonst noch irgendetwas, das Ihnen aufgefallen ist?"

„Nein, wie gesagt, es war nur ein kurzer Moment."

„Herr Horstmann, dann bedanke ich mich für diese Aussage. Wir müssten noch kurz Ihre Personalien aufnehmen. Außerdem kann ich Ihnen mitteilen, dass Herr Dr. Stratmann gestern wieder aufgetaucht ist."

„Wie bitte? Dann bin ich ja ganz umsonst gekommen."

„Nein, Ihre Aussage war von großer Wichtigkeit für uns. Trotzdem sollen Sie natürlich wissen, dass Herr Dr. Stratmann wohlbehalten wieder zu Hause ist. Alles andere werde ich jetzt klären."

Herr Horstmann wollte eben etwas erwidern, als es an der Tür klopfte. Förster kam herein.

„Tanja, gerade hat jemand aus Horstmar angerufen, mit interessanten Neuigkeiten für dich."

„Ja, und?"

Er blickte unkomfortabel zu Herrn Horstmann, und Tanja verstand, dass er es nicht vor ihm sagen wollte.

„Entschuldigen Sie mich einen kleinen Augenblick", sagte sie und ging mit Förster vor die Tür.

„Es war ein Hofbesitzer dran", berichtete Förster im Flüsterton, „der behauptete, er habe eine Videoaufnahme von einem Fremden auf seinem Hof entdeckt. Und in einem Misthaufen habe er menschliche Überreste gefunden."

„Förster, das ist ja … er hat ihn auf Video?"

„Wen er da auf Video hat, weiß ich nicht, aber er hat jemanden."

„Das ist gut, das ist richtig gut. Förster, ich brauche deine Hilfe. Ich nehme noch kurz die Aussage zu Ende auf und fahre dann gleich nach Horstmar. Könntest du bitte in der Zeit alle Vermisstenfälle von Personen abfragen, die in der letzten Woche verschwunden sind? Und bitte auch die Kollegen aus Niedersachsen und Nordrhein-Westfalen anfragen."

„Ist gut."

„Danke dir."

Der Mann, der die Meldung gemacht hatte, besaß einen Reiterhof zwischen Alst und Ostendorf im Norden von Horstmar. Er hieß Reinhard Velting und hatte vor acht oder neun Jahren den Hof seiner Eltern übernommen, ihn modernisiert und zu einem Ferien- und Reiterhof ausgebaut. Die Gäste waren in kleineren Bungalows untergebracht und konnten Reitkurse buchen oder einfach nur das Hofleben genießen.

Über die von Weiden gesäumte, langgestreckte Auffahrt fuhr Tanja mit Karl Brüning, seinem Team und Brennigkemper im Schlepptau auf den dem Haus vorgelagerten Reitplatz zu. Hier war eine Gruppe von Kindern im Reiteinsatz, unterwiesen von einer jungen Dame, die die Pferde mit einer Gerte anleitete. Auf dem Hof waren aus Paletten hergestellte Tische und Sessel in Gruppen angeordnet, und rings um eine Feuerstelle herum standen Baumstümpfe, die als Sitzplätze dienten. Drei Familien saßen hier mit ihren Kindern in der Sonne, und die Erwachsenen genossen einen Kaffee, während die Kleinen auf Tret- und Schiebefahrzeugen unterwegs waren und sich gegenseitig jagten.

Tanja hielt auf dem von Lindenbäumen gesäumten Parkplatz auf der rechten Seite. „Leute", sagte sie, als sie ausgestiegen war und auf die Männer zuging, „versuchen wir doch bitte, nicht zu offiziell auszusehen, in Ordnung? Lasst mich mit Brüning und Brennigkemper erst mal vorgehen. Vielleicht holt ihr euch was zu trinken an dem Kiosk. Ich geb einen aus."

Die vier Männer, die mit Brüning im VW-Bus gesessen hatten, freuten sich und ließen ihre Ausrüstung zunächst im Wagen.

Tanja ging neben Brüning auf das Gebäude zu, Brennigkemper folgte ihnen wie ihr erwachsener Sohn.

„Scheint gut zu laufen hier", meinte Brüning.

„Ja, aber nur so lange, bis irgendwer herausfindet, dass hier Leichenteile entdeckt wurden", flüsterte Tanja.

Sie steuerten die Rezeption an, die in einem kleinen Anbau an das Haupthaus untergebracht war. Eine Glocke über der Tür erklang und kündigte sie an. Aus einem rückwärtig hinter dem Empfangstresen liegenden Büro war das Rascheln von Papier zu vernehmen, dann kam Reinhard Velting nach vorn. Der Schock stand ihm in sein aschfahles Gesicht geschrieben. Er versuchte zu lächeln, schaffte es aber nicht.

„Sind Sie von der Polizei?", fragte er mit rauer Stimme.

„Ja, ich bin Tanja Terholte, vielleicht kennen Sie mich sogar, ich bin aus dem Ort."

Er musterte sie, erkannte sie aber augenscheinlich nicht.

„Wir sind nur 'n paarmal aneinander vorbeigegangen, damals wie heute."

Velting war ungefähr in Tanjas Alter, aber in der Schule hatten sie nie Kontakt gehabt. Sie wusste gar nicht mehr, wie er früher ausgesehen hatte. Heute trug er ein roséfarbenes Hemd und eine Jeans. Sein Haar war schütter geworden.

„Ach ja", sagte er, „das ist ja … ein Zufall."

„Das sind meine Kollegen Brüning von der Kriminaltechnik und Dr. Brennigkemper aus der Rechtsmedizin."

Er grüßte die Männer mit einem Kopfnicken und wischte sich dann den Schweiß von der Stirn.

„Herr Velting, wir versuchen, das Ganze so unauffällig wie möglich anzugehen, damit Ihre Gäste nicht unnötig Wind von der Sache kriegen. Aber natürlich müssen wir auch unsere Arbeit machen. Am besten besprechen wir gemeinsam, wie wir das hinkriegen, was denken Sie?"

„Das wäre schön", sagte er matt.

„Wollen wir vielleicht zuerst in Ihr Büro gehen, und Sie erzählen uns alles? Dann können wir auch das Videomaterial sichten."

„Natürlich, kommen Sie."

Er winkte sie hinter den Schalter und führte sie in sein Büro.

„Ich hab nur zwei Stühle hier", sagte er entschuldigend.

„Ich stehe gern." Brennigkemper bedeutete Tanja und Brüning, sich zu setzen.

Velting nahm hinter seinem Schreibtisch Platz.

„So, dann erzählen Sie doch einfach mal der Reihe nach, was vorgefallen ist", bat Tanja.

Er fuhr sich zweimal durch die Haare. „Also, ich ... wir haben da eine Kamera am Stall angebracht. In erster Linie, um Diebstählen vorzubeugen und so weiter. Und seit einiger Zeit glauben wir, dass ein Fuchs oder ein Waschbär nachts den Müll durchsucht. Daher hab ich mir heute Morgen die Aufnahmen angesehen und auch tatsächlich einen Waschbären entdeckt. Kurze Zeit später haut der Kleine ab, und ein Mann läuft durchs Bild. Das hätte natürlich auch ein Gast sein können, aber es war drei Uhr in der Nacht. Und dann, als ich nach draußen gehe, wird unser Hund auf einmal völlig verrückt, springt auf den Misthaufen und buddelt und gräbt. Wir haben ihn weggezogen, aber da guckte schon so was raus, und ... und ich dachte, das sieht aus wie eine ... eine Hand." Er unterdrückte seine Übelkeit und versuchte, weiterzusprechen. „Ich hab eine Schaufel genommen und ein wenig gegraben, bis ich sah, dass es nur der Arm war, ohne Mensch ... also ... nur ein Teil von einem Menschen ..."

Er musste tief durchatmen.

„Schon gut, das war sicher ein schrecklicher Anblick“, sagte Tanja mitfühlend.

„Ich wusste ja nicht, wer das war … aber ich hatte von den anderen Fällen gehört. Nur denkt man natürlich nicht, dass es auf dem eigenen Hof passiert.“

„Das verstehe ich“, sagte Tanja. „Wollen wir uns jetzt vielleicht die Aufnahmen ansehen?“

„Gern.“

Er tippte mit zitternden Fingern auf der Tastatur herum und drehte dann den Bildschirm so, dass sie ihn sehen konnten.

Das grünliche Bild einer Nachtkamera erschien. Es zeigte den Stalleingang und den hinteren Bereich der Stallungen. Ein heller Lichtkegel von einer Laterne lag halbkreisförmig auf dem Boden vor dem Eingang. Kurz darauf war ein kleiner Schatten zu sehen, der sich von unten her ins Bild bewegte. Das war der Waschbär. Er lief zum Stall, stellte sich auf die Hinterbeine und schnupperte. Ganz plötzlich schoss er davon. Dann dauerte es fünf Sekunden, bevor der Mann auftauchte. Er war ganz in Schwarz gekleidet und trug eine Kapuze, sodass man sein Gesicht nicht sehen konnte. In der linken Hand hielt er eine schwarze Mülltüte. Er ging leise, aber aufrecht und ohne zu zögern.

„Kommt er auch wieder zurück?“, fragte Tanja.

„Ja, ich spul mal vor. Dazwischen liegen dreiundfünfzig Sekunden.“

Auf dem Rückweg hielt der Mann die zusammengeknüllte Tüte in der linken Hand. Diesmal sah man noch weniger von ihm.

„Okay, das ist ein großer Fortschritt. Wir brauchen die Videodatei“, sagte Tanja.

„Klar.“ Er klickte sich aus dem Programm und zog die Speicherkarte heraus. „Hier, bitte.“

„Hat er die Tüte mitgenommen oder bei Ihnen entsorgt?“

„Ich hab nichts gefunden. Nur den Waschbären. Der saß morgens in der Tonne.“

„Schade. Aber egal. Könnten Sie uns jetzt bitte zum Fundort führen?“

„Ich hab den Bereich hinterm Stall abgesperrt, und der Hund ist im Haus."

„Sehr gut, Herr Velting."

Als der Hofbesitzer sie nach hinten führte, sahen sie, dass er ganze Arbeit geleistet hatte. Mit vier Heuballen hatte er den Weg zum Misthaufen blockiert und einen ausrollbaren Plastikzaun davor aufgestellt. Ein Schild hing am mittleren Ballen: „Wegen Bauarbeiten geschlossen".

„Nicht übel", meinte Tanja anerkennend, und er lächelte ein wenig niedergeschlagen. Dann ließ er sie an der rechten Seite durch. Kaum war der Haufen in Sicht, blieb Velting stehen.

„Es ist da hinten links", sagte er nur.

„Wir sehen es uns an, danke." Tanja ging mit den beiden Männern darauf zu. „Da ist es, ich seh's schon", sagte sie und hätte sich am liebsten wieder abgewandt.

„Was für einen Scheißjob wir doch haben", meinte Brüning und zog sich Handschuhe über.

Die Kollegen, die vorne fröhlich um die kalte Feuerstelle gesessen und eine kühle Bionade getrunken hatten, waren nicht mehr so fröhlich, als sie die Leichenteile aus dem Misthaufen bergen mussten. Brüning hoffte, dass sie irgendwo auf dem Gelände einen Schuhabdruck finden würden, der dem Profil ähnelte, das sie bereits sichergestellt hatten. Am Ende entdeckten sie ihn im Misthaufen selbst. Der vordere Teilabdruck einer Stiefelsohle.

„Der Täter muss mächtiges Glück haben, so viel Scheiße wie dem unterm Schuh klebt", sagte Brennigkemper.

„Wollen wir's mal nicht hoffen", entgegnete Tanja.

***

Während die Männer ihre Arbeit machten, stattete Tanja Dr. Stratmann einen weiteren Besuch ab. Sie fand ihn direkt vor seinem Haus, wo er Kaffee aus seinem Wagen lud.

„Was ist denn nun schon wieder?", fragte er ungehalten mit fünf

Packungen Kaffee im Arm.

„Ich sagte doch, dass ich noch mehr Fragen hätte. Was machen Sie da eigentlich?"

„Ich trage Kaffee ins Haus."

„Das sehe ich. Wieso diese Menge?"

„Das ist der Vorrat für meine Praxis und darüber hinaus das Weihnachtsgeschenk für meine Kunden."

„Ach ja? Ich bin jetzt seit über fünfzehn Jahren bei Ihnen Kunde und hab noch nie einen Kaffee bekommen."

„Das tut mir leid, werd ich mir gleich notieren. Kommt hier aus der Region, tolles Produkt. Die Rösterei Maisenkötter ist seit Jahrzehnten ein Familienbetrieb."

„Schön, wir trinken gern Kaffee."

„Ist sonst noch was?"

„Ja, haben Sie ein Verhältnis mit einer oder mehreren Ihrer Kundinnen?"

„Wie bitte?"

„Eine Affäre, eine Liaison, ein One-Night-Stand."

„Nein, Herrgott noch mal!"

„Nein?"

„Nein!"

„Ganz sicher?"

„Ja!"

„Und wenn ich die Frauen frage, sagen die mir nichts anderes?"

„Was wollen Sie eigentlich wirklich von mir?", schrie er sie an, und sein Kopf rötete sich.

„Herr Dr. Stratmann, es gibt einen Zeugen, der …"

Einer der Bauarbeiter trat aus dem Haus und winkte aufgeregt. „Dr. Stratmann! Wir haben da was gefunden!" Außer Atem rückte er seinen Helm zurecht und zeigte zum Haus.

„Und?", fragte Stratmann ohne jede Geduld.

„Das sollten Sie sich mal ansehen, ist komisch."

„Ich kann jetzt nicht noch mehr Ärger ertragen", sagte Stratmann und warf die Packungen wieder zurück in den Kofferraum. Tanja fragte erst gar nicht, sie folgte Stratmann und dem Bauarbeiter ins Haus, wo der Mann in einem entkernten Raum an eins der Fenster trat und auf einen der Holzbalken im Fachwerk darunter deutete.

„Sehen Sie diesen Balken?“, fragte er.

„Ich bin doch nicht blind, Mann, natürlich sehe ich den“, bellte Stratmann ungehalten.

„Den gibt es nur von innen. Außen haben wir keinen Balken entdeckt.“

Stratmann schloss seinen Mund und stutzte. Er ging zum Fenster, lehnte sich hinaus und schaute auf die Fassade.

„Ist mir noch nie aufgefallen. Und was heißt das?“, fragte er, nachdem er sich wieder aufgerichtet hatte.

„Weiß ich auch nicht genau“, sagte der Bauarbeiter. „Aber ist doch komisch, oder?“

„Ist das ein Problem für Sie?“

„Naja, um zu sehen, wie das verbaut ist, müssten wir alles öffnen. Das Fenster müsste komplett raus. Mehr Aufwand und teurer eben. Sie müssen halt das Okay geben.“

Tanja trat näher und strich mit dem Finger über das Holz.

„He, lassen Sie das!“, fuhr Stratmann sie an.

Tanja klopfte gegen den Balken. Er klang hohl. Sie sah die beiden Männer an, die sich sofort neben sie knieten.

Stratmann klopfte nun ebenfalls dagegen. „Was soll das?“, brummte er.

„Sollen wir ihn vorsichtig freistemmen?“, fragte der Bauarbeiter gespannt.

„Ja, machen Sie.“

Er nahm einen Hammer und einen Handmeißel und begann sachte, den Putz um das Holz herum abzuschlagen. Als er ein paar Zentimeter freigelegt hatte, griff er mit beiden Händen zu und zog, bis der Balken mit einem Ruck aus der Wand brach, und er auf den Hintern fiel. Eine lederne Rolle kippte aus dem Hohlraum dahinter und kullerte Stratmann direkt vor die Füße. Er nahm sie hoch.

„Was zum Henker ist das?"

„Da ist ein Verschluss, machen Sie es auf", sagte Tanja.

Es knirschte ein wenig, als Stratmann den Drehverschluss öffnete. Gebannt sahen Tanja und der Bauarbeiter ihm zu. Ein altes, vergilbtes Bündel Papiere kam zum Vorschein, das Stratmann entrollte wie eine Schatzkarte. Darauf standen handschriftlich notierte chemische Gleichungen und Formeln.

„Das könnte von Ihrem Urahn stammen", sagte Tanja.

„Da, gucken Sie mal", rief der Bauarbeiter und deutete auf das Datum in der rechten oberen Ecke des Schriftstücks. Da stand: 21. Februar 1804.

„Und es ist nicht von Eduard Stratmann, sehen Sie." Tanja tippte mit dem Zeigefinger auf den Namen des Verfassers. „Adam Sertürner."

„Nie gehört", sagte Stratmann.

„Ich auch nicht, aber ich muss dieses Schriftstück als Beweismittel im Mordfall Ihres Ururgroßvaters konfiszieren."

„Machen Sie doch, was Sie wollen", entgegnete er. „Ich hab hier zu tun." Er überließ ihr die Papiere samt der Lederrolle und wandte sich wieder dem Bauarbeiter zu, als ihm noch etwas einfiel. „Aber das ist mein Besitz, das stammt aus meinem Haus", erklärte er mit warnend erhobenem Zeigefinger.

„Das sehen wir noch." Tanja wandte sich an den Bauarbeiter. „Könnten Sie uns einen Moment allein lassen?", bat sie.

„Was ist denn nun wieder?"

„Wir sind vorhin unterbrochen worden. Ich hatte Sie nach etwaigen Verhältnissen mit Ihren Kundinnen gefragt …"

„Und ich hatte auch schon geantwortet. NEIN."

„Was würden Sie denn antworten, wenn ich Ihnen sage, dass ein Zeuge Sie und eine Frau und einen weiteren Mann vor vier Tagen streitend im Wald gesehen hat? Ging es da nicht um ein Eifersuchtsdrama?", fragte sie betont arglos und sah, wie Stratmanns Mund zuklappte und seine Lippen ganz blass wurden. „Oder ging es vielleicht um etwas ganz Anderes, Edelsteine zum Beispiel?"

Er verzog den Mund und sah sie fragend an.

„Was?"

„Smaragde vielleicht?"

„Wovon reden Sie da?" Es arbeitete in ihm, wie Tanja unschwer erkennen konnte, er atmete angestrengt, bis ihm fast hörbar der Mund zuklappte.

„Herr Stratmann?"

„Keine Ahnung, was Sie meinen. Das muss eine Verwechslung gewesen sein."

„Sie waren also nicht mit zwei anderen Personen in einem Waldstück und haben gestritten?"

„Nein."

„Okay, dann notiere ich das so." Tanja holte ihren Block heraus und schrieb demonstrativ etwas hinein. Stratmann beobachtete sie aufmerksam. „Das war's. Bis die Tage", sagte sie fröhlich, klappte den Block wieder zu und ließ ihn stehen.

# sieben

„Wir haben beide Arme und das rechte Bein gefunden. Es fehlen weiterhin der Torso und natürlich der Kopf", informierte Brüning Tanja, als sie zurück auf dem Velting-Hof war. Brennigkemper schloss einen Behälter zum Transport der Leichenteile. Er versuchte dabei so wenig wie möglich zu atmen, um den Geruch nicht in seine Nase zu lassen, jedoch nur mit mäßigem Erfolg und dem Effekt, dass er völlig außer Atem war, als er zu ihnen kam.

„Ich … würde … dann schon mal fahren. Bin … soweit … fertig hier."

„Ist in Ordnung", sagte Tanja und sah Brüning an.

„Wir haben noch zu tun."

„Okay, ich mache mich auf die Suche nach Zeugen, die gestern Abend irgendetwas beobachtet haben. Sehr viele Nachbarn gibt es ja nicht."

„Und die Gäste hier vom Hof?", fragte Brüning.

„Ja, ich weiß, da muss ich mir noch was einfallen lassen. Obwohl …" Sie überlegte kurz, zog dann ihr Handy heraus und wählte eine Nummer. „Ja, hier spricht Hauptkommissarin Tanja Terholte, Abteilung Schwerverbrechen, Münster. Könnten Sie bitte einen Beamten zum Velting-Hof schicken? Es liegt ein Verbrechen vor. – Ja, vielen Dank. Bis gleich." Sie legte auf. „Die schicken jemanden."

Zu Tanjas Freude kam kurze Zeit später Lars Sprottenkieker auf den Hof gefahren. Er selbst war weniger begeistert, als er Tanja erkannte.

„Moin Sprotte, nun mal nicht so schüchtern." Sie winkte ihn zu sich heran.

„Was willst du?", fragte er argwöhnisch.

„Du musst mir und Herrn Velting helfen. Hat man dich schon gesehen in deiner Uniform?"

„Vorne waren ein paar Leute, ja."

„Okay, Folgendes: Wir haben hier weitere Leichenteile gefunden. Ich möchte aber die Gäste nicht zu sehr schockieren und eine Panik auslösen, daher schlage ich vor, dass du die Gäste befragst."

„Ich? Watt soll ich denn fragen? Ich weiß ja gar nicht, was los ist …"

„Und das ist auch gut so. Erzähl den Leuten, dass gestern Nacht jemand einen Reifen zerstochen hat, und frag sie, ob jemand gegen drei Uhr etwas gehört oder gesehen hat, mehr nicht."

„Wessen Reifen denn?"

„Du hast mir doch eben zugehört, oder?"

„Jo."

„Also … irgendein Reifen. Sag einfach, der von Herrn Velting."

„Aha."

„Fein. Dann fang gleich an, bitte. Und notier dir die Antworten, nicht, dass du etwas vergisst."

„Wenn du meinst."

Sich unter der Mütze kratzend, schlurfte er davon.

Tanja befragte indes die Nachbarn, von denen allerdings keiner etwas Verdächtiges bei Veltings oder gar auf seinem eigenen Hof gesehen oder wahrgenommen hatte.

Sprotte stand auf dem Parkplatz und wartete bereits auf Tanja, als sie zurückkam.

„Und, was hast du erfahren?", fragte sie ihn, als sie ausgestiegen war.

„Tja, also eine Frau hat in der Nacht so gegen drei Uhr eine Autotür zuschlagen gehört. Und dann war da ein junger Vater, der nachts seine Tochter stillen musste …" Er sah auf, wurde rot und grinste verlegen. „Also, er hat ihr die Flasche gegeben, wollte ich sagen."

„Ja, so weit komme ich mit."

„Jedenfalls sagte er, dass er auch so um drei einen Wagen gesehen hat, der aber nicht auf dem Parkplatz, sondern auf dem Weg gehalten hat. Also noch vor dem Grundstück."

„Das ist gut, das ist sehr gut. Und konnte er erkennen, was für ein Auto das war?“, fragte Tanja.

„Nein, es war zu dunkel. Nur weiß oder was Helles konnte er ausschließen. Bei der Marke war er sich auch nicht sicher. Aber es hatte komische Lampen, meinte er. Und einen kastenartigen Aufbau, sehr wuchtig, wie ein SUV, meinte er. Die Lampen aber sehr schmal, so als ob einer die Augen zusammenkneift. Das waren seine Worte.“

„Oh, ich glaub, ich weiß, welches Fahrzeug er meint“, rief Tanja. „Dieses komische Ding von Rover.“

„Ach, ja, dieses komische Dingsbums-Ding.“

„Genau, ein Range Rover Dingsbums-Ding, so heißt der.“

„Nee, E-Wok … Iwok … wie die Dinger bei Star Wars.“

„Evoque!“ Tanja klatschte in die Hände.

„Richtig, der isses.“

***

Gegen neunzehn Uhr am selben Abend beugten sich Tanja, Brennigkemper und Rudi in der Rechtsmedizin über die neuen Fundstücke, die Rudi wie die anderen zuvor auch in anatomischer Reihenfolge geordnet hatte und nun genauer mit einer Lupe untersuchte.

„Ich weiß ja nicht, ob das Absicht ist, aber ausgerechnet die Körperteile, die diese Leiche schnell identifizierbar machen würden, haben wir immer noch nicht“, sagte er und warf beiden einen kurzen Blick zu.

„Ja, ich denke, das ist Absicht“, bestätigte Tanja. „In gewisser Weise spielt der Täter mit uns, so würde ich das verstehen. Er gibt uns gezielte Hinweise, die sagen: Seht her, ich habe jemanden getötet, aber ihr werdet nicht herausfinden, wer das ist.“

„Ganz schön mutig“, meinte Brennigkemper.

„Mutig, und überheblich vielleicht auch. Er will auf jeden Fall Angst und Schrecken verbreiten. Wahrscheinlich liebt er es, sich in den Nachrichten zu sehen.“

„Er hält sich für schlauer als uns“, sagte Rudi. „Also, als euch …“ Er lächelte verlegen.

„Aber er kennt Sie ja noch nicht. Sie finden sicher etwas“, entgegnete Brennigkemper zuversichtlich.

„Ich habe von Förster eine Liste mit sechs verschiedenen Personen bekommen, die in den letzten drei Wochen vermisst gemeldet wurden“, erklärte Tanja. „Wenn ihr beide nur ein einziges kleines, unverwechselbares Merkmal entdeckt, hilft uns das unter Umständen schon sehr viel weiter.“

„Es gibt da ein, zwei Leberflecke, die aber nicht ungewöhnlich sind“, sagte Brennigkemper. „Man müsste so was mit den medizinischen Daten bei den jeweiligen Hautärzten abgleichen, wenn sie denn in Behandlung waren.“

„Sehr gut“, lobte Tanja, und Brennigkemper schien direkt ein wenig zu wachsen vor Stolz.

„Was ist das?“, fragte Rudi und richtete sich auf. Er deutete mit einer Pinzette auf einen kleinen, blassen Punkt.

Brennigkemper beugte sich ganz dicht über die Stelle. Rudi reichte ihm die Lupe.

„Die Haut ist hier etwas weißer. Ein kleines Muttermal?“

„Oder Narbengewebe“, meinte Rudi.

„In der Größe?“

„Vielleicht ein minimalinvasiver Eingriff?“

„Eine Arthroskopie?“

„Zum Beispiel.“

„Aber Sie sagten, das sei die Hüfte des Opfers. Eigentlich würde man so was eher am Knie erwarten.“

„Ja, das ist ungewöhnlich. Aber ungewöhnlich suchen wir ja.“

„Ich muss also in Erfahrung bringen, ob das Opfer … was genau?“, fragte Tanja und wollte sich das notieren.

„Du musst rausfinden, ob das Opfer einen minimalinvasiven Eingriff an der rechten Hüfte hatte“, diktierte Rudi.

„Okay, das ist gut, Jungs, das ist wirklich gut“, freute sie sich.

„Ich hab da noch eine Sache …“ Brennigkemper wirkte etwas

bedrückt.

„Ja, was denn?“ Tanja sah ihn neugierig über den Seziertisch hinweg an.

„Das hat jetzt nichts hiermit zu tun. Ich wollte nur so ganz allgemein mal etwas sagen.“

„Bitte“, forderte Tanja ihn auf.

„Also, wie Sie ja sicher schon bemerkt haben, bin ich nicht die große Leuchte auf meinem Gebiet. Ich hab diesen Job hier gekriegt, weil mein Vater den Polizeipräsidenten kennt, und der wiederum kennt den Leiter des Rechtsmedizinischen Instituts und so weiter.“

Tanja war erstaunt, solche Worte aus seinem Mund zu hören. Auch Rudi war ganz still geworden, weil Brennigkemper dieses Statement sicher nicht leichtfiel.

„Ich hab im Studium nicht so gearbeitet, wie ich hätte arbeiten sollen. Ich war jung, und irgendwie war mir vieles egal. Aber jetzt muss ich sagen, bei so einer Sache merke ich, was mir an Wissen fehlt. Und da bin ich froh, dass Sie hier sind“, ergänzte er direkt an Rudi gewandt.

„Was?“, fragte ihr Bruder verwundert.

„Ja, ich hab das Gefühl, dass ich von Ihnen noch eine Menge lernen kann. Und es macht Spaß, Ihnen zuzuhören. Das wollte ich eigentlich nur loswerden.“

„Herr Dr. Brennigkemper …“ Tanja reichte ihm die Hand. „Das haben Sie gut gemacht.“

Auf dem Parkplatz des Präsidiums trafen Tanja und Rudi auf Tanjas Chef, der zu ihrer beider Überraschung zwischen seinem und Tanjas Wagen auf dem Boden kniete und an ihrem linken Vorderreifen herumfummelte.

„Herr Zaunholz!“, rief Tanja so laut, dass es auf dem gesamten Parkplatz zu hören war.

Zaunholz’ Kopf fuhr hoch, und Sekundenbruchteile später stand er kerzengerade vor ihnen. Das passierte so schnell, dass man gar nicht nachvollziehen konnte, wie er aufgestanden war.

„Frau Terholte.“

„Ja, ich bin es. Darf ich fragen, was Sie dort unten an meinem Reifen zu suchen hatten? Sie wollten mir doch nicht die Luft ablassen, oder?"

„Wo denken Sie hin!" Er stieß ein überhebliches Lachen aus wie eine große Luftblase. „Ich habe etwas fallen lassen und es aufgehoben."

„Soso."

„Aber gut, dass wir uns treffen", sagte er, und ein Grinsen erhellte sein Gesicht. „Ich wollte ohnehin mit Ihnen und dem Herrn Professor hier ein Wort wechseln." Er strahlte Rudi an.

„'n Abend", sagte Rudi daraufhin.

„Was gibt es denn?", fragte Tanja.

„Wollen wir das hier besprechen?"

„Warum nicht, Professor Rudolph wollte gerade nach Hause fahren."

„Na gut, wenn es Ihnen nichts ausmacht, Professor?"

„Nein, ich … äh, wüsste nicht …", stammelte Rudi.

„Nun gut." Zaunholz straffte seinen Oberkörper und holte tief Luft. „Ich bemühte mich heute Morgen, in der Universität Osnabrück anzurufen, um mich für die exzellente Arbeit des Herrn Professor Rudolph zu bedanken."

Rudi schluckte. Ihm wurde schlagartig heiß, und er blickte stocksteif zu Tanja. Er hatte keine Ahnung, ob sie so umsichtig gewesen war, sich vor ihrer Lüge zu erkundigen, ob es in Osnabrück tatsächlich einen Professor Rudolph gab.

„Allerdings …"

Tanja senkte den Kopf und schloss die Augen. Das war kein gutes Zeichen, fand Rudi.

„Jetzt, da Sie hier sind, möchte ich die Gelegenheit nutzen, Sie in diesem Sinne persönlich zu einem Essen in einem sehr guten Restaurant einzuladen, ganz unverbindlich, versteht sich."

Rudi musste sich fast schütteln, weil er glaubte, sich verhört zu haben. Auch Tanja machte große Augen und starrte Zaunholz ungläubig an.

„Wie ich nämlich erfahren habe, beliefert der Bruder von Frau Terholte dieses Restaurant mit dem besten Fleisch, das man hier bekommen kann", erklärte Zaunholz und lächelte Tanja dabei an. „Ihr Bruder ist

Züchter von … wie heißen die noch?"

„Wagyu-Rinder?", half Tanja ihm aus.

„Aha, interessant", hauchte Rudi.

„Also, was sagen Sie?"

„Ich … äh …".

„Bin ich auch eingeladen?", fragte Tanja.

„Sie? Oh nein, es ist ein Dankeschön nur für den Professor. Und Sie kennen ja außerdem das Fleisch, das ihr Bruder verkauft."

„Also, ich muss sagen", begann Rudi und räusperte sich, „ich esse … also, ich bin eigentlich Veganer."

„Ach", sagte Zaunholz enttäuscht.

„Tut mir leid, ich esse nur ganz wenige Dinge. Eigentlich ernähre ich mich fast ausschließlich flüssig", log Rudi.

„Aha, das ist … ja, schade. Dann vielleicht eine Flasche Wein?"

„Ich trinke nicht."

„Na, dann weiß ich auch nicht mehr, wie ich mich erkenntlich zeigen kann", meinte Zaunholz.

„Das mache ich doch gern."

„Vielen Dank. Und ich freue mich auch, dass Sie unserem Herrn Dr. Schulze-Brennigkemper ein so guter Lehrer sind." Er reichte Rudi die Hand.

„Er ist sehr aufmerksam. Aber ich muss jetzt wirklich los."

„Kann ich Sie irgendwohin bringen?"

„Nein danke, ich bin selbst mit dem Auto da."

„Darf ich fragen, was Sie für einen Wagen fahren?"

„Ich … äh, fahre einen Mercedes C230", antwortete Rudi mit einem Seitenblick zu Tanja.

„Ahhh, da versteht wenigstens einer etwas von Autos", freute sich Zaunholz. „Der Herr Professor ist ein sehr vernünftiger Autokäufer, Frau Terholte. Nehmen Sie sich ein Beispiel an ihm. Auf Wiedersehen Ihnen beiden." Beschwingt öffnete er mit der Fernbedienung seinen Mercedes und stieg ein.

„Das war knapp", flüsterte Tanja ihrem Bruder zu.

„Ich dachte, ich wäre geliefert."

Sie nickten freundlich, als Zaunholz an ihnen vorbeifuhr.

„Und nu?", fragte Rudi.

„Du fährst in deinem supertollen Luxusauto, das eigentlich Mama gehört, nach Hause, und ich geh noch ins Büro. Wartet nicht auf mich mit dem Essen."

Rudi fuhr davon, und Tanja begab sich zunächst in das Zimmer von Förster, der am Telefon saß und ihr zuwinkte. Er befragte gerade eine Dame nach der Narbe an der Hüfte, die sie eben entdeckt hatten. Drei vermisste Personen hatte er schon abgearbeitet. Er schob ihr die Liste mit den Namen zu und bedeutete ihr, dass sie die übrigen drei übernehmen könne.

Tanja nickte, nahm das Blatt Papier an sich und ging damit in ihr Büro. Sie rief die erste noch ausstehende Nummer an und hatte die Lebensgefährtin des vermissten Siegbald Zentner aus Datteln am Apparat. Aber leider gab es bezüglich der Narbe keine Übereinstimmung.

Die nächste Nummer war die des Bruders eines Vermissten. Sie war von Förster rot unterstrichen worden. Tanja tippte sie ein und hatte nach langem Warten eine Männerstimme am Hörer.

„Heino Diesling?"

„Guten Abend, mein Name ist Tanja Terholte", stellte sie sich vor. „Ich bin Hauptkommissarin bei der Kripo Münster und hätte eine Frage zu Ihrem vermissten Bruder."

„Kripo Münster?", fragte er irritiert.

„Genau. Herr Diesling, erst mal möchte ich Ihnen sagen, dass es mir sehr leidtut, dass Ihr Bruder verschwunden ist."

„Ja, ja, um was geht es denn genau? Ist er tot?"

„Genau genommen sind es zwei Fragen", fuhr Tanja fort, ohne darauf einzugehen. Er schien nicht sonderlich mitgenommen zu sein. Selbst nach diesem kurzen Wortwechsel konnte sie sagen, dass er nicht sehr geduldig oder mitteilungsfreudig war. „Seit wann wird Ihr Bruder vermisst?"

„Ich habe ihn vor zwei Tagen als vermisst gemeldet. Seit wann er genau verschwunden ist, kann ich nicht sagen. Aber das hab ich der hiesigen Polizei alles schon hundertmal erklärt.“

„Okay, gut. Und können Sie mir sagen, ob Ihr Bruder irgendwelche OP-Narben besitzt?“

„Warum?“

„Wir brauchen genauere Angaben, um ihn identifizieren oder als Opfer ausschließen zu können.“

„Das heißt, Sie haben schon jemanden gefunden, eine Leiche, und wollen jetzt von mir hören, ob er es sein kann?“

Tanja presste die Lippen aufeinander. So etwas tat sie eigentlich nicht am Telefon.

„Ich bearbeite einen Mordfall in Horstmar, in der Nähe von Steinfurt, wenn Ihnen das was sagt. Und ja, Sie haben recht. Es tut mir leid, dass ich Sie damit so überfalle, aber Ihre Angaben wären äußerst wichtig.“

„Mmh“, brummte er in den Hörer.

„Hat Ihr Bruder Operationsnarben, zum Beispiel von einem Sportunfall oder einem anderen Eingriff?“

„Also ich weiß, dass er am Blinddarm operiert wurde. Reicht das schon?“

„Fällt Ihnen sonst noch was ein? Es kann länger zurückliegen.“

„Naja, da war so eine kleine Narbe am Kinn, die hat er sich mal geholt, als wir Kriegen gespielt haben und er hingefallen ist. Musste genäht werden damals. Und dann bei der Reiterei hat er sich mal das Schultergelenk gebrochen. Ist aber nicht operiert worden. Ach ja, und einmal ist er vom Pferd gefallen und hatte sich an der Hüfte ein Stückchen Knochen abgebrochen. Das ist entfernt worden.“

„An welcher Seite?“, fragte Tanja.

„Äh … rechts, meine ich.“

„War das eine größere OP, oder hat man das arthroskopisch gemacht?“

„Ja, eine Arthroskopie, richtig.“

Es entstand eine kleine Pause, in der Diesling bereits ahnte, was nun folgen würde, und Tanja nicht genau wusste, wie sie es sagen sollte.

„Ist er's?“, fragte er.

„Ich kann es nicht mit hundertprozentiger Sicherheit sagen", antwortete Tanja. „Allerdings haben wir eine Leiche gefunden, die eine solche Narbe besitzt. Es tut mir leid, Herr Diesling, aber ich kann es im Moment weder bestätigen noch zurückweisen."

„Soll ich ihn identifizieren?", fragte er.

Tanja rieb sich über die Stirn. „Äh … nein, das ist im Augenblick nicht möglich. Wir sind noch dabei, die Beweise zu analysieren und auszuwerten."

„Ich wüsste aber gern, ob Ihre Leiche mein Bruder ist. Hören Sie, wir hatten nicht das beste Verhältnis. Sie müssen mich nicht schonen, ich bin so leicht nicht aus dem Gleichgewicht zu bringen."

„Okay, gut, dass Sie das sagen, denn die Umstände sind doch recht … sagen wir mal … grauslich." Sie schämte sich ein wenig, dieses, wie sie fand, kindliche Wort benutzt zu haben, und redete daher schnell weiter. „Herr Diesling, bis jetzt haben wir nur Leichenteile entdeckt. Jedoch keine, die das Opfer eindeutig identifizierbar machen, wie zum Beispiel der Kopf."

„Oh", sagte Diesling nur und klang jetzt doch betroffen.

„Sagen Sie, kann ich Sie morgen besuchen, und wir reden persönlich miteinander?"

„Natürlich. Können wir machen."

„Dann würde ich gegen zehn Uhr zu Ihnen kommen, ist das möglich?"

„Ich bin Frührentner, also hab ich immer Zeit. Zehn ist in Ordnung."

„Gut, vielen Dank. Ihre Adresse habe ich ja. Dann sehen wir uns morgen."

Als Tanja auflegte, stand Brüning in der Tür, und Förster lugte ihm neugierig über die Schulter.

„Und?", fragte Förster.

„Es ist wahrscheinlich der Mann aus Bad Rothenfelde. Diesling."

„Hallo, Frau Terholte", grüßte Brüning mit hinter dem Rücken verschränkten Armen. „Ich habe etwas für Sie."

„Sagen Sie bitte, dass es etwas Gutes ist. Ich könnt 'ne kleine Aufmunterung gebrauchen."

Brüning kam auf sie zu und stellte einen Stiefel auf ihren Schreibtisch.

„Das ist er."

„Wer? Etwa ..."

„Ja, der Schuh. Das ist er. Also, nicht das Original, sondern ein Modell", erklärte Brüning.

Tanja nahm den Stiefel fasziniert in die Hände. „Das ist ja großartig! Absolut großartig. Danke, Brüning!"

„Der Computer hat das Sohlenmuster gefunden und diesen Stiefel ausgespuckt. Es gibt ihn allerdings in drei verschiedenen Farben. Schwarz, braun und so gelblich wie der hier."

Es war ein halbhoher Herrenstiefel aus Wildleder in der Farbe Cognac oder Ocker.

„Leider ist die Marke recht verbreitet. Panama Jack."

„Egal, das ist super Arbeit."

„Bei den Reifen sind wir noch dran, das kann etwas dauern. Und: Wir haben an den neuen Leichenteilen Anhaftungen von Erde gefunden, die teilweise nicht vom Velting-Hof stammen."

„Dann wurde die Leiche an einem anderen Ort gelagert, bevor er sie auf den Höfen verteilte, oder sie stammen direkt vom Tatort", schloss Tanja.

„Davon würde ich ausgehen, ja."

„Und können Sie eingrenzen, wo das gewesen ist?"

„Der Zusammensetzung nach zu urteilen, würde ich auf ein Waldgebiet tippen. Auf keinen Fall landwirtschaftlich genutzter Boden."

„Laub- oder Nadelwald?"

„Nadelwald, vornehmlich Kiefern."

„Stratmann ist in einem Waldstück gesehen worden."

Brüning schnalzte mit der Zunge und machte dabei ein hoffnungsfrohes Gesicht.

„Den nehm ich mir morgen noch mal vor", kündigte Tanja mit Blick auf den Stiefel an. „Und wenn er solche Treter hat, beantrage ich Untersuchungshaft. Sagen Sie, Brüning, was wissen Sie über Smaragde?"

„Smaragde? Na, das sind kristallene Edelsteine, grün, wertvoll, selten, kommen meistens in Südamerika vor, glaube ich. Wieso?"

„Der Zeuge sagte, dass Stratmann sich in dem Waldstück mit zwei Personen stritt, und dabei fiel das Wort ‚Smaragd'."

„Es könnte um Schmuggel gehen", vermutete Förster.

„Könnte, könnte, Fahrradkette, wir müssen es genau wissen. Gab es in den letzten Wochen Überfälle auf Juweliere oder Ausstellungen? Kannst du das recherchieren, Förster?"

„Geht klar. Sie könnten sich um die Beute gestritten haben, und dann hat Stratmann die eine Person umgebracht. Jetzt müssen sie nur noch durch zwei teilen."

„Ja, aber wenn wir annehmen, dass Diesling das Opfer war, wer war dann die Frau? Wie ist die Verbindung zwischen ihnen?"

„Vielleicht hat Stratmann doch eine Freundin. Vielleicht ist sie eine professionelle Diebin oder Edelsteinexpertin", mutmaßte Brüning.

„Wenn es tatsächlich um Edelsteinraub geht, müssen die Steine irgendwo lagern", überlegte Tanja laut. „Ich muss rausfinden, ob er einen Safe hat oder ein Schließfach bei der Bank."

Die drei blickten nachdenklich vor sich hin und schwiegen, bis Tanja auf die Uhr schaute.

„Brüning, haben Sie schon jemanden auf das Schriftstück in dem anderen Fall angesetzt?"

„Da kümmert sich ein Kollege drum", gab er zurück. „Ich ruf Sie an, sobald ich etwas erfahre."

„Okay, machen wir Schluss für heute, morgen ist viel zu tun."

***

Die Blutwurst brutzelte in der Pfanne vor sich hin. Elisabeth hatte sich entschlossen, für ihre spät heimkehrenden Kinder Wurstebrot mit selbst gestampftem Kartoffelbrei zum Abendessen zu machen. Sie rührte in dem großen Topf und probierte den Kartoffelbrei, als sie draußen auf dem Hof im dämmrigen Abendlicht einen Schatten sah und erstarrte. Es war viertel vor zehn, und sie hatte kein Auto kommen hören. Jemand schlich da draußen herum. Sie hatte die Fenster wegen der Hitze fast überall gekippt und hörte die Schritte auf dem Schotter.

Elisabeth nahm ein Messer aus dem Holzblock neben dem Herd. Die einzig unverdächtige Möglichkeit, die ihr einfiel, war, dass Vossenkuhl wieder mal Blumen für Tanja vorbeibringen wollte. Auf Zehenspitzen schlich sie ins Wohnzimmer und zur Terrassentür hinaus. Von hier aus konnte sie einen Blick auf den linken Teil des Hofes und die Stallungen und Weiden werfen. Der Garten war mit Koniferen umsäumt, aber dazwischen sah sie, wie eine Person bis an das Gatter schlich und die Rinder betrachtete, die dort in einer kleinen Gruppe grasten. Über einen schmalen, gepflasterten Weg ging Elisabeth am Haus vorbei auf den kleinen Platz vor dem Stall und dem Schlachthaus. Von hinten näherte sie sich der Person am Gatter und hielt dabei das Messer fest umklammert. Vielleicht war es einer von diesen Rippern, die manchmal die Tiere auf den Weiden abschlachteten. Aber sie konnte keine Waffe erkennen. Sie sah nur die dicken, schwarzen Stiefel, die die Person zu Jeans und T-Shirt trug. Waren das nicht solche Springer-Stiefel, wie sie diese glatzköpfigen Idioten immer trugen? Wenn das einer von denen war, würde er gleich sein blaues Wunder erleben!

Sie machte noch einen Schritt, und es knirschte unter den Sohlen ihrer Mephisto-Schuhe. Die Person am Gatter fuhr erschrocken herum. Elisabeth hielt das Messer vor ihre Brust, die Spitze der Klinge auf ihr Gegenüber gerichtet, und machte das böseste Gesicht, das sie von sich kannte.

„Mein Gott!", rief die Gestalt und hob ruckartig beide Hände. Zu Elisabeths Überraschung handelte es sich um eine Frau.

„Was machen Sie hier?", knurrte Elisabeth wolfsgleich.

„Ich guck mich nur um", sagte die Frau und lächelte unschuldig. „Ist das ein Brotmesser?"

„Ja, und es ist sehr scharf."

„Glaub ich Ihnen aufs Wort. Ich bin Silke. Ich wollte eigentlich nur kurz mit Rudi sprechen." Sie nahm zögernd die Hände herunter.

Elisabeth ließ das Messer sinken. „Ach, Sie sind das?"

„Hat Rudi von mir erzählt?"

„Hat geflennt wie ein kleines Mädchen, weil er es mit Ihnen vermasselt hat."

„Echt?" Sie lachte leise.

„Er ist nicht da, hilft seiner Schwester noch in Münster."

„Okay …" Silke schien nicht so recht zu wissen, was sie nun sagen sollte, und steckte beide Hände in ihre Gesäßtaschen. „Schön, haben Sie's hier."

„Find ich auch", sagte Elisabeth. „Wollen Sie reinkommen und warten?"

„Oh ja, das wäre toll."

„Na schön, dann gehen wir mal zur Haustür, wo man im Übrigen auch klingeln kann."

Sie setzten sich in Bewegung und betraten das Haus.

„Das riecht aber gut", sagte Silke, als sie ins Wohn- und Esszimmer kamen.

„Ich habe gekocht. Wurstebrot. Aber für Sie ist das ja nichts. Frischen Kartoffelbrei gibt es auch, wenn Sie möchten."

„Oh, darf ich? Das sieht toll aus."

„Hier." Elisabeth reichte Silke einen Teller. „Ich weiß nicht, wann die beiden kommen, aber ich hab jetzt Hunger und esse." Sie legte sich Messer und Gabel auf den Tisch.

„Ist in dem Püree auch Butter?", fragte Silke.

„Sicher."

„Ich bin Veganerin, also kein Kartoffelbrei für mich, tut mir leid."

„Das braucht es nicht, Sie tun mir leid."

Elisabeth reichte Silke ein Stück trockenes Brot, woraufhin Silke dankbar lächelte. Dann tat sie sich etwas vom Wurstebrot auf und setzte sich an den Tisch.

„Guten Appetit", wünschte Silke.

„Ihnen auch, wenn man das überhaupt sagen kann." Sie schaute geringschätzig auf das trockene Stück Brot.

„Schmeckt hervorragend."

„Ja, ist selbst gemacht. Und Sie dachten, dass Sie einfach mal vorbeischauen kurz nach Sonnenuntergang?", fragte Elisabeth.

„Tut mir leid, wenn ich Sie erschreckt habe, aber ich hatte das Gefühl, dass ich mit Rudi reden muss, und wollte es nicht länger aufschieben.

Unsere letzte Begegnung war etwas … skurril."

„Mmh. Er ist noch'n bisschen unerfahren, wissen Sie. Mit Frauen, meine ich."

„Ja, das Gefühl hatte ich auch." Silke lachte und legte ganz kurz ihre Hand auf die von Elisabeth. „Er ist echt ein Süßer."

„Er ist jedenfalls nicht so, wie er aussieht."

„Ja, so was hab ich schon geahnt, deshalb bin ich hier."

Ein Auto fuhr auf den Hof.

„Da kommt er."

Sie warteten beide am Tisch auf ihn, gespannt, was Rudi für ein Gesicht machen würde, wenn er Silke hier sitzen sah. Man hörte, wie er ausstieg und die Garage schloss. Dann wurde die Haustür geöffnet, und Rudi gab einen lauten Seufzer von sich, als er im Hausflur stand und die Schlüssel auf die Kommode warf.

„Ich bin's", rief er. „Hast du Wurstebrot gemacht?"

„Ganz frisch!" Elisabeth grinste.

„Was für ein Tag", sagte er, als er ins Wohnzimmer kam, und prallte zurück, als er Silke erblickte.

„Hi!", grüßte sie.

Seine Augen wurden größer und größer.

„Wir haben schon angefangen, weiß ja keiner, wann ihr so nach Hause kommt. Willst du Frau … äh …"

„Silke", sagte Silke.

„Willst du Silke nicht begrüßen?"

„Doch … schon …" Er kam mit unsicheren Schritten näher und wusste nicht, ob er ihr die Hand geben, sie in den Arm nehmen oder einfach nur verbal grüßen sollte. Sie stand auf und legte einen Arm um seinen Hals.

„Hallo", sagte sie über seine Schulter hinweg.

Er legte eine Hand auf ihren Rücken.

„Hallo. Was machst du hier?"

„Ich dachte, ich schau mal vorbei und guck mir an, wo du so wohnst und was du so machst. Du hast ja leider nicht mehr angerufen."

„Tut mir leid."

„Das hoffe ich doch", entgegnete sie.

„Wann kommt Tanja?", fragte Elisabeth und tat ihm auf.

„Kann noch 'n bisschen dauern. Wir haben … Gott, was für ein furchtbarer Job das ist, und dann hat ihr Boss fast noch rausgefunden, wer ich wirklich bin."

„Ich versteh nur Bahnhof, Rudi. Setz dich und erzähl mal ein bisschen …"

„… strukturierter", sagte Silke.

„Genau", bekräftigte Elisabeth.

Sie nahmen alle drei Platz, und Rudi konnte seine Augen nicht von Silke lassen, die sich noch ein Stück vom Brot abschnitt.

„Naja, wir … also, wir haben Tanjas Chef erzählt, ich wäre ein Professor aus Osnabrück, der bei der Untersuchung der Leichenteile helfen soll."

„Bitte?" Elisabeth setzte ein sehr strenges mütterliches Gesicht auf.

„Das war Tanjas Idee, ich wollte gar nicht."

„Moment mal, du hast eine Obduktion an einem Menschen durchgeführt?", wollte Silke wissen.

„Keine Obduktion. Und der Rechtsmediziner war dabei. Der ist fachlich aber nicht ganz auf der Höhe. Noch nicht."

„Und du meinst, ein Schlachter kann das besser?", hakte sie nach.

„Nein, ich … wie gesagt, Tanja meinte das. Und ja, ich hab da ein paar Sachen entdeckt. Aber heute ist uns ihr Chef beinah auf die Schliche gekommen. Das hätte böse enden können."

Elisabeth rieb sich die Stirn. „Meine Kinder …", flüsterte sie jammernd.

„Dafür können wir jetzt die Leiche vielleicht identifizieren", sagte Rudi.

„Ich dachte, es handelt sich um den Tierarzt? Das Gerücht kursiert zumindest", sagte Silke.

„Nee, der ist wieder da. Damit ist er jetzt eher ein Verdächtiger."

„Der Stratmann?" Seine Mutter konnte nicht glauben, was sie da hörte.

„Ich finde, den Rest kann euch Tanja erzählen."

Er nahm einen Bissen vom Essen. „Schmeckt gut."

„Deine Mutter backt auch tolles Brot", meinte Silke. „Ich hab gedacht, dass du mir mal euren Hof zeigen könntest."

„Ja, gern. Für dich als Veganerin ist das allerdings vielleicht nicht so … prickelnd."

„Aber ich würde gern mehr über dich erfahren, Rudi Ratlos." Sie grinste frech, und Elisabeth musste schmunzeln.

„Ich hol uns mal was zu trinken. Was möchtest du?", fragte sie Silke.

„'n Bier wäre schön."

„Das krieg ich hin." Sie stand auf und ließ die beiden einen Moment allein.

„Wieso kommst du einfach vorbei?", flüsterte Rudi.

„Freust du dich nicht?"

„Doch, sehr sogar."

„Ich weiß gar nicht, ob du es verdienst, dass ich dich besuche. Du hast mich angelogen."

„Was sollte ich denn machen? Eine Veganerin und ein Schlachter? Wie soll das funktionieren?"

„Keine Ahnung, dann sind wir eben die Ersten, die es hinkriegen."

Er lächelte. Ihre Köpfe näherten sich einander, während sie sich tief in die Augen schauten.

„Kellerwarm oder kühlschrankkalt?", fragte Elisabeth, und die beiden fuhren wieder auseinander.

„Äh, kühlschrankkalt", sagte Silke.

„Gut, ich mag's lieber kellerwarm."

„Ich würde auch eins aus'm Kühlschrank nehmen", meldete sich Rudi zu Wort.

„Du kannst dir dein Bier selber holen", sagte seine Mutter.

***

Tanja war überrascht, wie kühl es war, jetzt, nachdem die Sonne untergegangen und am Himmel die ersten Sterne aufgetaucht waren. Sie kurbelte ihr

Fenster wieder hoch, auch weil sie den Hof fast erreicht hatte. Unterwegs hatte sie noch kurz Halt gemacht und im Supermarkt eine gute Flasche schottischen Whisky gekauft, um ihren Bruder ein wenig für die Aufregung und seine Hilfe zu belohnen. Sie stellte den Wagen ab und ging mit der Flasche in der Hand auf die Haustür zu, als sie ein reges Gespräch aus dem Innern vernahm. Es waren offenbar nicht nur ihre Mutter und ihr Bruder im Haus. Sie mussten Besuch haben. Ehrlich gesagt stand ihr jetzt überhaupt nicht der Sinn nach einer Freundin ihrer Mutter oder einem Kumpel ihres Bruders. Doch als sie in den Hausflur trat und einen neugierigen Blick ins Wohnzimmer warf, vergaß sie ihren Widerwillen und schritt freudig auf den Gast zu.

„Hallo!"

„Hallo, ich bin Silke, das Blind Date von Rudi."

„Schön, dich kennenzulernen." Sie wandte sich an ihren Bruder. „Ich wusste gar nicht, dass du sie eingeladen hast."

„Hat er auch nicht, ich hab mich quasi selbst eingeladen."

„Sie hat sich auf den Hof geschlichen. Ich hätte sie fast mit dem Brotmesser zersägt", sagte Elisabeth.

„Weißt du, wie scharf das ist?", beschwerte sich Rudi.

„Ich muss mich doch verteidigen."

„Schon gut, ist doch alles halb so schlimm. Ich leb ja noch", wehrte Silke ab.

Tanja setzte sich zu ihnen an den Tisch und griff sogleich zum Bier, das auf ihrem Platz bereitstand. „Das ist eine schöne Überraschung. Kann ich gebrauchen im Moment", sagte sie und hob die Flasche. Sie stießen an und tranken.

„Du hast viel Stress gerade?", fragte Silke.

„Kann man sagen, dieser Mord ist einfach so schrecklich, schon allein für sich genommen. Und dann noch hier in meinem Heimatort."

„Das jagt einem irgendwie Angst ein", bestätigte Silke. „Bist du denn schon … ich meine, hast du schon eine Ahnung, wer es gewesen sein könnte?"

„Ach, dieser Fall ist ein einziges Hin und Her. Zuerst sah es nach einem Mord aus Eifersucht aus, dann stellte sich heraus, dass es um Kokain gehen könnte, jetzt gibt es Hinweise auf einen Edelsteinraub", erklärte Tanja.

„Hast du denn rausfinden können, wer das Opfer ist?“, fragte Rudi.

„Es scheint sich um einen Mann aus Bad Rothenfelde zu handeln. Ich bin morgen mit seinem Bruder verabredet. Die Narbe stammt wohl von einer Reitverletzung.“

„Und du kannst deiner Schwester da wirklich helfen?“, wollte Silke von Rudi wissen.

„Jeder andere wäre weniger geeignet“, antwortete Tanja für ihn. „Bei allem, was mit Anatomie zu tun hat, ist er die beste Adresse.“

„Ja, und lügen kann er auch ganz gut, hab ich gehört. Genau wie seine Schwester.“ Elisabeth legte die Hände wie zu einem Gebet zusammen und sah ihre Tochter eindringlich an. „Wenn ihr schon was Illegales macht, dann wenigstens unauffällig. Was sollen denn die Leute denken?“

„Wir machen das schon. Du müsstest mal den Rechtsmediziner sehen, der ist total überfordert. Aber heute gab er selbst zu, dass er noch viel lernen muss. Und er findet es toll, dass Rudi dabei ist und ihm einiges beibringt.“

Elisabeth stieß einen kieksenden Lacher aus. „Mein Sohn als Experte, Edelsteine, Kokain … und das alles in unserem Horstmar? Das klingt doch sehr weit hergeholt.“

„Muttern, lass mich einfach meinen Job so machen, wie ich es für richtig halte. Davon hast du keine Ahnung.“

„Wer soll denn hier Kokain nehmen?“, fragte Elisabeth.

„Darum geht es nicht. Stratmann steht im Verdacht, Kokain gestreckt zu haben.“

„Das liegt wohl in der Familie“, sagte Elisabeth und trank einen Schluck Bier.

„Was meinst du damit?“

„Ach, früher hat einer der Stratmanns die ganze Gegend mit Morphium versorgt.“

„Woher weißt du das?“

„Da hat meine Oma früher immer von erzählt, das weiß ich noch wie heute. Der Eduard Stratmann war berüchtigt, und seine Söhne nicht minder, aber aus anderen Gründen.“

„Den Eduard hab ich doch gerade erst unter der Scheune gefunden“, sagte Tanja.

„Ja, eben. Wahrscheinlich isser an seinem eigenen Gift zugrunde gegangen. Der hat die Arbeiter aus der Fabrik damit versorgt. Bis die alle davon um die Ecke gegangen sind."

„Das ist sehr, sehr interessant", meinte Tanja. „Vor allem vor dem Hintergrund, dass ich im Haus der Stratmanns ein altes Schriftstück gefunden habe. Die chemische Formel von Morphium, wie ich auf dem Weg hierher erfahren habe."

„Da haben wir's doch!" Elisabeth schlug auf den Tisch. „Ich brauch jetzt 'n Schnaps. Wer möchte noch?"

„Ach, warte mal", bat Tanja und lief in den Flur, wo sie den Whisky auf der Kommode hatte stehen lassen. Sie überreichte ihn Rudi. „Hier Metzger, der ist für dich. Als Dankeschön für deine Hilfe."

Rudi war überrascht und betrachtete erfreut das Etikett. „Wow, zwölf Jahre alt. Danke, Schwesterchen."

Sie umarmten sich, dann setzte Tanja sich wieder hin.

„Tja, wer möchte einen Schluck? Das ist ein ganz feiner Tropfen."

„Dann hol doch mal drei ... äh, vier Gläser", wies seine Mutter ihn an, hob ihr Kinn und benetzte voller Vorfreude ihre Lippen.

„Silke, erzähl was von dir", bat Tanja. „Rudi hat noch nicht so richtig viel berichtet. Du studierst?"

„Mit dem Studium bin ich fertig, ich schreibe gerade meine Doktorarbeit und wollte etwas mehr Ruhe dafür haben, deshalb bin ich aus Münster hierhergezogen."

„Und in welchem Fach machen Sie Ihren Doktor?", wollte Elisabeth wissen.

„Soziologie. Ich untersuche Frauenbilder, speziell den Gegensatz zwischen realen Frauenbildern und dem medialen Frauenbild, das uns aus Film, Werbung und Printmedien vorgegeben wird."

„Da sind Sie hier auf'm Land an der richtigen Adresse", sagte Elisabeth. „Wir Frauen haben schon immer alles auf unseren Schultern getragen, wissen Sie?"

Rudi drehte die Flasche auf und schenkte ihnen allen ein.

„Ich möchte, dass Sie mich duzen", sagte Silke. „Ich bin Silke."

„In Ordnung, ich bin Elisabeth." Elisabeth hob ihr Glas und stieß mit ihr an. „Ich kann dir so einiges erzählen."

„Es ist witzig, was du eben gesagt hast", meinte Silke schmunzelnd. „In Mexiko gibt es nämlich ein Sprichwort: ‚Das Haus steht nicht auf Grund und Boden, es steht auf den Schultern der Frau.'"

Man sah, wie die Worte Elisabeth berührten, und in ihren Augen schimmerte es feucht.

„Der Whisky schmeckt wirklich außerordentlich gut", sagte sie und schob ihr Glas nach vorn. Rudi füllte die vier Gläser erneut.

„Ich hab eigentlich gehofft, dass Rudi mich nach Hause bringt", meinte Silke.

„Wir können ja 'ne Taxe rufen", sagte er.

„Du kannst auch hier schlafen", schlug Elisabeth vor.

Rudi und Tanja sahen sie mit großen Augen an.

„Na, was denn? Ist doch nichts dabei", sagte sie keck.

Plötzlich gab es ein merkwürdiges Geräusch. Es war ein tiefes Rauschen, so als strömte Luft durch ein metallenes Rohr. Alle vier stutzten, bis Silke auf einmal die Hände vor den Mund schlug und zur Terrassentür glotzte, als wäre ein Alien hereinspaziert. In der Tür war der riesige Kopf eines schwarzen Bullen zu sehen, der mit den Vorderhufen bereits im Wohnzimmer stand. Er schnaubte durch die beringte Nase und kaute gemächlich.

„Was ist das?", piepste Silke vor Schreck.

„Ach, das ist nur Gunnar, unser störrischer Bulle."

# acht

Tanja erreichte Bad Rothenfelde von Westen her über den Niedersachsenring und bog kurz nach dem Waldstück, das sie durchfuhr, links ab. Heino Diesling wohnte in einem Reihenhaus in der Volkhardstraße. Sie parkte an einem Grünstreifen an der Straße und klingelte an dem schmucklosesten Haus in der Nachbarschaft. Überall sah man Blumentöpfe, kleine Figuren oder Kinderspielzeug in den Vorgärten und auf den Eingangsstufen, nur bei Herrn Diesling herrschte eine langweilige Nüchternheit von grauem Kies. Sie klingelte und musste ein wenig warten, bis ein Mann, den sie auf Ende Fünfzig schätzte, die Tür öffnete und sie ausdruckslos ansah. Er trug trotz der Hitze einen dunkelblauen Pullunder über einem blau-weiß karierten Hemd. Das Metallgestell seiner Brille saß ein wenig schief auf seiner Nase, und sein ehemals schwarzer Ziegenbart war inzwischen fast vollständig ergraut.

„Guten Morgen, Herr Diesling. Ich bin Tanja Terholte."

„Guten Morgen, kommen Sie bitte rein." Er machte ihr den Weg frei. „Gehen Sie einfach durch ins Wohnzimmer", sagte er und folgte ihr in seinen ausgetretenen Birkenstocksandalen durch den weiß gefliesten Flur.

Sie nahmen an einem Buchenholzesstisch Platz, von wo aus man einen guten Blick in den schlauchartigen Garten hatte. Der Rasen machte einen perfekten Eindruck.

„Tja, Herr Diesling, es tut mir leid, Sie in einer solchen Situation belästigen zu müssen. Das einzige Indiz, das wir zur Feststellung der Identität bisher haben, ist die Narbe, von der ich gestern sprach. Haben Sie sie je gesehen?"

„Ja, einmal. Er hat sie mir gezeigt, als wir uns nach dem Eingriff das erste Mal trafen. Das war Weihnachten vor zehn Jahren oder so."

„Und die OP war im selben Jahr?"

„Richtig. Wir sehen uns nicht so oft. Er zeigte sie mir zu Weihnachten, der Unfall war aber im Juni oder Juli, glaube ich."

„Gibt es sonst noch unverwechselbare Merkmale?"

„Äußerlich nicht, aber vielleicht die ganzen Knochenbrüche, die er sich zugezogen hat, falls Ihnen das weiterhilft."

„Ja, das tut es."

„Da wären ein Schlüsselbeinbruch … das hat er sich sogar mehrmals gebrochen, den linken Unterarm vor zwei Jahren erst und drei Rippen, ich glaube, auch links. Zum Glück nie etwas an den Beinen."

„Haben Sie ein aktuelles Foto von Ihrem Bruder?"

„Oh, das ist schwer. Auf dem Computer müsste ich eins vom letzten Weihnachtsfest haben."

„Könnten Sie mir das bitte zukommen lassen?" Sie reichte ihm eine Visitenkarte. „Am besten erzählen Sie mir ein bisschen was über Ihren Bruder. Wo arbeitet er?" Tanja benutzte bewusst die Gegenwartsform, um nicht den Eindruck zu erwecken, dass sie davon ausging, dass er der Tote war.

„Er ist im Bauamt tätig, hier in Rothenfelde."

„Hat er Feinde, wissen Sie etwas darüber?"

„Feinde? Nein, das ist das falsche Wort. Ich weiß, dass es öfter mal Ärger mit seinen Kunden gibt. Darüber beschwert er sich unentwegt. Auch beim Reiten streitet er sich ständig mit anderen Leuten. Er ist ziemlich unbeliebt, das war er schon seit unserer Kindheit. Hat gerne gepetzt und andere angeschwärzt. Er denkt immer, dass er im Recht ist."

„Gilt das auch für Ihr Verhältnis untereinander?", fragte Tanja. „Sie wohnen zwar im selben Ort, sprechen aber immer nur von Treffen an Weihnachten."

„Nun, wir sind Brüder, aber jeder geht seiner eigenen Wege. Der Reitsport ist außerdem sehr zeitintensiv, er hat ohnehin meistens wenig Zeit, sich mit mir zu treffen."

„Wissen Sie zufällig, ob er Kontakt zu Reiterhöfen im Münsterland hatte?"

„Bei Kontakten bin ich überfragt, aber erst letztens hatte er wieder einen Fall, der ihn rasend gemacht hat. Angeblich hatte eine Reiterin gedopt und ihn so bei einem Turnier geschlagen. So etwas konnte ihn zur Weißglut bringen."

„Kennen Sie den Namen der Frau?"

„Nein, tut mir leid. Aber dass er sie aufsuchen und gegebenenfalls anzeigen und verklagen wollte, weiß ich. Jedenfalls hat er das gesagt. Sie glauben doch nicht, dass; wenn er es ist, eine Frau meinen Bruder getötet hat?"

„Das kann ich Ihnen im Moment wirklich nicht beantworten. Aber Sie haben mir schon sehr weitergeholfen. Wissen Sie, wo dieses Turnier stattfand?"

„Keine Ahnung. Aber in seinem Haus lässt sich das bestimmt schnell feststellen. Er wird alles fein säuberlich notiert haben oder eine Urkunde vom Turnier besitzen."

„Dies ist nicht mein Zuständigkeitsbereich. Das müssen die Kollegen vor Ort übernehmen. Die sind bereits informiert und werden auch noch DNA-Proben sicherstellen, die wir dann abgleichen können."

„Und wenn ich einen Schlüssel hätte?", fragte Diesling.

„Nun, in dem Fall wäre das möglich. Wo wohnt denn Ihr Bruder?"

„Schräg gegenüber."

„Ach? Wie praktisch."

Sie gingen tatsächlich nur über die kleine Kreuzung zum ersten Haus in der Eichendorffstraße, in dem es drei Wohneinheiten gab. Burghard Diesling lebte nach Aussage seines Bruders seit fast fünfundzwanzig Jahren im Erdgeschoss, und Tanja fand, dass sich die Einrichtungsstile der beiden Männer sehr ähnelten. Heino Diesling führte sie in das kleine Arbeitszimmer seines Bruders, in dem ein weißer Schreibtisch mit einem rollbaren Bürostuhl und ein Aktenregal aus Metall standen.

„Hier finden Sie alles, was sie benötigen. Mein Bruder ist peinlich genau mit seinen Aktenablagen."

„Und Sie nicht?"

„Ich bin der Rebell in der Familie." Diesling grinste verstohlen.

Das rang Tanja ein Lachen ab, denn jemanden wie Diesling als Rebell zu bezeichnen, war ungefähr so, wie eine behaarte Raupe mit einem Schäferhund zu vergleichen.

„Sehen Sie, er hat sogar einen Ordner mit Beschwerdebriefen, die er selbst aufgesetzt hat, und einen für Beschwerden, die andere gegen ihn vorgebracht haben." Er deutete mit dem Zeigefinger auf die Aktenordner, dann weiter an der Reihe entlang nach rechts und eine Etage tiefer, bis er es fand. „Bingo. Hier sind seine Turnierteilnahmen." Er zog den Ordner heraus und schlug ihn auf.

Tanja legte den Kopf schief, um mit hineinsehen zu können.

„Hier, ein Turnier in Brakel."

„Das könnte es sein. Kommt es zeitlich hin, was denken Sie?"

„Ja. Und es scheint auch das Einzige in der Gegend gewesen zu sein, an dem er in den letzten sechs Monaten teilgenommen hat. Wollen Sie das mitnehmen?"

„Das darf ich nicht, aber es gesehen zu haben, reicht mir schon, danke."

Tanja verabschiedete sich von Diesling und rief bei den Turnierausrichtern in Brakel an, um sich über die Rangliste und etwaige Zwischenfälle zu informieren. Die Veranstalterin versprach, ihr die Liste zuzuschicken. Von Zwischenfällen war ihr nichts zu Ohren gekommen.

Bereits in Ostbevern kam das PDF an, und Tanja fuhr rechts ran, um die Liste durchzugehen.

„Das gibt's doch nicht", entfuhr es ihr überrascht.

In den oberen Rängen vor Diesling, der auf Platz 4 gelandet war, fand sie den Namen einer ihr bekannten Person: Annika Holthefe. Die beiden anderen höher Platzierten waren Männer.

Das Opfer, und Tanja ging fest davon aus, dass Diesling das Opfer war, hatte also mit Annika Streit gehabt und sie des Dopings beschuldigt. Dann hatte man Teile der Leiche in der Nähe ihres Hauses gefunden, während Stratmann, ihr Tierarzt, aus unerfindlichen Gründen verschwunden und zwei Tage später wieder aufgetaucht war. Tanja hätte all ihr Geld darauf verwettet, dass die dritte Person, die der Zeuge im Wald gesehen hatte, Annika Holthefe gewesen war. Um sicherzugehen, besuchte sie zuerst den Zeugen. Dann war sie taktisch in einer besseren Lage, wenn sie Annika und Stratmann befragte.

Herr Horstmann schloss gerade in seiner Garage das Bügelschloss an seinem Fahrrad auf, als Tanja auf das Haus zuging. Er trug eine gelbe Warnweste, einen Helm, Fahrradhandschuhe und neonfarbene Klettbänder um die Knöchel. Unter dem ganzen Equipment war er kaum wiederzuerkennen.

„Herr Horstmann?“ Tanja beschattete ihre Augen mit einer Hand.

„Ja, bitte?“, drang es aus der Garage. „Oh, Frau Terholte …“

„Ja, ich wollte Sie nicht erschrecken. Bitte entschuldigen Sie, dass ich unangemeldet hier auftauche. Ich habe nur zwei kurze Fragen an Sie.“

Er kam, sein Rad neben sich herschiebend, aus der Garage. „Um was geht es denn?“

„Um die beiden Personen, die Sie mit Herrn Dr. Stratmann in dem Waldstück gesehen haben.“ Tanja rief das Foto von Burghard Diesling, das dessen Bruder ihr inzwischen geschickt hatte, auf ihrem Handy auf. „Wie ist es mit diesem Mann?“

Herr Horstmann griff in eine seiner vielen Taschen an der Weste und holte seine Brille hervor.

„Ja, das ist der andere Mann gewesen“, bestätigte er mit hinter dicken Gläsern vergrößerten Augen.

„Sie sind sich ganz sicher?“

„Ja, bin ich.“

„Gut, und wie steht es mit dieser Frau?“ Tanja hatte auch ein Foto von Annika Holthefe gefunden und gab es Horstmann zur Begutachtung. Er musterte es sorgfältig, bevor er dann die Brille abnahm.

„Auch hier bin ich mir sicher. Das ist die Frau.“

Tanja konnte ihr Glück kaum fassen.

„Das hilft uns tatsächlich weiter, Herr Horstmann, vielen Dank.“

„Gern geschehen.“

„Tja, das war's auch schon, jetzt können Sie wie geplant zu Ihrer Fahrradtour aufbrechen. Kann allerdings sein, dass wir uns in nächster Zeit noch mal bei Ihnen melden.“

„Ich stehe immer zur Verfügung“, sagte er.

***

Tanjas Laune besserte sich von Minute zu Minute, während sie den Pajero in Richtung Reiterhof Holthefe lenkte. Sie kam an der Autowerkstatt Wenke und Sohn vorbei und schaute automatisch auf ihren Kilometerzähler. Er zeigte 298.763 Kilometer an. Bei 300.000 sollte sie besser noch mal eine Inspektion machen lassen. Sie richtete den Blick wieder auf die Straße und sah Vossenkuhl wenige Meter entfernt zu Fuß den Gehweg entlangwandern, obwohl er zum Wandern nicht die passende Kleidung trug. Er hatte das an, was er sonst auf dem Hof bei der Arbeit trug. Es war heiß und er schwitzte sichtlich, als sie ihn langsam überholte. Sie rang für einen Moment mit sich, aber schließlich fuhr sie rechts ran und wartete, bis Vossenkuhl sie eingeholt hatte. Sie stieß die Tür auf.

„Moin, Nachbar, wo hast du dein Auto gelassen?", rief sie ihm zu.

Vossenkuhl begann augenblicklich zu glühen. Er wischte sich hastig den Schweiß von der Stirn und kam strahlend zur Beifahrerseite. „Musste das Auto in der Werkstatt lassen, da soll irgendein Fehler ausgelesen werden."

„Und wo willst du jetzt hin?"

„Nach Hause."

„Zu Fuß?"

Er blickte unsicher die Straße hinunter. „Keine Ahnung, wie hier die Busse fahren", sagte er und kratzte sich am Hals.

„Na los, steig ein."

„Das musst du nicht …"

„Steig ein, oder ich verhafte dich."

Er grinste und nahm neben ihr Platz. „Danke."

Tanja fuhr zurück auf die Straße und gab Gas.

„Wo willst du denn hin, hast du noch zu tun?", fragte er.

„Allerdings, es gibt so einige Spuren und Hinweise, denen ich nachgehen muss."

„Du wirst den Fall sicher bald lösen, da bin ich mir sicher."

Sie sah zu ihm hinüber, und ein Lächeln erhellte ihr Gesicht. „Danke, das tut mal ganz gut, so was zu hören."

„Gern geschehen. Was macht dein Bruder, hab gehört, er hatte Probleme mit dem Bullen."

„Ja, Gunnar ist nicht so willig. Aber schlimmer für Rudi sind die dämlichen Gerüchte, die hier neuerdings kursieren."

„Hab ich auch schon von gehört." Vossenkuhl nickte. „Das ist wirklich eine Schande. Ich kaufe weiterhin bei euch ein."

Tanja wurde still, sie blickte nachdenklich auf die Straße. Auch Vossenkuhl schwieg und sah sich die vorbeiziehende Landschaft an.

„Du, ich wollte noch mal sagen", hob Tanja schließlich an, „dass du mir nicht immer Blumen bringen musst. Ich hab ständig ein schlechtes Gewissen, weil ich … naja, ich schenk dir ja auch nichts."

„Oh, das macht gar nichts. Es macht mir ja Freude", entgegnete er. „Du musst aber sagen, wenn ich dir damit auf den Wecker falle, das wäre … kein Problem für mich."

Tanja haderte mit sich. Ihr gingen seine unverhofften Besuche tatsächlich auf den Wecker, andererseits fühlte sie sich geschmeichelt, und er war ja im Grunde ein netter Kerl, nur eben mit ein bisschen zu viel Stärke in seinen Hemden.

„Hab gehört, dass du beim Bau dieses Tierheims mithilfst?"

„Oh, ja. Das ist eine tolle Sache. Ich hab gedacht, dass man so etwas ruhig mal unterstützen kann."

„Finde ich auch. Sag mal, wie wär's, wenn wir statt Blumen mal …" Sie überlegte, bevor sie weitersprach.

Er wandte sich ihr überrascht zu.

„… wenn wir einfach mal zusammen was Essen würden?"

„Ja?", sagte er hoffnungsvoll und setzte sich gerader hin.

„Aber nicht so … nicht direkt in einem Restaurant, sondern ungezwungener", meinte sie. „Wie wär's, wenn wir mal ein Picknick machen, irgendwo in der Pampa, wenn dieser Fall hier abgeschlossen ist und ich wieder Freizeit habe?"

„Das wäre toll."

„Gut, dann haben wir eine Abmachung."

Sie fuhr an der Hofeinfahrt zu ihrem Grundstück vorbei und nahm die nächste Einfahrt zu Vossenkuhls Anwesen.

„Vielen Dank, Tanja", sagte er, als sie vor der Haustür angehalten hatte.

„Das war eine unerwartete Fahrt. Aber nett, sehr nett."
„Ja, fand ich auch. Mach's gut, ich muss los."
„Klar, tschüss." Er warf die Tür zu, und Tanja fuhr wieder vom Hof. Sie musste sich eingestehen, dass sie sich jetzt viel besser fühlte als noch vorhin.

***

Tanja staunte nicht schlecht, als sie den ihr bekannten Volvo von Stratmann auf dem Hof der Holthefes entdeckte. Eigentlich hatte sie die beiden ja getrennt befragen wollen, aber es war mit Sicherheit auch ganz aufschlussreich, sie mal zusammen zu erleben. Sie hielt an und ging geradewegs in die Stallungen hinein. Drei Mädchen waren gerade dabei, einige Boxen auf der linken Seite auszumisten. Sie unterhielten sich so angeregt, dass sie Tanja gar nicht bemerkten. Anscheinend hatte sich Annika beruhigt und ihre „Kündigungen" zurückgezogen.
„Hallo Mädels. Wisst ihr, wo ich Frau Holthefe finden kann?"
Die Mädchen schauten sie fast aufgescheucht an.
„Ich glaub, sie ist hinten bei den Paddocks."
„Alles klar, danke", sagte Tanja und wandte sich nach rechts. Die Mädchen blickten ihr noch einen Moment hinterher, ob sie auch ihren Weg finden würde, und sprachen erst weiter, als Tanja durch die Tür am Ende des Stallgebäudes in den angrenzenden Bau gegangen war, der etwas gedrungener und dunkler war. Dies war der alte Stall, eng und verwinkelt. Hier zweigte links eine Tür nach draußen zu den Paddocks ab. Doch Tanja hörte von weiter hinten dumpfe Stimmen. Ein Mann und eine Frau unterhielten sich. Sie ging näher heran. Hinter einer alten, hölzernen Schiebetür, die auf der rechten Seite leicht offen stand, lag der Sattelraum, und Tanja war sich sicher, Stratmanns Stimme erkannt zu haben. Sie blieb einen Meter vor der Tür stehen und horchte.
„... wäre der absolute Supergau gewesen", hörte sie Annika Holthefe sagen. „Aber jetzt ist ja alles wieder gut."

„Du machst dir viel zu viel Sorgen. Ich hab das unter Kontrolle", entgegnete Stratmann.

„Zu den Paddocks geht's aber hier raus", rief auf einmal eins der Mädchen. Sie war Tanja gefolgt und stand in dem milchigen Licht, das durch die Stallfenster einfiel.

„Ja, danke", rief Tanja zurück. „Ich hab sie schon gefunden."

Leider war ihr Auftauchen jetzt keine Überraschung mehr. Um den beiden wenigstens keine Gelegenheit zu geben, sich zu sammeln, klopfte sie schnell an und trat, ohne auf eine Antwort zu warten, ein.

Annika Holthefe und Stratmann standen in der linken hinteren Ecke vor einer Spindwand dicht beieinander und schauten sie ertappt an. Rechts und links stapelten sich die Sättel bis unter die Decke.

„Hallo, Sie beide habe ich gesucht." Tanja beobachtete ganz genau ihr Mienenspiel, auch wenn das in dem grauen Dunst hier im Raum nur schwer möglich war. „Darf ich fragen, was Sie hier machen?"

Annika Holthefe richtete sich auf und trat ein Stück vor Stratmann. „Das könnte ich doch wohl besser Sie fragen. Das ist mein Hof."

„Richtig, aber ich befinde mich in einer Mordermittlung, daher kann ich Sie jederzeit aufsuchen und befragen, wenn ich das für nötig erachte. Hier oder in Ihrem Haus, oder bei Dr. Stratmann in der Praxis, ganz egal, wo."

Annika Holthefe schnappte ein wie eine Falle, sagte aber nichts mehr.

„Also?", hakte Tanja erneut nach. „Was tun Sie hier?"

„Na, was schon?", gab sie zurück. „Er ist mein Tierarzt, wir unterhalten uns über meine Pferde, was glauben Sie?"

Tanja fiel auf, wie angriffslustig Annika heute schon wieder war.

„Geht es Ihnen jetzt besser, wo Herr Dr. Stratmann wieder da ist?", fragte sie.

„Wie?" Stratmann war irritiert.

„Oh, Frau Holthefe war schwer mitgenommen von Ihrem plötzlichen Verschwinden. Hat sie Ihnen gar nichts erzählt? Sie lag fast krank im Bett deswegen."

Er warf Annika einen fragenden Blick zu, doch die wischte sich nur eine Haarsträhne aus ihrem Gesicht und setzte ein künstliches Lächeln auf.

„Das war nur ein Migräneanfall, weiter nichts."

„Sind Sie in Behandlung wegen der Migräne? Dann möchte ich gern wissen, welche Medikamente Sie dagegen einnehmen, und welcher Arzt sie Ihnen verschrieben hat."

„Na, hören Sie mal", echauffierte sie sich.

„Ja, ich höre?"

„Also, wissen Sie ... Ihr Ansehen hier in Horstmar wird von Tag zu Tag schlechter. Vielleicht sollten Sie mal in Ihrer eigenen Familie nachforschen. Man munkelt, dass man den Mörder eventuell dort finden kann."

Stratmann legte behutsam eine Hand auf Annikas Arm, um sie zu bremsen.

„Frau Holthefe, ich möchte Sie bitten, morgen um dreizehn Uhr zu uns in das Hauptkommissariat in Münster zwecks einer Befragung zu kommen", sagte Tanja kühl. „Sie, Herr Dr. Stratmann, würde ich gern morgen um vierzehn Uhr dort sehen. Wir möchten uns über einige Dinge den Mordfall betreffend noch genauer ins Bild setzen lassen und bräuchten dazu Ihre Hilfe."

„Was kann ich denn schon über den Mord wissen?", hob Annika Holthefe wieder an, und ihre Stimme wurde immer schriller.

„Das werden wir morgen feststellen. Bis dahin wünsche ich Ihnen beiden einen schönen Tag. Wiedersehen."

Auf dem Weg hinaus ging Tanja eng an den in der Mitte der Stallgasse liegenden Heuballen vorbei. Sie freute sich darüber, wie verärgert und verängstigt zugleich die beiden jetzt sicherlich waren. Noch wusste sie nicht genau, wie alles zusammenhing, aber für sie stand fest, dass Annika und Stratmann etwas mit dem Mord zu tun hatten. Und morgen würde sie es in den Befragungen herausfinden. Sie blickte zufrieden in die hübschen Gesichter der Pferde, die sie aus ihren Boxen heraus mit neugierig aufgestellten Ohren beäugten. Dann sah sie etwas, das sie so abrupt stehen bleiben ließ, dass sie beinahe auf dem strohbedeckten Boden ausgerutscht wäre. Sie stützte sich auf einem Strohballen ab und wirbelte herum, um sich zu vergewissern, dass sie sich nicht verguckt hatte.

An der Box eines hochgewachsenen Wallachs stand etwas, das für Tanja von großer Bedeutung war. Das Tier befand sich in Annika Holthefes Besitz, wie aus der Aufschrift auf dem aufwendig gestalteten Messingschild an der Tür hervorging. Die eigentliche Besonderheit aber war sein Name, denn der lautete: Smaragd.

# neun

Zurück in Münster, berichtete Tanja Förster von ihrem Gespräch mit Diesling und der Entdeckung des Edelsteins im Stall der Holthefes.

„Ach, hier sind Sie", sagte Zaunholz ermüdet. Er stand im Türrahmen von Försters Büro und zog seine Krawatte enger, bevor er eintrat. „Es macht mich ein wenig nervös, dass Sie so selten in Ihrem Büro anzutreffen sind."

„Das sollte es nicht. Ich löse den Fall nicht hier in Münster, sondern vor Ort."

„Das will ich hoffen, denn das ist der Grund meines Besuchs." Er kam näher, blieb lehrerhaft neben Försters Schreibtisch stehen und verschränkte die Arme vor der Brust. „Die Staatsanwältin steht mir auf den Füßen und möchte endlich Ergebnisse sehen, weil nämlich diverse Größen aus der hiesigen Politik auf ihren Füßen stehen, darunter niemand Geringeres als der Ministerpräsident selbst. Haben Sie in letzter Zeit mal die Presseberichte verfolgt, Frau Terholte?"

„Ich hatte keine Zeit, Zeitung zu lesen."

„Dann haben Sie Titelüberschriften wie ‚Der Haarmann aus dem Münsterland' oder ‚Hannibal Lecter in Horstmar?' leider verpasst, um nur zwei zu nennen. Das Münsterland ist eine Region, die nicht unerheblich vom Tourismus und ihrem guten Ruf lebt. Beides nimmt zurzeit Schaden. Oder möchten Sie vielleicht da Urlaub machen, wo laut den ‚Westfälischen Nachrichten' das ‚Münsterland Chainsaw Massacre' stattfindet?"

„Natürlich nicht, aber …"

„Dann bitte ich Sie, doch endlich alle Hebel in Bewegung zu setzen, bevor wir hier alle -"

„Herr Zaunholz", fuhr Tanja ihm ins Wort und hob die Hand.

„He?"

„Hören Sie mir bitte kurz zu? Ich habe zwei Verdächtige, die von einem glaubwürdigen Zeugen zusammen mit dem mutmaßlichen Opfer kurz vor dessen Ermordung gesehen wurden. Und ich konnte einen zusätzlichen Zusammenhang zwischen dem Opfer und einem dieser Verdächtigen herstellen. Beide wurden von mir für morgen zum Verhör eingeladen, und ich wollte soeben los, um mit der Staatsanwältin zu sprechen und einen Durchsuchungsbeschluss zu erwirken. Es ist also bereits alles in die Wege geleitet. Ich bin ziemlich optimistisch, dass wir den Täter morgen festnehmen können."

Zaunholz blickte sie zweifelnd an und lockerte seine Krawatte wieder ein Stück, um besser atmen zu können. „Und das sagen Sie nicht nur, um mich loszuwerden?"

„So etwas würde ich niemals tun, Herr Zaunholz." Sie klimperte unschuldig mit den Augen.

Zaunholz blickte zu Förster. „Stimmt das?"

„Ja, wir … sind ganz dicht dran", bestätigte er.

„In Ordnung, dann haben Sie sicher nichts dagegen, wenn ich Sie zur Staatsanwältin begleite?"

„Nein, es wäre mir eine Freude", sagte Tanja.

Er sah sie höchst befremdet an, während sie aufstand.

„Kommen Sie, wir können uns auf dem Weg dahin ja über Autos unterhalten."

***

Die Staatsanwältin willigte sofort ein, sich um den richterlichen Durchsuchungsbeschluss zu kümmern, und Tanja plante für morgen die Durchsuchung kurz vor dem Zeitpunkt, da beide nach Münster zum Verhör fahren würden. Sie hatte ein wenig Mitleid mit Hilde Stratmann und

Jürgen Holthefe, für die das sicher noch mehr Sorgen und Ängste bedeutete, und Tanja überlegte, ob sie sie kurz vorher einweihen sollte. Da klingelte ihr Telefon, und Hilde Stratmann war am anderen Ende der Leitung.

„Frau Stratmann", sagte Tanja überrascht. „Eigentlich wollte ich Sie gerade anrufen."

„Hören Sie, Frau Terholte, Sie sollten vielleicht besser zu uns kommen und sich etwas ansehen. Wir haben eben den Gartenteich entwässert und dabei eine Entdeckung gemacht."

Tanja versprach, sich gleich auf den Weg zu machen, und bat Brüning und zwei weitere Kriminaltechniker, sie zu begleiten. Sie ging davon aus, dass es sich um Beweise für den Mord handelte, und wollte sofort alles sicherstellen.

Die Bauarbeiter waren am heutigen Samstag nicht tätig, der Wohnwagen war verwaist, und niemand öffnete, als Tanja klingelte. Also gingen sie allesamt ums Haus herum in den Garten und fanden dort auf der Rasenfläche eine riesige Pfütze vor, die nur an einigen Stellen so weit eingesickert war, dass Grashalme herauslugten. Hilde Stratmann stand etwas weiter links mit zwei Männern am Teich. Genau genommen stand nur Frau Stratmann am Teich und die beiden Männer im Teich, der von allerlei Steinen und Felsen umgeben war, zwischen denen kniehohe Gräser wuchsen, die von der Hitze ganz gelb geworden waren. Man konnte das schnarrende Geräusch einer Pumpe vernehmen.

„Frau Stratmann?" Tanja machte sich bemerkbar, als sie noch ein paar Meter entfernt waren, um sie nicht zu erschrecken.

Hilde Stratmann drehte sich um, eine tiefe, besorgte Falte zwischen den Augenbrauen. „Ach, Frau Terholte, gut, dass Sie kommen."

„Das sind meine Kollegen von der Kriminaltechnik. Was gibt es denn zu begutachten?"

„Wie ich vorhin schon sagte, war ich mit den Gärtnern dabei, den Teich zu entwässern. Hier gibt es mehrere Entwässerungsgullys, die teilweise ganz zugewachsen sind. Aber einer ist anders als die anderen. Kommen Sie."

Sie führte sie zu einer Stelle an der hinteren, dem Haus abgewandten Seite, wo Mooskissen und Gräser einen schmiedeeisernen, rechteckigen Gully von der Größe eines Serviertabletts verdeckten.

„Hören Sie das?“, fragte Frau Stratmann und wandte ihr Ohr dem Ablauf zu. Tanja tat es ihr nach und vernahm unter dem sonoren Brummen der Pumpe, wie Wasser tief in der Erde auf Stein pladderte. „Die anderen Abläufe führen in Entwässerungsrohre, dieser hier in einen richtig tiefen Schacht.“ Sie zog eine kleine Taschenlampe aus ihrer Hosentasche und reichte sie Tanja. Die bückte sich sogleich, um den Deckel abzuheben, und leuchtete in das Loch hinein. Der Schacht war gemauert, und in einer Wand steckten eiserne Bügel, an denen man wie auf einer Leiter hinabsteigen konnte.

„Das ist ja mal 'n Ding.“ Sie ließ Brüning hinunterschauen. „Waren Sie schon unten?“

„Auf keinen Fall geh ich da runter“, entgegnete Frau Stratmann entsetzt.

„Wissen Sie, was das sein kann?“

„Nein, eben nicht.“

„Wo ist Ihr Mann?“

„Ich weiß es nicht.“

„Dann“, sagte Tanja und leuchtete wieder in den Schacht, „würd ich sagen, ich geh einfach mal runter.“

„Oh, Gott, seien Sie bloß vorsichtig“, bat Frau Stratmann ängstlich.

„Na, sicher doch.“

Tanja krempelte ihre Ärmel hoch, hielt sich an Brüning fest, den Rücken zum Schacht, und setzte ihren Fuß auf den dritten Bügel. Sie wippte, um zu prüfen, ob er hielt.

„Also, bis nachher“, verabschiedete sie sich, steckte sich die Taschenlampe zwischen die Zähne, um die Hände frei zu haben, und stieg langsam hinab. Das Wasser rann in einem dünnen Faden links über ihr Handgelenk. Es ging gut und gern vier Meter hinab, ehe ihre Füße wieder Boden berührten. Über sich sah sie gegen das Sonnenlicht die Umrisse von Frau Stratmann und Brüning, die gespannt zu ihr nach unten starrten. Das Wasser klatschte neben Tanja auf den Steinfußboden und lief in einem Rinnsal in das Dunkel, das sich seitlich von ihr auftat. Ein kellerartiges Gewölbe schien sich dort zu erstrecken. Mit der Taschenlampe leuchtete sie hinein. Der Lichtkegel traf erst nach rund sieben, acht Metern auf glänzende, reflektierende Gegenstände.

„Hier ist ein Raum", rief sie, und ihre Stimme hallte von den gemauerten Wänden wider. Ihre Augen mussten sich erst an die Dunkelheit gewöhnen. Vorsichtig setzte sie einen Schritt vor den anderen.

Der Lichtstrahl der Lampe war zu klein und schmal, um sich ein Bild vom ganzen Raum machen zu können, daher hielt sie die Lampe am ausgestreckten Arm direkt unter die Decke, sodass sie wie ein Deckenfluter den Raum beleuchtete. Jetzt sah sie, dass sie sich anscheinend in einem Weinkeller befand, denn in den hölzernen Regalen um sie herum lagerten Unmengen an Flaschen.

„Brüning!", rief sie.

„Ja?"

„Kommen Sie mal runter!"

Während sie wartete und Brüning auf der Stiege hörte, leuchtete sie auf den Boden, wo das Wasser in einem weiteren Ablaufgitter zu ihren Füßen verschwand. Es roch modrig und schimmelig.

Brüning hatte es bis nach unten geschafft.

„Kommen Sie, sehen Sie sich das an", forderte sie ihn auf. „Was sind das für Flaschen?" Sie leuchtete in eins der Regale und entdeckte dabei an einem Haken in der Wand eine Petroleumlampe. „Dieser Keller muss echt alt sein."

Brüning trat neben sie und nahm eine der Flaschen aus Braunglas in die Hände. Sie hatte ein kleines papiernes Etikett, das mit Schreibmaschine beschriftet war. Allerdings war die Druckfarbe im Laufe der Jahre in der feuchten Luft verlaufen, man konnte sie nur noch schwer entziffern.

„Was heißt das?", fragte er.

„M-Mon-Monpui ...", rätselte Tanja. „Mo-Mor ..."

„Morphium!", sagten beide im Chor, dass es laut von den Wänden widerhallte.

„Was ist passiert?“, rief Frau Stratmann ängstlich von oben.

„Nichts, alles gut! Wir kommen gleich rauf!“ Tanja sah sich um und lenkte den Lichtschein wieder an die Decke. „Was meinen Sie, wie viel das ist?“

„Mit dem Lager könnten Sie Liechtenstein komplett einschläfern.“

„Das gehörte dem Urahn von Stratmann. Er versorgte die ganze Region damit, sagt meine Mutter.“

„Oh, das führte aber mit Sicherheit zu einer erhöhten Sterblichkeit.“

„Ja. Na, kommen Sie, wir gehen wieder rauf.“

Oben angekommen, blendete die Sonne in ihren Augen.

„Und, was ist nun da unten?“, wollte Hilde Stratmann wissen.

„Das Morphiumlager des Ururgroßvaters Ihres Mannes.“

„Das was?“

„Sie wissen, dass Eduard Stratmann Arzt war?“

„Ja, schon, aber ein Morphiumlager, da unten? Was soll das?“

„Nun, es war nicht ganz legal, was er da tat. Er hat seine Vorräte hier versteckt. Ein sehr gutes Versteck, wie ich finde.“

„Was mach ich denn jetzt damit?“

„Nichts, wir werden die Flaschen als Beweismittel sichern und untersuchen. Morgen ...“

Sie nahm Frau Stratmann beiseite und ging mit ihr ein paar Meter weiter bis zum Teich. „Ich tue das jetzt, weil ich Sie mag und nicht möchte, dass Sie sich erschrecken. Ihr Mann ist ein Verdächtiger in unserem Mordfall.“

Sie schlug die Hand vor den Mund und schaute Tanja entsetzt an.

„Und morgen wird hier ein Durchsuchungsbeschluss durchgesetzt. Dann wird auch gleich das Lager geräumt. Frau Stratmann, ich sage Ihnen das, obwohl ich es nicht darf, verstehen Sie? Sie dürfen darüber nicht mit Ihrem Mann sprechen, er könnte sonst Beweise vernichten.“ Tanja sah ihr eindringlich in die Augen und berührte dabei ihren Arm.

„Gott, Sie glauben doch nicht, dass er ... Er kann ja manchmal ein Arschloch sein, aber so etwas tut er doch nicht.“ Tränen rannen ihr über die Wangen.

„Das werde ich herausfinden. Ihr Mann wird morgen, während hier die Durchsuchung läuft, zum Verhör nach Münster kommen. Aber er ist nicht der einzige Verdächtige in dem Fall. Ist Ihnen jemals aufgefallen, dass Ihr Mann sich mit Doping im Pferdesport oder mit Kokainherstellung beschäftigt, sich darüber informiert hat oder dergleichen?"

„Kokain? Was passiert hier eigentlich?"

„Ich weiß, wie das für Sie klingen muss. Aber es gibt Indizien dafür."

„Nein, ich weiß von gar nichts." Sie schüttelte verzweifelt den Kopf und vergrub ihr Gesicht in den Händen.

„Kommen Sie, wir gehen rein und trinken etwas zusammen", schlug Tanja vor.

„Ja, ich brauch jetzt 'n Schnaps."

***

Am Abend lag Tanja noch lange wach und ließ den Tag Revue passieren. Aber nicht nur das. Sie dachte auch an die morgige Befragung und wie sie sie aufbauen würde. Immer wieder kamen ihr dabei die Bilder von Silke an ihrem Esstisch und Vossenkuhl in ihrem Wagen in den Sinn. Es waren so viele Gedanken, dass sie glaubte, gar nicht mehr einschlafen zu können. Umso überraschter war sie, als um fünf Uhr dreißig plötzlich ihr Handywecker ansprang. Sie war sich sicher, nicht eingeschlafen zu sein, doch in einem gefühlt kurzen Moment waren sechs Stunden vergangen, und die Sonne ging wieder auf.

„Na, dein großer Tag, was?", sagte Rudi kauend, als er ihr am Frühstückstisch einen Kaffee einschenkte.

„Er könnte es werden."

„Ich kann immer noch nicht glauben, dass der Stratmann ein Schlächter sein soll", mischte sich Elisabeth ein und schlug mit dem Löffel auf ihr Frühstücksei.

„Das ist tatsächlich schwer vorstellbar. Aber ich habe das schon so oft gesehen. Es handelte sich nur nie um Menschen, die ich kannte."

„Aber wie kann er denn bitte Kokain hergestellt haben? Und wo hat er es verkauft? Wir sind doch hier im Münsterland, nicht in der Bronx, mein Gott“, sagte Rudi.

„Gestreckt, nicht hergestellt. Und ich weiß es doch auch nicht“, gab Tanja zu. „Ich habe aber so eine Ahnung. Und nachher im Verhör werde ich es rausfinden.“

„Ich erinnere dich nur noch mal: Der Täter hat Ahnung vom Zerlegen.“

„Er ist doch Arzt, der Stratmann“, sagte Elisabeth.

„Aber ich glaube, dass der Täter Schlachter ist“, beharrte Rudi.

„Keine Angst, das hab ich nicht vergessen“, meinte Tanja.

Elisabeth hatte das Ei von der Schale befreit und griff zum Salzstreuer. „Es könnte ja auch eine Schlachterin sein.“

„Wie meinst du das?“

„Naja, du hast doch zwei Verdächtige, oder nicht?“

„Annika Holthefe hat keine Schlachterausbildung.“

„Nein, aber die Landfrauen haben früher Kurse organisiert, um Frauen das Zerlegen von Schlachttieren beizubringen. Sie könnte es auch von ihrer Mutter gelernt haben. Viele Frauen in meinem Alter wissen, wie das geht. Glaubt man ja nicht, dass das immer nur die Männer gemacht haben.“

„Dann kannst du ja bei mir auch mal mithelfen“, schlug Rudi vor.

„Ich schlachte Gunnar nicht, das kann ich nicht“, sagte sie und hob trotzig ihr Kinn.

„Ich muss jetzt los.“ Tanja trank ihre Tasse aus und stand auf.

„Viel Glück“, wünschte Rudi.

„Mach's gut, Tochter“, meinte Elisabeth.

Tanja gab ihr einen Kuss, ging hinaus in den Flur, wo sie sich noch mal umdrehte. „Ach Metzger, ich fänd's toll, wenn Silke öfter zum Essen käme. Das war nett.“

Rudi begann zu strahlen, und Tanja ging glücklich aus dem Haus.

***

Nachdem sie die Durchsuchungen koordiniert und vorbereitet hatte, stand Tanja in Verhörraum 1 und blickte auf den leeren Schreibtisch mit den zwei Stühlen. Er befand sich genau in der Mitte des Raums. Sie entfernte die beiden Stühle und begann, den Tisch nach links zu ziehen. Die metallenen Füße quietschten laut auf dem Boden, und Förster stürzte alarmiert herein.

„Was machst du hier?"

„Ich räum nur ein bisschen um. Das gefällt mir noch nicht."

„Soll ich helfen?"

„Das wäre toll. Der Tisch soll da an die Seite."

Förster fasste mit an, und sie trugen den Tisch zum angezeigten Platz an der linken Wand.

„Ist doch unpraktisch, wo willst du sitzen?", fragte er und kratzte sich am Kopf.

„Ich sitze hier an der Längsseite und der Verhörte dort am Kopf des Tisches." Sie deutete in die hintere linke Ecke. „So hab ich ihn richtig eingekeilt, buchstäblich in die Ecke gedrängt."

„Gar nicht übel", meinte Förster anerkennend.

„Das machen wir drüben genauso", sagte Tanja, und sie wechselten in den zweiten Verhörraum, der auf demselben Flur, nur zwei Türen weiter lag.

Tanja blickte auf ihre Armbanduhr. „Du musst los, Förster. Die Durchsuchung ist sehr wichtig. Sobald du etwas Verdächtiges entdeckst, melde dich per SMS bei mir. Achte auf die Schuhe, vergiss die Modellbezeichnung nicht."

„Ja, mach ich."

„Und lass nichts aus, Keller, Dachboden, Speisekammer, egal. Durchsucht alles."

„Ist doch klar."

„Gut, dann viel Glück", sagte sie und gab ihm die Hand.

Förster ging gerade zur Tür hinaus, da kam ihm Zaunholz entgegen.

„Guten Morgen, Herr Zaunholz", grüßte Tanja freundlich. „Wollen Sie dabei sein?" Sie deutete auf die Tür zwischen den beiden Verhörräumen, hinter der man per Videoübertragung den Gesprächen zuschauen konnte.

„Ja, ich werde ein Auge darauf haben und setze mein Vertrauen in Sie, dass Sie es nicht vermasseln."

„Es ist alles penibel vorbereitet. Wird schon gut gehen."

„Sie haben umgeräumt?", fragte er mit einem zweifelnden Blick ins Verhörzimmer.

„Anti-Feng-Shui für ein schnelles Ergebnis", erklärte sie und lächelte spitzbübisch.

„Wann geht's los?", fragte er.

„Um dreizehn Uhr mit Frau Holthefe, eine Stunde später ist Stratmann dran."

„Es wäre wirklich ein großer Erfolg, wenn wir der Staatsanwältin heute Abend etwas Handfestes vorlegen könnten", sagte er mit gedämpfter Stimme, was einerseits Nähe ausdrückte, andererseits aber auch Druck aufbauen sollte.

„Verstehe."

„Dann … lass ich Sie mal allein. Viel Erfolg." Er machte kehrt und verschwand durch die Tür.

Um viertel vor eins kochte Tanja je eine Kanne Kaffee und Tee, legte Zucker, Süßstoff und Löffel auf ein Tablett und stellte Milch und zwei Tassen dazu. Sie behielt dabei die Uhr im Blick, denn sie ging davon aus, dass Annika, wenn sie vor eins kam, nervös war und dadurch positiv auffallen wollte, was bedeutete, dass sie dann auch eher mit der Polizei kooperierte. Jemand, der zu spät kam, zeigte keinen Respekt und schloss eine Kooperation damit von vornherein aus.

Es war zwölf Uhr dreiundvierzig, als ein Beamter Annika Holthefe in ihr Büro führte.

„Frau Holthefe, schön, dass Sie da sind." Tanja ging mit ausgestreckter Hand auf sie zu.

Annika Holthefe hatte rötliche Ringe unter den Augen und leicht geschwollene Augenlider. Sie wirkte ganz anders als gestern, ihre Haltung, ihr Ausdruck waren fast die einer anderen Person, fand Tanja.

„Hallo", sagte Annika.

„Kommen Sie, wir gehen in einen Raum, in dem wir mehr Ruhe haben." Tanja dirigierte sie den Gang entlang. „Haben Sie gut hergefunden?"

„Ja, schon." Sie schien noch etwas hinzufügen zu wollen, schwieg aber.

„Wir gehen gleich hier in Raum 1", sagte Tanja und öffnete die Tür. Sie trat neben den ersten Stuhl, legte einen Notizblock und ihr Handy auf der Tischplatte ab und bot Annika den anderen an. „Ich hol uns schnell was zu trinken, bin sofort wieder da."

Sie ließ die Tür offen stehen und holte das bereitgestellte Tablett, das sie im Verhörraum auf den Tisch stellte.

„So, ich wusste nicht, was Sie trinken wollen, da hab ich einfach Kaffee und Tee mitgebracht. Was kann ich Ihnen anbieten?"

„Einen Tee, bitte", sagte Annika Holthefe und sah Tanja dabei an, als meine diese das Angebot nicht ernst oder wolle sie damit in eine Falle locken.

„Ich weiß nicht, wie es Ihnen geht, aber ich dachte, da wir ja aus einem Ort kommen und uns ein wenig kennen, dass wir die förmliche Anrede, die hier eigentlich üblich ist, weglassen und uns einfach duzen, wäre das okay für Sie?"

„Äh, ja, na klar."

„Zucker, Milch, Süßstoff?"

„Zucker bitte."

Sie schob Annika die Tasse samt Zuckerpäckchen zu und bediente sich dann an der anderen Kanne.

„Ich brauche nachmittags immer einen Kaffee, sonst geht mein Kreislauf in den Keller", sagte sie und setzte sich. „So, es ist nett, dass du heute Zeit gefunden hast, um extra hierherzukommen. Wie du ja sicher weißt, gibt es einen Durchsuchungsbeschluss, der gerade bei dir vollzogen wird."

„Ja, da stand plötzlich die Polizei vor der Tür und … Was machen die jetzt? Ich hab doch nichts verbrochen."

„Annika, ganz ruhig. Ich werde dir alles erklären, in Ordnung? Zunächst musst du dich damit einverstanden erklären, dass wir dieses Gespräch aufzeichnen. Das ist die allgemeine Vorgehensweise."

Annika nickte nur.

„Ich muss dich auch darüber aufklären, dass dies nur eine Befragung ist, wenn du gehen möchtest, kannst du das jederzeit tun, du darfst auch einen Rechtsbeistand fordern und die Beantwortung der Fragen gegebenenfalls verweigern, in Ordnung?“

Sie nickte erneut.

„Gut. Du weißt, dass wir einen Mordfall bearbeiten, und klar ist auch, dass du in der Nähe eures Grundstücks Leichenteile gefunden hast. Was dich, für sich betrachtet, natürlich nicht zu einer Verdächtigen in dem Fall machen würde. Nein, wir sind über eine ganz andere Schiene zu dem Durchsuchungsbeschluss gekommen. Wir hoffen zudem, dass du uns entscheidende Hinweise geben kannst, die, wie du ja gestern mitbekommen hast, auch Dr. Stratmann betreffen. Im Kern geht es um zwei Fragen. Und zwar erstens: Wie würdest du deine Beziehung zu Dr. Stratmann beschreiben? Fangen wir doch einfach mal damit an. Wie lange kennt ihr euch, woher kennt ihr euch, kennt ihr euch nur beruflich oder auch privat?“ Sie lächelte Annika aufmunternd an und lehnte sich scheinbar entspannt auf dem Stuhl zurück. Annika saß kerzengerade und mit beiden Händen im Schoß da. Ihren Tee hatte sie bis jetzt nicht angerührt.“

„Naja, Dr. Stratmann ist unser Tierarzt, was soll ich noch mehr sagen?“

„Mmhmh, wie lange schon?“

„Das müssen … es ist wie bei allen anderen Leuten hier im Ort. Er kam zu uns, als wir den Hof aufgebaut hatten. Vorher war er auch schon bei meinen Eltern.“

„Wann hast du den Hof übernommen?“

„Das war 1999, ja.“ Sie schien sich selbst zu wundern, wie lange es schon her war.

„Und die ganze Zeit war Stratmann euer Arzt. Wie oft habt ihr euch so gesehen? Einmal in der Woche? Einmal im Monat?“

„Eher so einmal die Woche bei den ganzen Pferden. Es ist ja immer irgendwas. Und wir haben einige Turnierpferde, Sportpferde, die eng betreut werden müssen. Es gibt Verletzungen, Diäten, Therapien, Impfungen, alles sowas.“

„Du reitest auch selbst, richtig?"

„Ja, ich habe einen Wallach, mit dem ich einige Turniere bestreite, sehr erfolgreich. Er ist für mich ein absolutes Ausnahmepferd."

„Wie heißt er?"

„Smaragd."

„Wie hübsch. Und wenn du auf Turniere fährst, kommt Stratmann da auch schon mal mit? Betreut er dich und das Pferd ständig?"

„Das kommt immer drauf an, wo es stattfindet. Er war schon bei Turnieren dabei, aber gehört nicht zu meinem festen Stab."

„Also kennt ihr euch auch privat, kann man sagen? Seid ihr schon mal zusammen essen gewesen, hast du ihn zu Hause besucht, wart ihr mal bei ihm eingeladen oder er bei euch?"

„Ja, das schon. Auf gewissen Festen werden viele Leute eingeladen, er natürlich auch. Aber so richtig privat kennen wir uns nicht."

„Als wir uns vor ein paar Tagen das erste Mal sprachen, kannst du dich daran noch erinnern?"

„Ja, sicher. Das war kurz nachdem ich … naja, das gefunden hab."

„Genau, und weil seine Frau ihn vermisst gemeldet hatte, mussten wir davon ausgehen, dass es Stratmann war, richtig? Deshalb warst du sehr mitgenommen."

„Ja, ist doch verständlich."

„Einerseits schon, andererseits fand ich deine Reaktion für jemanden, der das Opfer privat nicht kennt, doch sehr übertrieben", sagte Tanja. „Findest du, dass es angemessen war?"

„Keine Ahnung, ich weiß nicht … ich war halt geschockt."

„Weißt du, ich hab schon viele Menschen gesehen, die jemand Wichtigen in ihrem Leben verloren haben. Und ich hatte das Gefühl, dass Stratmann wichtig für dich ist."

„Ja … nein … also, wie sollte ich denn reagieren? Ich bin halt sehr emotional."

„Mmh", machte Tanja nur und notierte sich etwas auf ihrem Block. „Okay, lassen wir das mal so stehen. Du gingst also fest davon aus, dass Stratmann tot war."

„Ja, das hast du mir doch erzählt."

„Nein, ich habe dich bereits trauernd vorgefunden. Du warst schon anderweitig informiert worden. Kannst du dich noch erinnern, von wem?"

„Keine Ahnung, das habe ich nicht mehr im Kopf."

„Ist doch noch gar nicht so lange her. Irgendwer muss dir gesagt haben, dass Stratmann vermisst wird. Mit wem hast du an dem Morgen noch gesprochen? Du findest die Leichenteile, gehst nach Hause, und wen hast du zuerst angerufen?"

„Na, die Polizei."

„Wen noch?"

„Ich weiß nicht mehr, die Praxis vielleicht oder eine Freundin …"

„Welche Freundin?"

„Ich weiß es nicht mehr, tut mir leid."

„Okay", sagte Tanja, so als spielte es überhaupt keine Rolle, aber sie notierte sich etwas.

Annika sah in ihre Tasse und nahm sie in beide Hände für einen ersten Schluck.

„Gut, hast du, nachdem ich da war, zu irgendeinem Zeitpunkt bei Stratmann angerufen, in der Praxis oder zu Hause, um zu sehen, ob du ihn erreichen kannst? Oder hast du mit seiner Frau gesprochen?"

„Äh … nein." Sie war sich nicht sicher, das sah Tanja ihr an.

„Gut, das spricht ja dafür, dass ihr euch nicht so nah standet. Und aus den Telefonverbindungen werden wir das ja auch ersehen können."

„Telefonverbindungen?"

„Ja, von dir und Stratmann. Da sieht man, wie oft ihr euch angerufen habt." Sie schluckte und trank vom Tee.

„Bist du an dem Tag noch irgendwo hingefahren oder hast dich mit jemandem getroffen?"

„Nein, ich lag ja im Bett."

„Richtig. Und am Tag darauf?"

„Auch nicht."

„Von wem hast du erfahren, dass Stratmann wieder aufgetaucht ist?"

„Das äh … weiß ich gar nicht mehr so genau. Ich glaub, von meinem Mann."

„Wann warst du das letzte Mal auf einem Turnier?"

„Ein Turnier?", wiederholte sie überrascht. „Das war im Juni, noch gar nicht so lange her."

„Wo?"

„In Brakel."

„Lief es gut?"

„Ja, der dritte Platz." Sie lächelte jetzt sogar.

„Glückwunsch. War Stratmann mit in Brakel?"

„Nein."

„Wusste er von deiner Platzierung?"

„Ja, das hab ich ihm mitgeteilt."

„Wann?"

„Am selben Tag, per Telefon."

„Wart ihr auch schon mal zusammen in den Niederlanden zu einem Turnier?"

„Ja, tatsächlich hat er sich da mal eins angeschaut."

„Und hat er dort übernachtet?"

„Nein."

„Aber du natürlich."

„Ja."

„Weißt du, wo Stratmann war, als er verschwunden war?"

„Natürlich nicht."

„Er war in den Niederlanden", sagte Tanja.

„Und?"

„Er sagte, er wollte einfach mal eine Auszeit genießen. Anfang der Woche. Ohne zu Hause Bescheid zu geben und ohne die Praxis zu informieren. Wie findest du so ein Verhalten?"

„Komisch", sagte sie und zuckte mit den Schultern.

„Ich auch. Und ich glaube nicht an Zufälle."

Es entstand eine Pause, in der Tanja nur abwartete und Annika nicht wusste, was sie tun sollte oder auf was Tanja hinauswollte.

„Hast du ihn da besucht?"
„Wo?"
„In Holland, im Hotel."
„Nein."
„Hattet ihr ein Verhältnis?"
„Nein!", sagte sie lauter.
„Okay, alles gut", meinte Tanja. „Kennst du einen Herrn Diesling?"
Annika entgleisten die Gesichtszüge. Sie atmete schneller, brachte aber kein Wort heraus.
„Annika? Kennst du ihn?"
„Kann sein", sagte sie vorsichtig. „Den Namen hab ich vielleicht schon mal gehört."
„Wo denn?"
„Keine Ahnung ... das war ... muss schon länger her sein, wenn überhaupt."
Tanja nickte. „Weißt du noch, wer den vierten Platz bei dem Turnier in Brakel belegt hat?"
Jetzt versteinerte ihr Gesicht.
„Annika", sagte Tanja ganz ruhig. „Ich brauche hier wirklich deine Mithilfe. Du musst ganz ehrlich mit mir sein. Es könnte dir sonst zum Nachteil ausgelegt werden."
„Okay, gut. Dann hat dieser Diesling eben den vierten Platz gemacht, und?"
„Hast du dich mit ihm unterhalten?"
Sie schlug die Augen nieder. „Ja."
„Um was ging es?"
„Er ... er hat mich beschuldigt, gedopt zu haben. Weil er mit seinem vierten Platz nicht klargekommen ist."
„Verstehe. Wusste Stratmann davon?"
Sie überlegte, was sie sagen sollte.
„Er ... ja, ich glaub, ich hab's ihm erzählt."
„Auch am Telefon?"
„Ja."

„Also hast du ihn einmal angerufen, um deine Platzierung durchzugeben, und ein weiteres Mal, um ihm von Diesling zu erzählen?"

„Nein, es war nur ein Anruf."

„Okay, gut." Tanja notierte sich das. „Hast du eine Ahnung, wer der Tote sein könnte, nachdem es Stratmann ja nun nicht ist?"

„Nein, woher denn?"

„Es ist Burghard Diesling", sagte Tanja.

Annika schnappte nach Luft und wurde kreidebleich im Gesicht.

„Ich denke, jetzt verstehst du auch, warum wir einige Fragen an dich haben. Du hattest vor knapp einer Woche Streit mit ihm, und nun ist er tot. Gefunden in unserem Ort. Zumindest in Teilen."

Annika antwortete nicht.

„Wann hast du ihn zuletzt gesehen?"

Sie kaute auf ihrer Unterlippe herum.

Tanja ließ ihr Zeit. Es war totenstill im Raum, so still, dass es bedrückend wirkte. „An dem Turniertag, denke ich", sagte Annika leise.

Tanja entgegnete zunächst nichts.

„Okay", sagte sie dann. „Und hat Herr Diesling dich anderweitig kontaktiert, per Telefon oder E-Mail?"

„Nein."

„Wir würden also keine solchen Daten auf deinem PC oder in deinem Handy finden?"

„Naja …"

„Ja?"

„Also, seine Nummer hab ich schon. Wie die von vielen anderen Reiterkollegen auch."

„Gut, das ist verständlich. Aber es gab nach dem Turnier kein Telefonat oder einen Chat mit ihm, ist das richtig? Wenn wir jetzt deine Daten durchforsten, dann finden wir so etwas nicht?"

Annika sah Tanja mit ängstlichem Blick an.

„Nun?", übte Tanja ein wenig Druck aus.

Sie rieb mit ihren Händen über ihre Oberarme, so als fröre sie.

„Also … doch … er rief mich an nach dem Turnier."

„Ah, okay, und was wollte er?"

„Dasselbe wie schon in Brakel. Er ... war der Meinung, dass ich betrogen hatte bei dem Springen."

„Inwiefern betrogen?"

„Er sagte, ich hätte gedopt."

„Du? War es nicht vielleicht so, dass er dir vorwarf, Smaragd gedopt zu haben?"

Ihre Augenbrauen schoben sich zusammen, und ihr Mund verzog sich.

„Annika, was ist? Was warf er dir vor?"

„Er wollte mich anzeigen?", hauchte sie.

„Anzeigen weswegen?"

Sie blickte ins Leere und schüttelte nur stumm den Kopf.

„Annika, wir haben einen Zeugen, der zu Protokoll gegeben hat, dich zusammen mit Stratmann und Diesling in einem Waldstück bei Metelen gesehen zu haben. Einen Tag, bevor Stratmann verschwunden war und wir die ersten Leichenteile fanden. Du warst vorhin also nicht ganz ehrlich mit mir. Das ist schade, denn es ist zu deinem Nachteil. Weißt du, das sieht nicht gut aus."

„Es war nur ein Mal", brach es aus ihr heraus, „wir haben uns nur einmal getroffen, um alles zu besprechen."

„Und warum war Stratmann dabei? Warf Diesling ihm auch etwas vor? War Stratmann eingeweiht? Oder war und ist Stratmann derjenige, der an diesem Betrug maßgeblich beteiligt war?"

Annika unterdrückte ein Weinen und legte beide Hände vors Gesicht. Tanja rückte noch etwas näher mit ihrem Stuhl, sodass sich ihre Knie fast berührten.

„Annika, sag es einfach frei heraus. Sag, wie es war, das ist das Allerbeste. Die Wahrheit muss jetzt auf den Tisch. Wir durchsuchen gerade eure beiden Häuser. Sobald etwas gefunden wird, werde ich informiert." Tanja richtete ihren Blick auf ihr Handy, das umgedreht neben dem Block lag. „Und wir wissen bereits, dass Stratmann das Kokain gestreckt hat", ergänzte sie.

Es war einen Versuch wert, einfach mal etwas vorzupreschen und zu sehen, was passierte. Und sie schien ins Schwarze getroffen zu haben. Annikas Hände fielen herab und klatschten auf ihre Oberschenkel.

„Ich hab das doch gar nicht gewollt. Er hat es mir angeboten und mir gesagt, es würde mir helfen. Und verdammt noch mal, ja, es hat mir geholfen. Ich war plötzlich ein anderer Mensch. Ich war besser als je zuvor. Ich fühlte mich unbesiegbar auf dem Pferd. Aber er kam zu mir, ich habe ihn nicht darum gebeten. Wer denkt denn auch, dass ein Tierarzt so was verkauft? Wer macht denn so was?"

„Du hast also Kokain von ihm gekauft und konsumiert?"

„Ja." Sie fing an zu weinen.

„Und was war mit Diesling? Wie ist er dahintergekommen?"

„Er hat gesehen, wie ich mir vor dem Finale im Stall was reingezogen hab."

„Und Stratmann? Wie kam er in diese Gleichung hinein?"

„Ich hab's ihm erzählt, er war ja auch auf dem Turnier, und er war natürlich auf hundertachtzig deswegen. Als Diesling mich dann treffen wollte, fuhr er mit."

„Was passierte im Wald?"

„Ich wollte eigentlich die Gemüter beruhigen, doch vor dem Treffen hab ich blöderweise noch eine Prise Koks genommen, und als wir im Wald waren, eskalierte es irgendwie. Er wollte Geld von uns erpressen, und wir haben uns angeschrien und gegenseitig beschuldigt. Er würde auf jeden Fall zur Polizei gehen, sagte er. Da bin ich auf ihn los und hab ihn …" Sie brach ab.

„Ja, was hast du?"

„Ich hab ihn am Hals gepackt. Damit hatte er nicht gerechnet, dass eine Frau ihn angreift. Er wollte mich eine Böschung hinunterwerfen, aber wir stürzten beide ab. Als ich mich wieder aufgerappelt hatte, drohte ich ihm … ich drohte ihm, ihn umzubringen und bin dann weggelaufen. Aber ich schwöre, ich habe ihn nicht getötet. Das musst du mir glauben, ich war es nicht. So was könnte ich nicht."

Tanja nickte und atmete ganz langsam aus. „Wo war Stratmann zu dem Zeitpunkt?"

„Der kam zu uns herunter und stand einfach nur neben Diesling. Als ich weglief, war er noch da. Ich bin zurück zum Auto und direkt losgefahren. Nur weg. Stratmann ist dageblieben. Gott, er muss es gewesen sein. Er hat Diesling auf dem Gewissen. Am nächsten Tag war er verschwunden. Ich hab versucht, ihn zu erreichen, aber er war weg. Antwortete nicht."

„Jetzt verstehe ich deine Reaktion viel besser, Annika. Es war gut, dass du so offen warst. Etwas würd ich dich aber gern noch fragen: Weißt du, woher Stratmann das Kokain hat und wo er es lagert?"

„Er hat immer gesagt, er habe so seine Quellen. Mehr nicht. Wo er das Zeug lagert, weiß ich nicht."

„Weiß dein Mann eigentlich, dass du Koks nimmst?"

Wieder schlug sie die Hände vors Gesicht und begann zu weinen. „Nein", sagte sie erstickt. „Ich schäme mich so. Wie soll ich ihm das erklären? Wie steh ich denn jetzt da vor meiner Familie?"

„Hat Stratmann eigentlich noch andere Kunden?", wollte Tanja wissen.

Das entlockte Annika ein Lachen.

„Noch andere? Natürlich. Er beliefert die gesamte Region. Der fährt meistens nur zu den Turnieren, um sein Zeug an die High-Society-Bräute zu verticken. Er hat hunderte Kundinnen in der Reiterszene. Die werden jetzt alle auf dem Trockenen sitzen."

„Ja, so wie du."

„Was passiert denn jetzt mit mir?"

„Das Gespräch ist für heute beendet. Du wirst natürlich mit einer Anzeige wegen Verstoßes gegen das Betäubungsmittelgesetz rechnen müssen. Und du solltest dich einer Therapie unterziehen."

„Ich kann das alles nicht glauben", sagte Annika. „Das ist wie ein böser Traum, nur dass alles echt ist und man nicht aufwachen kann."

„Tut mir leid für dich. Aber Herr Diesling hatte ein wesentlich unschöneres Schicksal. Und dem muss ich jetzt weiter auf den Grund gehen. Du kannst nach Hause fahren."

Nachdem Annika gegangen war, kontrollierte Tanja ihr Handy, doch Förster hatte sich noch nicht gemeldet. Sie bereitete noch rasch ein neues

Tablett vor, öffnete den Verhörraum 2 und wartete auf die Ankunft von Dr. Stratmann. Die Vermutung, dass sie die beiden Gespräche teilweise gleichzeitig würde führen müssen, hatte sich nicht bewahrheitet, aber sie verfügte jetzt über viele Informationen, die ihr beim nächsten Interview helfen würden.

Stratmann kam genau eine Minute zu spät. Tanja begrüßte ihn ähnlich fröhlich und locker, wie sie es bei Annika getan hatte, und führte ihn in den Verhörraum. Dort bot sie auch ihm den Stuhl am Kopfende an und fragte ihn nach seinem Getränkewunsch. Er nahm Kaffee. Tanja entschied sich diesmal für einen Tee, um nicht zu aufgeregt zu werden. Während sie ihn über seine Rechte informierte, trank er den ersten Schluck Kaffee und verzog kurz das Gesicht.

„Können Sie mir jetzt bitte sagen, was Sie da in meinem Haus veranstalten?“, fragte er ungehalten.

„Herr Dr. Stratmann, Sie werden das sicher verstehen …“

„Ist es wegen meinem Ururgroßvater und dem Morphiumlager, das meine Frau entdeckt hat?“

„Nein, das ist eine ganz andere Sache. Meine Kollegen haben Sie auch sicher darüber aufgeklärt, dass es um den aktuellen Mordfall geht. Dazu erhoffen wir uns von Ihnen noch mehr Informationen.“

„Informationen, die Sie aus meinem Haus holen?“

„Nein, Informationen, die hier und jetzt in unserem Gespräch offengelegt werden. Die Durchsuchung resultiert aus verschiedenen Indizien, die Sie mit dem Mordfall in Verbindung bringen.“

„Was kann mich denn mit diesem Mordgeschehen in Verbindung bringen? Das versteh ich nicht.“

„Ich erkläre es Ihnen, aber zunächst benötige ich einige Antworten, und ich möchte Sie bitten, dabei ganz ehrlich zu sein. Ich werde in Bezug auf die Durchsuchung ebenso ehrlich zu Ihnen sein. Das macht es einfacher für Sie und auch für mich. Im Grunde habe ich nicht viele Fragen, und Kernpunkt ist vor allem der zeitliche Ablauf. Danke nochmals, dass Sie sich heute die Zeit dafür nehmen.“

„Ja, ja, was wollen Sie denn nun wissen?“

„Was haben Sie letzten Sonntag gemacht? Montag wurden die Leichenteile gefunden, und Sie verschwanden nach Holland. Oder fuhren Sie bereits Sonntagabend los? Wie war der Ablauf?"

Stratmann verschränkte die Arme vor der Brust und blickte nachdenklich zur Decke. „Mmh", machte er und überlegte. „Ich kann es nicht mehr genau sagen, aber ich meine, ich war vormittags zu Hause und nachmittags auf Hausbesuch. Dann ..."

„Bis wie viel Uhr waren Sie unterwegs?"

„Fünfzehn, sechzehn Uhr."

„Wo waren Sie überall an dem Tag, wissen Sie das noch?"

„Nun, das steht alles im Buch in der Praxis, da hab ich jetzt keinen Zugriff drauf. Soweit ich mich erinnere, war ich erst in Horstmar bei Dellinghoffs und anschließend in Leer auf einem Gnadenhof und ... ja, das war's, glaube ich."

„Okay. Und nach Feierabend taten Sie was und wann war das genau?"

Er pustete mit aufgeblasenen Backen aus. „So gegen siebzehn Uhr? Da hab ich mich entschieden, in die Niederlande zu fahren."

„Ganz spontan und direkt von dort aus?"

„Genau, das war nicht geplant, ich hatte einfach den Drang, mal auszuspannen."

„Woher kannten Sie das Hotel?"

„Reiner Zufall. Ich fuhr herum und sah es dann an der Straße."

Tanja notierte sich das, und Stratmann versuchte, ihre Schrift zu entziffern.

„Um wie viel Uhr kamen Sie im Hotel an?"

„Gegen neunzehn Uhr, denke ich."

Tanja notierte sich auch das. Von Horstmar nach Enschede brauchte man eigentlich nur eine knappe Stunde.

„Und wussten Sie da schon, wie lange Sie bleiben wollten?"

„Nicht genau, ich gab erst mal zwei Nächte an, wobei es ja auch blieb."

„Haben Sie sich da vielleicht im Tag oder Datum geirrt?"

Er stutzte. „Nein, wieso?"

„Naja, es war ein Sonntag, das heißt, dass eine komplette Arbeitswoche vor Ihnen lag. Und genau an der Stelle habe ich ein kleines Verständnisproblem, wissen Sie? Sie rufen nicht bei Ihrer Frau an, obwohl Sie ins Ausland fahren. Und Sie sagen auch keine Termine in Ihrer Praxis ab."

„Nein, ich … ich hatte viel Stress in letzter Zeit und brauchte mal Abstand. Da … keine Ahnung, mir war irgendwie alles egal. Ich hab einfach mal fünfe gerade sein lassen."

„Wie oft haben Sie so etwas schon gemacht?"

„Es war der erste Mal."

„Verstehe. Ja, das Hotel habe ich aufgesucht und Ihre Geschichte soweit auch bestätigt bekommen. Hatten Sie eigentlich Besuch in der Zeit, oder haben Sie sich mit jemandem getroffen?"

„Nein, mit wem denn? Natürlich nicht."

„Okay. Und haben Sie in den Niederlanden von dem Leichenfund erfahren, durch Zeitung, Fernsehen oder Internet?"

„Nein, ich hörte das erst, als ich wieder da war."

„Von wem?"

„Ich glaub, in der Praxis haben sie's mir gesagt."

„Sie fuhren also zuerst in die Praxis, nachdem sie aus den Niederlanden zurückkamen, und nicht nach Hause?"

„Ja, schon."

„Welches Auto haben Sie eigentlich benutzt?"

„Meinen Volvo."

„Besitzen Sie noch andere Autos?"

„Nein, nur noch das Wohnmobil."

„Das, in dem Ihre Frau jetzt wohnt?"

Er nickte langsam.

„Dann werden wir auch diesen Wagen beschlagnahmen müssen, um ihn zu untersuchen."

„Wozu, ich meine, was soll der ganze Aufwand? Nur weil ich nicht hier war, als das alles passierte? Das ist doch lächerlich, geradezu widersinnig."

„Widersinnig finde ich Ihr Verhalten. Und widersinnig sind auch Ihre Aussagen in Bezug auf diesen Sonntag."

Er lehnte sich irritiert zurück. „Was meinen Sie jetzt damit?"

„Es gibt einen Zeugen, der Sie, Frau Holthefe und einen Mann namens Diesling gegen achtzehn Uhr im Wald bei Metelen gesehen hat."

„Das ist aber Quatsch, das kann nicht sein. Was soll denn das für ein Zeuge sein?"

„Ein glaubwürdiger", entgegnete Tanja. „Außerdem bestätigte Frau Holthefe vor kaum einer Stunde dieses Treffen."

„Was hat sie?" Er stemmte beide Hände auf seine Knie und beugte sich vor.

„Sie berichtete auch von Ihrem Streit mit Diesling und einem Handgemenge, infolgedessen sie Herrn Diesling drohte, ihn zu töten."

„Wieso sagt sie so etwas?"

„Das frage ich Sie, Herr Dr. Stratmann. Zwei Personen behaupten, Sie an diesem Tag dort gesehen bzw. mit Ihnen da gewesen zu sein. Eine dritte Person, die das bestätigen könnte, ist jetzt leider tot. Denn bei dem Mordopfer handelt es sich um Burghard Diesling, den Mann, mit dem Sie sich dort trafen und in Streit geraten sind." Tanjas Stimme war immer energischer und lauter geworden.

Stratmann setzte sich zurück und wusste nicht, wo er seinen Blick hinlenken sollte.

„Herr Dr. Stratmann, wollen Sie immer noch behaupten, an diesem Tag nicht dort gewesen zu sein? Wenn wir das Profil an Ihren Reifen mit Spuren im Waldboden vergleichen oder gar Ihre DNA an dem Opfer finden, werden Sie in eine höchst unangenehme Situation gelangen. Sie könnten mir vorher die Wahrheit sagen und es uns allen einfacher machen."

„Ja, ist ja gut, ich war da, Himmelherrgott noch mal. Aber ich habe den Mann nicht umgebracht."

„Frau Holthefe gab an, dass sie den Ort vor Ihnen verließ. Sie und das Opfer blieben allein zurück."

„Was hat sie?" Er lachte. „Das ist ja ungeheuerlich. Was fällt dieser Frau eigentlich ein, mich zu beschuldigen?" Seine Gesichtsfarbe wechselte in ein ungesundes Dunkelrot.

„Herr Dr. Stratmann, wie wäre es, wenn Sie mich einfach aufklären, was in dem Waldstück passiert ist?"

„Allerdings werd ich das. Annika lief plötzlich davon, nachdem sie gedroht hatte, ihn umzubringen. So schnell konnte ich gar nicht gucken, geschweige denn hinterher. Ich ließ diesen … diesen Erpresser einfach, wo er war, und ging zu meinem Wagen. Danach hab ich ihn nie wieder gesehen."

„Und anschließend? Wo fuhren Sie hin?"

„Nach Enschede, das wissen Sie doch."

„Okay, aber nicht, um mal auszuspannen, sondern …"

„Na, weil ich durcheinander war wegen der Sache im Wald."

„Wegen was genau? Was hätte Sie so mitnehmen können, dass Sie gleich das Land verlassen?"

„Ich weiß nicht, was Sie wollen."

„Doch, das tun Sie. Auch dazu habe ich übrigens eine Aussage von Frau Holthefe."

Er funkelte sie wütend an.

„Wir haben in Ihrer Praxis eine Medikamentenbestellung für ein Mittel sichergestellt, das zur Parasitenbekämpfung bei Kleintieren eingesetzt wird."

Seine Augenlider begann zu flattern.

„Sie haben dieses Medikament in Dosen bestellt, die keine Praxis in zehn Jahren benötigen würde. Soll ich Ihnen sagen, wozu man dieses Mittel noch benutzt? Zum Strecken von Kokain, Herr Dr. Stratmann."

Seine Schultern sanken herab, und er atmete angestrengt aus. „Wenn ich jedes Medikament, das man für andere Zwecke missbrauchen kann, nicht mehr einkaufen würde, müsste ich die Praxis dichtmachen. Genau wie jeder andere Arzt auch."

„Für kleinere Mengen mag das gelten, jedoch nicht für Bestellungen in dieser Größenordnung. Woher haben Sie den Stoff? Beziehen Sie ihn aus den Niederlanden? Waren Sie deshalb in dem Hotel?"

„Was? Nein! Nein, ich … ich habe nichts mit Kokain oder diesem Mord zu tun."

„Wo haben Sie's her und wo lagern Sie es?" Tanja wollte nicht aufgeben. Sie lehnte sich vor und sah ihn eindringlich an. „Herr Stratmann, wir durchsuchen in diesem Moment Ihr Haus und werden sowieso darauf stoßen. Bitte beantworten Sie meine Frage."

Er schüttelte nur den Kopf.

Tanja blickte auf ihr Handy-Display, und obwohl keine Nachrichten angekommen waren, erhob sie sich. „Ich muss kurz einen Anruf entgegennehmen", sagte sie ernst, „bin sofort wieder da." Sie ging hinaus und betrat den Überwachungsraum, in dem Zaunholz saß.

„Er ist fast so weit", sagte er angespannt.

„Ja, aber er ist auch fast so weit zu gehen", sagte sie. „Das muss ich verhindern."

Sie rief Förster an, der sich nach dem ersten Klingeln bereits meldete.

„Wie sieht's aus, habt ihr schon was?" Während sie sprach, beobachtete sie genau das Videobild von Stratmann, der da saß und sich immer wieder nervös über den Mund wischte.

„Nichts. Kein Kokain, keine Tatwaffe."

„Wo seid ihr jetzt?"

„Wir haben auf dem Dachboden angefangen und sind jetzt im Erdgeschoss fertig. Dank des Umbaus geht es recht schnell."

„Schaut im Keller nach. Er hat vorgestern Unmengen an Kaffee ins Haus geschleppt. Ich hab so ein Gefühl, dass wir da was finden."

„Kaffee?"

„Ja, und macht schneller, ich brauche dringend Ergebnisse. Sonst haut er mir ab."

„Okay."

Sie legte auf. „Drücken Sie die Daumen", sagte sie zu Zaunholz und verschwand wieder nach drüben.

„Hören Sie …", hob Stratmann an, als sie eintrat.

„Herr Dr. Stratmann", ging sie dazwischen.

„Sie muss es gewesen sein, ich bin weggefahren, ich schwöre es Ihnen!"

Tanja setzte sich. „Herr Dr. Stratmann, Frau Holthefe sagt dasselbe über Sie. Und sie fuhr früher ab als Sie, das haben Sie vorhin selbst zugegeben. Aber mal etwas ganz Anderes: Um was ging es bei Ihrem Streit?"

„Bitte?“

„Weswegen haben Sie gestritten? Womit wollte Diesling Sie erpressen?“

„Er sagte, Annika habe gedopt, und er sei dadurch um seinen Platz betrogen worden.“

„Womit soll sie gedopt haben?“

„Keine Ahnung.“

„Warum sind Sie mitgekommen, wenn doch nur Frau Holthefe von ihm beschuldigt wurde?“

„Sie wollte mich dabeihaben. Schließlich bin ich der zuständige Tierarzt.“

„Es ging also um leistungssteigernde Mittel bei diesem Pferd?“

„Smaragd, ja.“

Tanja tat so, als wüsste sie es nicht besser, und notierte sich das.

„Wie hat sie Sie informiert?“

„Sie rief mich an, und wir haben uns dort im Wald verabredet.“

„Okay“, sagte Tanja leise.

Sie nahm ihren Block zur Hand und blätterte darin zurück. „Laut der Aussage von Frau Holthefe waren Sie ebenfalls beim Turnier in Brakel dabei, auf dem sie gedopt haben soll.“

„Das kann sein, das weiß ich nicht mehr so genau.“

„Sie gab außerdem zu Protokoll, dass Sie dort waren, um Kokain an gewisse Damen aus der Reiterszene zu verkaufen.“

„Wie bitte?“

„Ja, sie sagte, sie habe ebenfalls Kokain von Ihnen erhalten. Und genau das hat Diesling gesehen. Das Pferd war nicht gedopt, die Reiterin war es.“

„Das ist ja absurd.“ Er wandte sich ab und schnaubte wütend.

„Wieso sollte Frau Holthefe so schwerwiegende Anschuldigungen erfinden, Herr Stratmann?“

„Was weiß ich, was in diese Frau gefahren ist? Vielleicht ist sie psychotisch.“

„Herr Dr. Stratmann, ich finde relativ schnell heraus, ob Frau Holthefe gelogen hat. Ein paar Befragungen, und ich bin im Bilde. Wollen Sie mir nicht einfach die Wahrheit sagen? Bevor meine Kollegen darauf stoßen?“

„Sie sagten doch, dass ich jederzeit gehen kann, richtig?" Er stand auf und sah sie verbissen an.

„Das ist korrekt", sagte Tanja, da war Stratmann schon draußen.

Sie lief ihm bis in den Flur hinterher.

„Herr Stratmann, Sie dürfen Horstmar in der nächsten Zeit nicht verlassen. Bitte denken Sie daran!"

Er ging weiter, ohne zu reagieren.

Zaunholz kam aus dem Videoraum. „Schade, Frau Terholte, Sie hatten ihn fast so weit. Aber ich glaube, er hat Angst zu reden. Haben Sie seine Hände gesehen? Förmlich ineinandergekrallt."

„Ja, aber ich kriege ihn noch, keine Bange", sagte sie, während sie Försters Nummer wählte. „Förster? Wie sieht's aus, hast du was?" Sie sah Zaunholz an, der aufmerksam mithörte.

„Ich hab den Kaffee gefunden und zwei Pakete aufgemacht. Nichts außer Kaffee drin."

„Das kann nicht sein", erwiderte Tanja störrisch. „Ihr müsst weitersuchen. Nehmt den ganzen Kaffee mit und röntgt die Packungen."

„Sicher?"

„Mach's einfach, Förster. So schnell wie möglich." Sie legte auf.

„Kaffee?", fragte Zaunholz ungläubig.

„Kleine, kompakte Päckchen mit pulverförmigem Inhalt aus Südamerika. Er hat mir gesagt, es seien Weihnachtsgeschenke für seine Kunden. Ich bin seit Jahren seine Kundin und habe noch nie so ein Geschenk von ihm bekommen."

„Naja, vielleicht schenkt er es nicht allen Kunden", gab Zaunholz zu bedenken.

„Warum nicht mir?", fragte Tanja.

„Das ... äh ... äh ..." Er sah auf seine Armbanduhr. „Das müssen Sie sich schon selbst beantworten." Er ging und ließ Tanja nachdenklich stehen.

Sie fragte sich fast schon ein wenig beleidigt, warum sie niemals ein Weihnachtsgeschenk von Stratmann erhalten hatte. Laut seiner Mitarbeiterin schätzten ja viele Kunden diesen besonderen Kaffee, und das nicht zu

Unrecht, schließlich hatte sie ihn probiert. Sie beschloss, dem auf den Grund zu gehen, und rief in der Praxis von Stratmann an.

„Tierarztpraxis Dr. Stratmann, Sie sprechen mit Frau Pohl-Metternich, was kann ich für Sie tun?", sagte die Sprechstundenhilfe ihren auswendig gelernten Satz auf.

„Hier spricht Tanja Terholte von der Polizei Münster."

„Oh, hallo Frau Terholte, der Herr Doktor ist nicht im Haus, tut mir leid."

„Ja, ich weiß, er ist bis eben hier im Präsidium gewesen. Ich will auch gar nicht stören, ich habe nur eine ganz kurze Frage an Sie. Verschickt Herr Dr. Stratmann eigentlich zu Weihnachten Geschenke an die Kunden oder Patienten oder wie auch immer?"

„Nein, das ist nicht so seine Art, würde ich sagen." Sie klang fast entschuldigend.

„Nein? Auch nicht an besonders gute Kunden?"

„Nee, das … nee."

„Dieser leckere Kaffee, den Sie in der Praxis haben, ist also nie verschenkt worden?"

„Na, das wüsste ich aber, dass er was für acht Euro die Packung verschenkt, nee, nee."

Tanja hatte genug gehört. „Okay, vielen Dank, Frau Pohl-Metternich. Das war's schon, was ich wissen wollte. Dann lasse ich Sie mal weiterarbeiten."

***

Tanja wartete ungeduldig im Büro von Brüning auf dessen Rückkehr. Als das Team endlich eintraf, trugen Brüning, Förster und drei weitere Techniker den Kaffee in großen Pappkartons vor sich her.

„Frau Terholte, wir gehen am besten gleich rüber in Raum 7. Da haben wir eine Röntgenstraße", sagte Brüning und wies mit dem Kinn auf eine Tür am Ende des Flurs.

Das Gerät sah ähnlich aus wie die, die man an Flughäfen zum Durchleuchten von Reisegepäck benutzte. Nachdem alle Packungen hereingebracht worden waren, begannen sie sogleich mit dem Durchleuchten. Man konnte immer acht Packungen gleichzeitig durch den Apparat schicken. Brüning, Förster und Tanja saßen gebannt hinter dem Bildschirm, der den Inhalt der Pakete anzeigte. Sie suchten nach kleineren Paketen, Tüten, Einschlüssen innerhalb des Kaffeepulvers, in denen sich Kokain befinden könnte. Doch die Pakete liefen durch, ohne dass sie etwas Auffälliges finden konnten.

Nach anderthalb Stunden stapelten sich die Kaffeepäckchen hinter dem Transportband. Erschöpft und enttäuscht hockten die drei Ermittler hinter dem Bildschirm und schwiegen ratlos vor sich hin.

„Vielleicht müssen wir alles trinken", sagte Förster matt.

Tanja fixierte den Kaffee, als könnte sie selbst mit einem Röntgenblick ins Innere schauen. „Wir müssen sie auf jeden Fall alle aufmachen."

„Mit dem Zeug können wir das ganze Präsidium über Monate versorgen", meinte Brüning. „Vielleicht sollten wir Spürhunde organisieren."

„Das ist eine gute Idee", stimmte Tanja zu und starrte weiter auf den Stapel. Sie rieb sich die Augen. „Ist da irgendwas anders?", fragte sie.

Förster und Brüning beugten sich vor und stierten angestrengt auf die Pakete.

„Ja? Für mich sieht alles gleich aus", sagte Förster.

„Mooooment." Brüning legte einen Finger über seine Lippen. „Stimmt, irgendwo ist eine Unregelmäßigkeit."

„Die Größe?", fragte Tanja.

„Nein, das hätten wir beim Stapeln bemerkt."

„Ich hab's", rief Tanja laut und sprang von ihrem Stuhl auf. Sie ging zum Stapel und zeigte auf einen schmalen Schriftblock unter dem Firmenemblem. „Hier wird ‚Kaffeegenießer' mit Eszett geschrieben, auf dieser Packung aber mit Doppel-s."

Jetzt erhoben sich auch ihre Kollegen. Brüning nahm zwei der unterschiedlichen Exemplare in die Hand.

„Es könnte mit der Druckerei zusammenhängen, das gibt's ja, dass man manchmal ein Eszett nicht drucken kann."

„Machen Sie's auf", befahl Tanja.

Brüning riss das Papier an der Oberseite auf und zog die Aluminiumfolie auf. Es zischte. Tanja und Förster sahen ihm links und rechts über die Schulter.

Brüning roch am Kaffeepulver. „Mmmmmh", machte er und schloss die Augen, „wunderbares Aroma."

„Nun, öffnen Sie schon das andere", drängte Tanja.

Auch bei dieser Packung ließ Brüning das Vakuum zischend entweichen und näherte sich schnüffelnd dem Paket.

„Das riecht nicht", sagte er.

Tanja beugte sich vor und hielt ihre Nase direkt über die Öffnung. Mit einem bestätigenden Nicken richtete sie sich wieder auf.

„Auskippen", beschied sie ihn knapp.

Brüning nahm einen Behälter zur Hand und schüttete das braune Pulver hinein.

„Was ist das?", fragte Förster.

„Jedenfalls kein Kaffee, obwohl es so aussieht."

Tanja leckte ihren kleinen Finger an und tupfte ihn in die Substanz. Dann leckte sie das Pulver, das daran haften blieb, ab und sah die beiden Männer an.

„Das … das ist reines Koks."

„Was?" Brüning nahm etwas Pulver auf seine Hand und untersuchte es. „Aber es ist …"

„Gefärbt", sagte Tanja. „Das ist ein halbes Kilo gefärbtes Koks. Kein Röntgengerät der Welt entdeckt so was. Das ist echt clever."

„Das hätt ich nicht gedacht", entfuhr es Förster.

„Wie viele haben wir von denen mit Doppel-s?"

Sie sortierten und zählten zu dritt.

„Fünf Packungen", stellte Tanja fest. „Das sind zweieinhalb Kilo."

„Ich schick das gleich ins Labor", sagte Brüning.

„Jetzt haben wir ihn am Arsch", freute sich Tanja. „Da kommt er nicht mehr raus, unser Stratmann-Escobar."

# zehn

Bevor sie Stratmann mit den Ergebnissen konfrontierte, machte Tanja noch einen kleinen Abstecher. Sie vermutete, dass eine gewisse Person einen ähnlichen Status in Stratmanns Kundenstamm hatte wie Annika Holthefe.

Fine Tillbecksjahn wohnte auf einem kleinen, heimeligen Hof inmitten von Obstbäumen. Der Häuserkomplex bestand aus drei Gebäuden, die allesamt komplett aus Holz gebaut worden waren. Im linken, zweigeschossigen Gebäude befanden sich drei Ferienwohnungen. Daran angeschlossen gab es einen kleinen Hofladen, der einem freundlichen Hexenhäuschen glich, rechts davon befand sich das etwas verschachtelte Wohnhaus. Rückwärtig schlossen sich die Reithalle, die Stallungen und Koppeln an, die man von der Straße und der Zufahrt aus zunächst gar nicht erkennen konnte.

Tanja hielt im Schatten eines Birnenbaums und ging auf den kleinen Hofladen zu, dessen Tür offenstand, und aus dem sie Stimmen vernahm. Fine verkaufte frisches Gemüse und Kräuter, die sie selbst anpflanzte, außerdem natürlich Obstprodukte wie Marmeladen, Cider und Apfelsaft. Sie stand hinter dem Tresen und sicherte eine Leiter, auf der ihr Sohn stand und ein Regalbrett verschraubte.

Tanja klopfte an den Türrahmen. „Hallo, guten Tag“, grüßte sie.

„Tanja, hallo“, sagte Fine, „ich bin gleich bei dir, wir müssen nur noch eine Schraube anbringen.“ Ihr Sohn hatte sich auf der Leiter umgedreht und Tanja stumm mit einem Nicken begrüßt. Im Gegensatz zu seiner Mutter schien er zu wissen, warum sie hier war, so ernst wie er dreinblickte.

„He, nun trödel nicht rum“, forderte seine Mutter ihn auf.

Er drehte die Schraube mit einem Akkuschrauber in die Wand und rüttelte abschließend am Brett.

„Gut gemacht, komm wieder runter." Fine ließ die Leiter los, als er halb unten war, und wandte sich Tanja zu. „Wir müssen ein wenig aufstocken", sagte sie, „wird eine gute Ernte dieses Jahr."

„Prima, schön für euch."

„Was kann ich für dich tun?"

„Nun, ich hätte da noch ein paar Fragen", sagte Tanja mit Blick auf den Jungen, der nun wieder hinter dem Tresen stand. „Aber die besprechen wir lieber unter vier Augen."

„Aber wieso …" Fine lachte verunsichert. „Was ist denn?"

Tanja sah sie nur abwartend an.

„Lässt du uns einen Augenblick allein?", bat Fine ihren Sohn, der daraufhin den Laden verließ.

„Du weißt ja, dass ich in dem Mordfall ermittle, und im Zusammenhang mit Stratmanns Verschwinden sind ein paar … Auffälligkeiten aufgetreten. Ich dachte, dass du mir vielleicht weiterhelfen kannst."

„Ich?", staunte Fine. „Was kann ich denn machen?"

„Fine, ich möchte, dass du ganz ehrlich mit mir bist. Es ist sehr, sehr wichtig für mich und die Ermittlungen, und ich glaube, dass es auch sehr wichtig für dich ist", erklärte Tanja ganz behutsam.

Fine wurde immer nervöser. „Ich versteh nicht, was du willst", entgegnete sie und vermied den Augenkontakt mit ihr.

„Fine, ich habe vorhin ausgiebig mit Annika Holthefe gesprochen. Sie hat mir bereits alles erzählt über die Nebentätigkeit, die Stratmann seit geraumer Zeit ausübt."

„Nebentätigkeit?"

„Ja, ich glaube, du weißt ganz gut, was ich meine. Wollen wir uns kurz setzen?" Tanja deutete auf den kleinen Bistrotisch, an dem zwei Stühle standen.

Fine nahm stocksteif Platz und schaute ängstlich aus dem Fenster zum Wohnhaus.

„Wenn ich den Fall bald aufkläre, wird alles ans Licht kommen", fuhr

Tanja fort. „Und dann … ich denke, es wäre besser, wenn du deiner Familie selbst alles sagst, was passiert ist. Nicht, dass sie davon überrascht werden."

Fine senkte den Blick und kämpfte mit den Tränen.

„Deine Reaktion auf Stratmanns Verschwinden war extrem auffällig, Fine. Erst hatte ich vermutet, dass du – und auch Annika – ein Verhältnis mit Stratmann hast. Aber dem ist nicht so, richtig? Ihr seid keine Freunde, ihr seid seine Kunden."

„Natürlich, er ist unser Tierarzt. Deiner doch auch."

„Ja, aber ich kaufe kein Kokain von ihm, so wie Annika und du."

Sie verzog die Lippen, und die Tränen begannen zu fließen.

„Bitte erzähl's mir. Ich muss wissen, was Stratmann getan hat und -"

„Aber er hat doch nichts mit dem Mord zu tun", warf Fine aufgeregt ein.

„Das sieht im Moment leider anders aus. Wenn ich allerdings mehr Informationen bekomme, kann ich ihn vielleicht entlasten." Tanja dachte über ihre eigenen Worte nach. Glaubte sie überhaupt noch daran, dass Stratmann irgendwie entlastet werden konnte? Wer käme noch als Täter in Frage? Annika fiel ihr ein, doch das erschien ihr als Alternative völlig abwegig.

„Was willst du wissen?", sagte Fine kleinlaut und blickte auf ihre Hände.

„Hast du Kokain von ihm gekauft?"

Fine brachte es kaum über die Lippen.

„Ja", hauchte sie.

„Okay. Und wo hat er es dir übergeben?"

„Meistens direkt hier auf dem Hof, wenn er kam. Manchmal auch auf Turnieren."

„Hat er dir seit seiner Rückkehr wieder etwas verkauft?"

„Nein."

„Weißt du, wie und wo er es lagert oder woher er es bezieht?"

„Keine Ahnung, wirklich. Das wollte ich nie wissen. Wir haben darüber ohnehin nur das Nötigste gesprochen. Es musste ja immer alles ganz schnell gehen, damit es keiner mitbekam."

„Verstehe. Aber wie war es verpackt, wenn du es gekauft hast?"

„So kleine Plastiktüten. Die kriegt man im Supermarkt, nichts Besonderes."

„Wie ist das ganze ins Rollen gekommen, hat er dich darauf angesprochen?"

Sie atmete tief ein. „Das war auf einem Turnier. Er hat mein Pferd untersucht und wohl gemerkt, dass es mir nicht besonders gut ging. Ich war psychisch einfach nicht optimal drauf. Da hat er mir angeboten, mir zu helfen. Es sei nur ‚eine kleine Starthilfe, um beim Turnier eine gute Leistung zu erbringen', das sagte er."

„Und wie lange geht das schon?"

„Fast drei Jahre." Sie sah Tanja nicht an, als sie das sagte.

„Hat er dir gegenüber jemals einen speziellen Kaffee von der Rösterei Maisenkötter erwähnt?"

„Nein, wieso?"

„Nichts. Schon gut. Vielen Dank, Fine. Das hilft mir sehr viel weiter."

„Was passiert jetzt mit mir?", fragte sie.

„Wir werden sehen. Ich muss das natürlich zu Protokoll nehmen, aber ob die Staatsanwaltschaft das in Bezug auf Stratmanns Kunden strafrechtlich verfolgt, steht noch in den Sternen. Mehr kann ich im Moment leider nicht sagen. Außer dass du mit deiner Familie sprechen musst."

Sie seufzte wie unter einer unendlich schweren Last.

„Du schaffst das. Und dein Mann und dein Sohn werden erleichtert sein, wenn es raus ist. Sie ahnen mit Sicherheit schon etwas."

Fine wischte sich die Tränen aus den Augen.

„Okay."

***

Die Kaffeerösterei Maisenkötter lag nur etwa zwanzig Minuten von Horstmar entfernt nördlich von Nienborg an der Ochtruper Landstraße. Das kubische Gebäude erhob sich mit seiner Holzfassade und den großen Fensterflächen aus der Wallheckenlandschaft wie ein Quader, der aus einer anderen Welt vom Himmel gefallen war. Ein fast weiß schimmernder, von kleinen Lindenbäumen gesäumter Zufahrtsweg schlängelte sich wie eine Puppenhausallee bis zu einem Parkplatz vor dem Eingang, der von Findlingen und Buchsbäumen eingerahmt war. Der Name der Rösterei schwebte in roten Lettern über der breiten Eingangstür.

Tanja stellte ihren Wagen ab und betrat den Vorraum, der in südamerikanischem Flair dekoriert und aufwendig gestaltet war. Hier konnte man Hölzer und Pflanzen aus den entsprechenden Ländern bewundern und natürlich Kaffeespezialitäten genießen. Eine kleine Menschentraube stand rechts von Tanja und unterhielt sich, während das Café zu etwa einem Viertel gefüllt war.

„Hallo", grüßte ein Mann, offenbar ein Mitarbeiter, denn sie erkannte eine Ausweiskarte an seiner Hose. „Gehören Sie auch zur Gruppe?"

„Welcher Gruppe?", fragte Tanja.

„Die Sechzehn-Uhr-dreißig-Führung?"

„Nein, ich bin … ich suche den Geschäftsführer, wo kann ich den bitte finden?"

Er stutzte und musterte sie von oben bis unten.

„Darf ich fragen, in welcher Angelegenheit Sie Herrn Maisenkötter sprechen wollen?"

Sie zeigte dem jungen Mann ihren Ausweis. „Wenn ich jetzt präziser werde, wird sich Ihre Gruppe hier nicht mehr reintrauen", flüsterte sie und zwinkerte ihm zu.

„Äh … okay. Warten Sie, ich rufe kurz durch."

Er wandte sich ab und rief den Chef per Handy an.

„Ist in Ordnung, Sie können raufgehen. Die Treppe dort vorn und dann einmal um hundertachtzig Grad drehen. Es ist die Tür zwischen den beiden Einbaumbooten."

„Ah ja", sagte Tanja. „Ihr Name ist?"

„Äh … Ferkeling."

Tanja konnte sich ein Schmunzeln nicht verkneifen. „Vielen Dank, Herr Ferkeling. Machen Sie hier nur Führungen, oder haben Sie noch andere Funktionen in der Firma?"

„Ich bin auch Assistant Facility Manager."

„Gut zu wissen“, meinte Tanja und setzte sich in Bewegung. „Bis später dann.“

Sie ging in die erste Etage und klopfte an die Tür zwischen den beiden Einbaumbooten, die senkrecht an einer Wand aus dunklen, schmalen und offenbar verwitterten Altholzleisten angebracht waren.

„Herein, immer herein“, sagte eine dumpfe Stimme von innen, und kurz bevor sie die Klinke berührte, wurde die Tür auch schon aufgerissen. Ein Mann mittleren Alters mit einem goldenen Brillengestell auf der Nase, das Tanja an den ehemaligen Nachrichtensprecher Werner Veigel erinnerte, öffnete ihr die Tür und streckte ihr herzlich seine Hand entgegen. Er trug einen blauen Anzug, schwarze Schuhe und eine rot-blau karierte Krawatte mit goldener Krawattennadel. „Mein Name ist Maisenkötter, ich wünsche Ihnen einen wunderbaren Tag“, sagte er so überschwänglich, dass Tanja fast vermutete, dass er heute auch schon vom weißen Pulver genascht hatte. „Was kann ich für Sie tun?“

„Mein Name ist Terholte von der Kripo Münster, und ich hätte ein paar Fragen an Sie, wenn Sie ein wenig Zeit erübrigen können.“

„Aber sicher doch, kommen Sie bitte herein.“ Er machte eine einladende Geste, schloss die Tür hinter ihr und führte sie zu dem Besucherstuhl vor seinem Schreibtisch, von dem er hinaus auf den Parkplatz blicken konnte. „Darf ich Ihnen einen Kaffee anbieten?“

„Warum eigentlich nicht, wenn ich schon mal hier bin“, erwiderte Tanja.

„Famos, famos“, freute er sich und wandte sich zu einem Kaffeevollautomaten um, der auf einer Anrichte stand. Darüber hing eine afrikanische Maske, die den Betrachter angrinste. Mit eleganten Handbewegungen stellte er Tasse und Teller bereit und drückte zwei Knöpfe. „Kripo Münster, das klingt sehr gefährlich, wie in diesem Film, wissen Sie? Wie heißt er noch gleich …“

„Tatort?“

„Richtig, famos, famos.“ Er zog die Tasse mit dem fertigen Kaffee aus dem Automaten und servierte ihn Tanja mit einer Stange Zucker und einem Milchbecher.

„Vielen Dank, Herr Maisenkötter. Mit dem Fernseh-Tatort habe ich nichts zu tun, ich ermittle in einem Mordfall, der sich in Horstmar ereignet hat", berichtete sie, während sie Zucker in den Kaffee rieseln ließ und umrührte. Maisenkötter hatte sich hinter seinen Tisch gesetzt und strahlte sie freudig und neugierig zugleich an. „Ein Mord? Wie schrecklich. Aber was führt Sie denn zu unserem kleinen Unternehmen?"

„Kennen Sie einen Herrn Dr. Stratmann?", fragte Tanja, trank einen Schluck und beobachtete ihn über den Tassenrand hinweg genau.

„Dr. Stratmann", rief er und breitete dabei die Hände aus. „Ein sehr guter Kunde von uns. Ein absolut integrer, famoser Kunde. Zahlt stets pünktlich und ist immer gern gesehen bei Maisenkötter."

„Wie schön. Wissen Sie aus dem Kopf, wie viel Kaffee er Ihnen jährlich so abkauft?"

„Aus dem Kopf nicht genau, aber ich schätze, es sind so rund dreihundert Packungen."

„Dreihundert Packungen sind eine Menge Koffein", sagte Tanja. Maisenkötter schlug die Hand auf den Tisch und brach in schallendes Gelächter aus.

„Famos, absolut famos", freute er sich.

„Hat er Ihnen gesagt, wofür er so viel Kaffee benötigt?"

„Na, für seinen Kundenstamm natürlich. Er hat auch einen Kaffeevollautomaten mittlerer Größe und italienischer Herkunft bei uns gekauft, mit dem er seine Kunden in der Praxis direkt verwöhnt."

„Aha. Darf ich fragen, wie viele verschiedene Kaffeesorten Sie vertreiben?"

Maisenkötter hielt seinen Zeigefinger in die Höhe und drückte ihn dann auf einen Knopf auf einer Fernbedienung. Eine Glastür in einem länglichen Hängeschrank aus Palisanderholz fuhr nach unten und gab eine beleuchtete Anordnung von Kaffeepackungen preis.

„Das ist unsere aktuelle Produktpalette. Sie sehen hier zwölf verschiedene Kaffeeprodukte aus insgesamt fünf Anbauländern und acht verschiedenen Kaffeesorten."

„Diesen Kaffee da hat Dr. Stratmann gekauft, richtig?" Tanja deutete auf eine rote, mit einem afrikanischen Baum als goldenen Scherenschnitt bedruckte Packung.

„Richtig, das ist unsere ‚Kenia-Robusta-Caramello-Melange'."

„Ich interessiere mich für diese Angabe hier", sagte Tanja, stand auf und wies auf den Schriftblock unter dem Baum.

„Ja? Wie kann ich Ihnen da behilflich sein?" Er gesellte sich zu ihr.

„Dieses Wort, ‚Kaffeegenießer', wird das bei Ihnen grundsätzlich mit Eszett geschrieben?"

„Oh ja, das ist unser Standardtext, davon weichen wir nicht ab. Was Sie hier sehen, wird genau so verkauft."

„Herr Dr. Stratmann besaß einige Päckchen, da wurde das Wort mit Doppel-s geschrieben."

„Also, das kann nicht sein." Er lachte und legte die Fingerspitzen aufeinander. „Das wäre ein Fehldruck, und so etwas kommt eigentlich nicht durch unsere Qualitätskontrolle durch. Aber wenn Sie es sagen ... Was können wir denn da machen? Ich könnte im Preis runtergehen, vielleicht zehn Prozent?"

„Herr Maisenkötter, ich bin nicht hier, weil Sie einen Rechtschreibfehler in Ihrem Text haben." Sie sah ihn forschend an.

Er rückte nervös seine Brille zurecht. „Dann ... bin ich im Moment überfragt, was ich ... äh ... was Sie von mir wollen könnten."

„Sie produzieren also keine zweite Charge mit einem Doppel-s, in dem sich eventuell kein ‚Kenia-Robusta-Caramello' befindet?"

„Selbstverständlich nicht. Ich weiß wirklich nicht, worauf Sie hinauswollen."

„Herr Maisenkötter, wir haben in fünf solcher Päckchen aus Herrn Dr. Stratmanns Besitz, auf denen das Doppel-s verwendet wird, keinen Kaffee gefunden. Nicht ein einziges Gramm."

„Oh, jetzt wird mir aber ganz anders ..." Er schluckte.

„Warum, was haben Sie dazu zu sagen?"

Maisenkötter schüttelte den Kopf und setzte sich kraftlos auf seinen Sessel. „Wir haben immer alles kontrolliert, ich kann nicht verstehen, wie das passieren konnte, und es ist mir unendlich peinlich. Ich kann Sie nur bitten, einen Preisnachlass zu akzeptieren. Für die gesamte Kaufsumme. Die fünf leeren Packungen werden selbstverständlich nicht berechnet."

Auch Tanja nahm wieder Platz. „Herr Maisenkötter, Sie scheinen mich nicht zu verstehen", sagte sie. „Das kann doch unmöglich der Grund meines Besuchs sein, oder?"

„Etwa wieder eine Heuschrecke?"

„Heuschrecke?"

„Wir hatten einmal das Problem, dass in einem Kenianischen Kaffee eine tote Heuschrecke von einem Kunden gefunden wurde. Glauben Sie, nichts wäre mir peinlicher, als noch mal so ein Insektenproblem zu haben."

Tanja sah, wie ernsthaft besorgt dieser Mann war, und dass ihm ehrlich empfundene Angst im Gesicht stand. Daher senkte sie ihre Stimme und versuchte, es ihm so schonend wie möglich beizubringen.

„Herr Maisenkötter, Sie müssen jetzt stark sein, denn es ist noch viel schlimmer, als Sie annehmen."

„Wie?", piepste er.

„Es tut mir leid, aber anstatt mit Kaffee waren diese Päckchen mit Kokain gefüllt, Herr Maisenkötter."

Er starrte sie mit leicht verzogenem, offen stehendem Mund ungläubig an.

„He?", machte er nur.

„Kokain, es war Kokain in den Packungen."

Er lachte hoch und irgendwie verrückt, ohne dabei seinen erstaunten Gesichtsausdruck zu verändern.

„Können Sie mir irgendwas darüber sagen, Herr Maisenkötter? Wissen Sie von solchen Spezial-Abfüllungen?"

„Ich … mir ist gerade irgendwie … nicht so gut …", sagte er schwach und lockerte seine Krawatte.

„Trinken Sie etwas Wasser", riet Tanja ihm. „Ich öffne ein Fenster."

Sie wollte aufstehen, suchte aber vergeblich nach einem Knauf. Maisenkötter drückte mit scheinbar letzter Kraft einen Knopf auf der Fernbedienung, und die oberen Fensterreihen klappten sirrend auf. Er atmete, als schnürte ihm jemand den Hals zusammen.

„Ganz ruhig, immer schön weiteratmen", sagte Tanja und machte es ihm vor.

Langsam stellte sich wieder eine normale Atmung bei ihm ein, und er bekam etwas Farbe im Gesicht.

„So ist es gut", lobte ihn Tanja. „Jetzt gefallen Sie mir besser."

Er grinste schwächlich. „Meinen Sie, wir können weitermachen?"

Er sah sie zweifelnd an. „Wenn's sein muss."

„Ja, aber Sie stehen das durch", antwortete sie aufmunternd. „Also, ich glaube, uns beiden ist klar, dass das Kokain mit Absicht in diese Packungen gefüllt wurde, und – bitte erschrecken Sie nicht – wir wissen, dass Dr. Stratmann dieses Kokain gestreckt und an Kunden in der ganzen Region weiterverkauft hat."

„Bitte? Völlig unmöglich. Dieser Mann?"

„Ja. Ich muss nun wissen, von wem Stratmann diesen Stoff bezogen hat. Da Sie den Kaffee selbst rösten und abfüllen, komme ich unweigerlich auf Ihr Unternehmen …"

„Unmöglich", jammerte er. „vollkommen ausgeschlossen … wir sind ein Familienunternehmen seit hundertzwanzig Jahren … wir … ich … nein." Erschöpft legte er den Kopf an die Lehne seines Stuhls und atmete aus. „Das muss ein schlechter Traum sein."

„Leider ist es das nicht. Aber Sie können mir helfen, dieses Rätsel zu lösen, und dann sieht alles wieder besser aus, das verspreche ich Ihnen."

„Mein Ruf ist ruiniert, wenn das rauskommt."

„Ihr Ruf wird keinen Schaden nehmen, wenn Sie den Schuldigen finden und ihn den Behörden übergeben."

„Meinen Sie?"

„Sie könnten als Held dastehen, und Ihr Betrieb bekäme dadurch eine Menge Publicity."

Er setzte sich wieder kerzengerade hin und rückte seine Brille zurecht. „Dann lassen Sie uns an die Arbeit gehen, was soll ich machen?"

„Ich brauche Einsicht in Ihre Geschäftsunterlagen und Personalakten."

„Selbstverständlich, aber das ist alles im Computer."

„Wenn Sie einverstanden sind, schicke ich einen Mitarbeiter der

Kriminaltechnik vorbei, der die Daten sichtet und runterlädt."

„Gern, das wäre wohl das Beste."

„Gut. Können Sie mir sagen, wer von Ihren Leuten hier im Betrieb Zugang zu den Produktionsräumen und Ahnung von den Abläufen wie den Lieferungen von Rohstoffen und so weiter hat?"

„Ich kenne meine Mitarbeiter alle persönlich, ich kann mir nicht vorstellen, dass ..."

„Ich bräuchte eine Liste mit Namen von sämtlichen Leuten, die auch nur die Möglichkeit dazu hätten. Sie haben doch sicher Zugangscodes und Chipkarten für gewisse Bereiche."

„Eigentlich handhaben wir hier alles ganz offen. Wir produzieren doch nur Kaffee."

„Einer aber eben nicht. Der nutzt Sie als Tarnung. Unnötig zu sagen, dass von unserem Gespräch keinesfalls etwas nach draußen dringen darf."

Maisenkötter nickte nur stumm. Er druckte eine Personalaufstellung aus und markierte die infrage kommenden Personen mit einem Textmarker. Tanja rief indes bei Brüning an und bestellte einen Techniker her. Dabei fiel ihr draußen auf dem Parkplatz ein einzelner Mann auf, der aus seinem Wagen heraus Fotos von dem Gebäude schoss. Als sie ihn aussteigen und um das Gebäude herumgehen sah, schrillten ihre Alarmglocken.

„Herr Maisenkötter, ich bedanke mich für Ihre Mitarbeit und melde mich, sobald ich mehr in Erfahrung gebracht habe", sagte sie, reichte ihm ihre Karte und verabschiedete sich.

Sie eilte die Treppe hinunter, aus dem Ausgang hinaus und rechts um das Gebäude herum zu der Warenannahme auf der Rückseite. Hier stand ein Lkw mit der Aufschrift „Fuhrmann Logistics" vor dem geöffneten Tor. Der Fahrer war eben dabei, die Ware mit einem Handhubwagen zu löschen. Zwei Mitarbeiter der Firma halfen ihm. Der verdächtige Mann näherte sich dem Lkw von vorn, sodass die Männer ihn nicht sehen konnten. Als er auch das Nummernschild des Lkw fotografierte und versuchte, einen Blick in den Innenraum zu erhaschen, indem er die drei Stufen an der Fahrertür hinaufstieg und durchs Fenster sah, zückte Tanja ihre Waffe, lief leise auf ihn zu und nahm ihn ins Visier.

„Kriminalpolizei Münster, kommen Sie da runter und heben Sie die Hände."

Der Mann, in Jeans und ein kariertes Flanellhemd gekleidet, stieg wieder nach unten, hob die Hände und drehte sich missmutig zu ihr um.

„Was haben Sie da gemacht?"

„Nichts", sagte er.

„Ihre Ausweispapiere bitte."

Er griff nach hinten an seine Gesäßtasche, sein Hemd verschob sich ein wenig und entblößte einen schwarzen Holster.

„Ho, ho, ho, Hände hoch!", rief Tanja und ging in die Knie. „Ist das eine Waffe?"

„Ja, ist es, ich -"

„Umdrehen, Beine auseinander!"

Tanja kam auf ihn zu und schubste ihn gegen den Lkw.

„Hände auf die Tür!"

Vorsichtig fasste sie mit einer Hand nach der Waffe, löste den Bügel und zog sie heraus.

„Darf ich -"

„Ausweis!", fuhr sie ihn an.

„In der linken Tasche", sagte er, und jetzt fiel ihr sein Akzent auf.

„Woher kommen Sie?"

„Niederlande."

Sie zog eine abgewetzte Ledermappe aus seiner Tasche und klappte sie auf.

„Polizei?", fragte sie überrascht.

„Ja, ich wollte es ja sagen, aber Sie …"

„Drehen Sie sich um!"

„… lassen mich ja nicht ausreden", beendete er seinen Satz.

„Was zum Teufel tun Sie hier? Was sollte das werden?"

Er blickte zur Warenannahme, um festzustellen, ob man schon auf sie aufmerksam geworden war.

„Können wir das in meinem Auto besprechen?"

„Ja, los", sagte Tanja, gab ihm den Ausweis und seine Waffe zurück und steckte ihre wieder ein. „Was soll ich denn bitte denken, wenn Sie hier so komisch rumschleichen?", sagte sie.

Er erwiderte nichts, sah sich nochmals um und schwieg, bis sie sein Auto erreicht hatten.

„Wir gehen in meinen Wagen", entschied Tanja und führte ihn zu ihrem Pajero.

„Das ist Ihr Wagen?", fragte er grinsend.

„Ja, was dagegen?"

„Nei, nei."

Sie stiegen ein und schlossen die Türen.

„Rouven van Nissel", stellte er sich vor und reichte ihr die Hand.

„Tanja Terholte."

„Ich arbeite bei der Kripo in Den Haag, bei der äh … Rauschmittelabteilung?"

„Ach? Wieso Rauschmittel?"

„Ist mein Job."

„Nein, ich meine, warum sind Sie hier? Den Haag ist weit weg."

„Eigentlich bin ich privat hier. Ich verfolge schon seit Jahren einen Drogendealer und habe einen Tipp bekommen, dass er hier ist."

„Hier, in dieser Firma?", hakte Tanja nach. Er nickte.

Sie lächelte auf einmal über das ganze Gesicht, und er war sichtlich verwundert ob dieser Verwandlung.

„Sie kommen wie gerufen", meinte sie. „Können wir uns in Ruhe unterhalten? Ich bin auf einer ähnlichen Spur."

„Klar."

„Dann fahren wir zu mir, ich wohne in der Nähe."

„Okay."

***

Zu Tanjas Überraschung saßen zu Hause gleich vier Leute am Esstisch und unterhielten sich angeregt. Ihre Mutter und ihr Bruder hatten Besuch von Silke und Vossenkuhl. Als Tanja mit Rouven hereinkam, wurden alle ganz still.

„Tanja“, sagte Elisabeth überrascht, fing sich aber schnell wieder und blickte freundlich zu Vossenkuhl. „Sieh mal, wer da ist.“

„Na hallo“, grüßte auch sie ein wenig geplättet.

Vossenkuhl sah Rouven mit großen Augen an, weil er offenbar dachte, Tanja bringe ihren neuen Freund mit. Der war zudem kein hässlicher Geselle und deutlich jünger als er. An den Gesichtern der andern konnte man ablesen, dass sie genau das Gleiche dachten.

„Was macht ihr denn hier alle?“, fragte Tanja.

„Ich hab Silke zum Abendessen eingeladen“, erklärte Rudi. „Und Vossenkuhl kam wegen seiner Schlüssel.“

„Schlüssel?“ Tanja trat an den Tisch.

„Ich muss meine Schlüssel bei dir im Wagen verloren haben, ich hab schon überall danach gesucht. Und naja, da wollte ich einfach vorbeikommen … diesmal ohne Blumen“, sagte er und sah dabei bedient Rouven ins Gesicht.

Jetzt begriff Tanja. „Oh, entschuldigt. Das ist Rouven. Er ist von der Kripo Den Haag und hat möglicherweise wichtige Informationen, was meinen Fall betrifft.“

„Hallo“, grüßte Rouven.

Ein Aufatmen ging durch die Gruppe.

„Hallo, komm setz dich. Was möchtest du trinken?“, fragte Rudi und bot ihm einen Stuhl an.

„Ein Wasser wäre super.“

„Das ist mein Bruder Rudi“, stellte Tanja ihn vor. „Das ist Silke, seine Freundin. Das ist Rüdiger Vossenkuhl, unser … Nachbar, und das ist meine Mutter Elisabeth Terholte.“

„Tja, Kinder, was essen wir denn nu?“, fragte Elisabeth und schaute in die Runde.

„Wie wär's, wenn wir einfach schnell was bestellen?“, schlug Tanja vor.

„Super Idee“, sagte Rudi. „Habt ihr alle Hunger?“ Er entsperrte sein Handy. „Wie wär's mit Pizza?“

„Ach, dat muss man wieder mit den Fingern essen“, mokierte sich Elisabeth und verzog den Mund. „Wir haben Gäste, da können wir doch nicht so'n Schnellimbisskram bestellen.“

„Die Pizza Napolitana im Ort ist doch ganz gut", sagte Silke.

„Ja, da bestell ich auch immer", pflichtete Vossenkuhl ihr bei.

„Na, also", sagte Rudi und fragte jeden nach seinem Wunsch.

Er bestellte, Tanja schenkte die Getränke ein, und dann saßen alle etwas gedrängt um den Tisch herum und warteten gespannt auf Rouvens Bericht.

„Okay, willst du einfach anfangen zu erzählen?", fragte Tanja.

Rouven zögerte. „Ich weiß nicht genau, ob wir das nicht besser unter vier Augen besprechen."

„Schon in Ordnung, die Leute hier sind okay. Du kannst frei erzählen."

„Naja", begann er verhalten. „Ich bin wie gesagt privat hier in Deutschland, weil ich jemanden verfolge, dem ich schon seit vielen Jahren auf der Spur bin. Der Mann ist schwer zu fassen, weil ihm … ähm … geholfen wird. Von der Mafia. Südamerikanisches Drogenkartell. Ich lebe in Den Haag, da kommen große Containerschiffe an, die man kaum alle umfassend kontrollieren kann. Die Drogen, Kokain zumeist, werden in Containern versteckt nach Holland geliefert und von da aus in ganz Europa verkauft. Das Kartell hat in Den Haag … ähm … Komplizen, die das Zeug aus den Containern rausholen", erklärte er, und alle hörten ihm gespannt zu. „Seit ein paar Jahren werden die Drogen einfach in Taschen geworfen und später vom Schiff geholt. Das geht schnell, und meistens bemerkt es keiner." Er machte eine kurze Pause und wurde ernster. „Ich suche einen Peruaner. Sein Name ist Diego Hernando Santa Cruz, genannt ‚Diego der Schlächter'."

Rudis Kopf ruckte hoch, und er blickte zu seiner Schwester.

„Er hat in Südamerika jahrelang für das Kartell gearbeitet. Erst in Peru, dann in Kolumbien. Ich glaube, er ist hier in Deutschland untergetaucht. Vermutlich bestehen seine alten Kontakte weiterhin. Aber ich kann das noch nicht beweisen."

„Warum nennt man ihn den Schlächter?", fragte Tanja.

„Er hat da unten die Drecksarbeit für die Bosse erledigt. Er hat Feinde des Kartells umgebracht und regelrecht abgeschlachtet. Alle haben Angst vor ihm, weil er angeblich kein Gewissen hat. Als Sohn eines Rinderfarmers lernte er von seinem Vater, wie man Rinder schlachtet, und so hat er dann auch die Menschen getötet, die das Kartell beseitigen lassen wollte. Er wird in Südamerika wegen dreizehn Morden gesucht, aber ich glaube, es sind viel mehr, und seine Opfer werden oft nicht gefunden."

„Das muss er sein", sagte Rudi laut.

„Was für eine grauenvolle Geschichte." Elisabeth schüttelte sich. „Da brauch ich gleich mal 'n Schnaps drauf."

„Wer muss was sein?", fragte Rouven.

Rudi stand auf und holte Schnaps und Gläser, während Tanja ihren Fall schilderte.

„Wie soll ich denn jetzt noch so 'ne Pizza essen, bei dem, was ihr erzählt?", beschwerte sich ihre Mutter, als es auch schon an der Türe klingelte.

Die Pizzen kamen auf den Tisch, und alle langten trotz der grausigen Geschichte hungrig zu.

„Mein Bruder ist Schlachter von Beruf", erklärte Tanja. „Und bei der Untersuchung der Leichenteile hat er gleich gesagt, dass der Mörder auch ein Schlachter sein muss und eine ganz spezielle Technik aus Südamerika anwendet."

„Du warst bei der Obduktion? Ich denke, du bist Schlachter?", fragte Rouven irritiert.

„Ja, das hat meine Schwester arrangiert", entgegnete Rudi.

„Und das in Deutschland. Hätt ich wirklich nicht gedacht."

„Aber jetzt passt doch alles zusammen. Ich habe zwei Verdächtige, die ich mit Kokainhandel in Zusammenhang bringen kann, die aber die Fertigkeiten nicht besitzen, einen Menschen auf diese Weise zu zerlegen. Wenn dieser Diego wirklich in der Rösterei arbeitet, wie du vermutest, gibt es mit Sicherheit eine Verbindung zu Stratmann, und die müssen wir nachweisen", meinte Tanja und biss in ihre Pizza Diavolo.

„Er benutzt immer wieder andere Namen und Identitäten. Aber ich habe ältere Fotos von ihm."

„Die brauche ich", sagte Tanja und ließ ihre Pizza fallen.

Rouven schickte ihr die mehr als zehn Jahre alten Bilder aufs Handy.

Tanja sah auf die Uhr. Es war kurz vor neun.

„Ich fahre gleich zu Stratmann."

***

Tanja hörte den Tierarzt und seine Frau bereits im Wohnwagen streiten, als sie noch im Auto saß. Sie stieg aus und ging geradewegs auf den Carport zu. Die beiden hatten ihr Kommen nicht bemerkt, denn sie schrien sich ohne Unterlass an. Erst als Tanja laut gegen die dünne Tür klopfte, verstummten die beiden.

„Wer ist das?“, hörte sie Hilde Stratmann flüstern.

„Mach doch auf, dann siehst du's ja“, rief er.

Vorsichtig drückte Hilde Stratmann die Tür auf.

„Entschuldigen Sie bitte, dass ich so spät noch störe“, sagte Tanja, „aber ich muss mit Ihrem Mann sprechen.“

Hilde Stratmann war es sichtlich unangenehm, dass sie Zeuge ihrer kleinen Auseinandersetzung geworden war, aber sie bat sie herein.

„Und, wer isses?“, wollte Stratmann wissen.

„Ich bin's, die Kommissarin“, sagte Tanja voller Energie und stellte sich aufrecht in die Mitte des Gangs. Stratmann saß mit einem Glas in der Hand am Tisch und traute seinen Augen nicht.

„Sie schon wieder? Was ist denn jetzt noch?“, fuhr er sie an.

„Ich bin noch nicht fertig mit Ihnen.“ Tanja ging auf ihn zu. „Und ich werde nicht gern angelogen.“ Sie nahm ungebeten ihm gegenüber Platz und stützte die Ellbogen auf den schmalen Tisch.

Hier drin war es noch enger als in dem Verhörraum im Präsidium. Sie sah ihm einfach nur fest in die Augen, was ihm immer unangenehmer wurde. Seine Frau wartete geduldig im Gang.

„Na, was denn? Jetzt fragen Sie schon was, oder warum sind Sie hier?“, brach es aus ihm heraus.

„Es haben sich einige neue Erkenntnisse aufgetan seit heute Mittag. Ich lasse Ihnen einen Augenblick Zeit, damit Sie von sich aus mit der Wahrheit herausrücken, denn es ist wahrlich zu spät, um mir noch weitere Lügen aufzutischen“, erklärte Tanja. „Ihrer Frau tun Sie damit keinen Gefallen. Und erst recht nicht all den anderen Frauen …“

„Was für Frauen?“, wollte Hilde Stratmann wissen.

„Nun, Herr Stratmann, da hören Sie es. Die Wahrheit wird verlangt. Erzählen Sie es uns. Mir und Ihrer Frau. Sie hat es nicht verdient, so behandelt zu werden. Dies Sache ist Ihnen aus dem Ruder gelaufen, Sie stehen mit dem Rücken an der Wand, es gibt keinen Ausweg mehr für Sie, an dieser Stelle müssen Sie ..."

„Nun halten Sie doch mal den Mund!", schrie er sie an.

„Ich mache immer so weiter, wenn Sie nicht endlich reden", erwiderte Tanja ruhig.

„Man kann ja gar nicht mehr klar denken, Herrgott."

„Dann denken Sie, aber schnell, denn ich war nicht untätig in der Zwischenzeit. Ich war in der Kaffeerösterei Maisenkötter, von der Sie diesen herrlichen Kaffee beziehen, den man in Ihrer Praxis aus dem Automaten ziehen kann und den Sie angeblich zu Weihnachten an Ihre Kunden verschenken. Dreihundert Päckchen Kaffee jedes Jahr."

„Und? Was gibt's daran auszusetzen?"

„An den Päckchen mit Eszett im Wörtchen ‚Kaffeegenießer' nichts", sagte Tanja und beugte sich lächelnd vor. „Aber an den mit Doppel-s schon."

Stratmann erstarrte zu Stein.

„Ja, jetzt sehe ich, dass Sie denken", sagte Tanja nickend.

„Ich verstehe gar nicht, wovon Sie sprechen, kann mich mal jemand aufklären, bitte?", warf Hilde Stratmann den Tränen nahe ein.

Tanja lehnte sich zurück, ohne ihren Blick von Stratmann zu nehmen. Der kämpfte mit sich, schwieg aber weiterhin.

Tanja zog ihr Handy heraus, rief das Foto von Diego Hernando Santa Cruz auf und legte das Smartphone so auf den Tisch, dass Stratmann das Bild betrachten konnte. Die Farbe wich aus seinem Gesicht.

„Das kann doch nicht sein, das ... kann einfach nicht sein", flüsterte er verzweifelt.

„Was kann nicht sein?", hakte Tanja nach.

„Dass jetzt alles vorbei ist."

„Sie dürfen sich nicht dagegen wehren, Sie müssen es zulassen. Lassen Sie es zu und -"

„Nun hören Sie schon auf, Ihr Psychogequatsche ist ja schlimmer als alles andere", schimpfte er.

„Wenn du nicht sofort die Karten auf den Tisch legst, fackel ich dir dein verdammtes Haus ab und schmeiß dich aus meinem Wohnwagen", drohte seine Frau.

„Ja, ist ja gut", wehrte er ab. „Ich … ich … also, ich hab ein wenig Koks verkauft."

„Du hast was?" Hilde Stratmann beugte sich zu ihm hinunter wie eine Lehrerin zu ihrem Schüler.

„Mein Gott, ja, es ist irgendwie passiert. Eines Tages saß, nachdem ich Feierabend hatte, plötzlich dieser Kerl in meinem Wagen und meinte, ich solle etwas für ihn tun, und wenn ich mich weigere, würde er zuerst meine Frau und dann mich töten. Ihm war anzusehen, dass er das vollkommen ernst meinte, mir blieb also gar nichts anderes übrig, als darauf einzugehen. Zuerst sollte ich das Zeug nur strecken, dann hab ich aber festgestellt, dass man es auch sehr gut hier in unserer Gegend verticken kann. Diese ganzen Pferdeladys … die haben Aufmunterung nötig, und das wirkt halt ein bisschen besser als Prosecco."

„Sie bezogen das Kokain über die Rösterei?"

„Ja."

„Steckt Maisenkötter mit drin?"

„Nein, der Kerl ist doch 'ne Wurst, der hat keine Ahnung von Tuten und Blasen."

„Wer ist dann Ihr Kontakt? Wer hat Sie angesprochen und das Kokain besorgt?"

„Er wird mich umbringen, wenn ich ihn verrate", sagte Stratmann.

„Sie werden wegen Mordes ins Gefängnis gehen, wenn Sie es nicht sagen", entgegnete Tanja.

„Ich brauche Schutz, da steht ein Kartell dahinter, ich bin doch nur ein kleines Rädchen im Getriebe. Die knipsen mich einfach weg."

„Wenn es so ist, werde ich mich um ein Zeugenschutzprogramm für Sie bemühen. Aber jetzt reden Sie mit mir und erzählen mir die ganze Geschichte. Erkannt haben Sie ihn doch schon auf dem Foto."

Stratmanns Schultern fielen kraftlos herab. „Er ist Spanier und arbeitet als Röstereichef in der Firma. Sein Name ist Carlo Vargas. Er sieht aber nicht mehr so aus wie auf dem Foto, das muss älter sein."

„Wie sieht er denn aus?", fragte Tanja, während sie das Personaldatenblatt hervorkramte und es auseinanderfaltete.

„Fünfzehn Kilo schwerer, hat jetzt 'ne Halbglatze."

Tanja fuhr mit dem Finger über die Namen, bis sie ihn gefunden hatte. „Da ist er. Carlo Vargas. So weit, so gut, Herr Stratmann. Und jetzt erzählen Sie mir, was mit Diesling passiert ist. Vielleicht wollen Sie zu Ihrer Aussage von heute Mittag noch etwas hinzufügen?"

„Eigentlich nicht ... Ich hab ihn nicht getötet, ich gebe Ihnen Brief und Siegel darauf."

„Das reicht mir aber nicht. Sie haben mich heute im Verhör angelogen. Wie war es wirklich?"

„Ja, Gott, ich war halt mit auf diesem Turnier ..."

„Wo war das noch gleich?"

„In Brakel."

„Und was passierte in Brakel?"

„Es war kurz vor der Finalrunde, Annika und ich waren im Stall, und ich hab ihr noch ein Tütchen gegeben. Sie hat es sich reingezogen, während ich danebenstand. Wir haben ihn beide nicht bemerkt. Er war auch im Stall und hat es gesehen. Er wollte uns sofort zur Rede stellen, aber ich hab den Stoff weggepackt und ihn verscheucht. Vielleicht wäre es dabei geblieben, wenn Annika nicht gewonnen hätte. Danach meinte er, wir wären ihm etwas schuldig, und ließ nicht locker, bis wir dieses Treffen vereinbarten. Er verlangte zwanzigtausend Euro, damit er den Mund hält. Da sind Annika die Sicherungen durchgebrannt, sie fing an, ihn zu schlagen. Die beiden stürzten eine Böschung hinab, er blieb liegen, und Annika haute einfach ab. Ich hätte ihm auch am liebsten eine verpasst, aber ich hab ihm nur gedroht, ehe ich weg bin. Als ich wieder im Wagen saß, dachte ich daran, was passieren würde, wenn er alles ausplaudert. Da hab ich Schiss gekriegt." Er traute sich einen Moment lang nicht, weiterzureden. „Ich bin ausgestiegen und wieder zurückgegangen. Kann sein, dass ich im Kopf hatte, ihm was anzutun, aber als ich da war, lag er bereits tot in der Böschung. Als ich das sah, bin ich so schnell wie möglich von da weg und gar nicht erst nach Hause, sondern gleich über die Grenze gefahren. Ich wusste nicht, was ich machen sollte, ich dachte, je weiter ich von dem Geschehen weg bin, desto besser."

„Und nun glauben Sie, dass Annika vor Ihnen zurückkam und es tat?"

„Eigentlich nicht. Das traue ich ihr nicht zu. Aber wer soll es denn sonst gewesen sein? Wer -"

„Haben Sie irgendjemandem von Diesling erzählt?"

„Nein. Naja, doch ... aber."

„Wem?"

„Carlo Vargas. Aber das ist mir nur so im Nebensatz rausgerutscht. Ich habe bloß gesagt, dass wir uns treffen, nicht seinen Namen oder so. Ich habe gesagt, dass ich das aus der Welt schaffe. Ich wusste doch nicht -"

„Ich bin heute mit einem niederländischen Ermittler zusammengekommen, der mich über die wahre Identität von Carlo Vargas aufgeklärt hat", berichtete Tanja. „Er ist Peruaner und heißt eigentlich Diego Hernando Santa Cruz. Ein Killer des Kartells, der in seiner Heimat gesucht wird. Er kam nach Europa, um unterzutauchen und den Stoff weiterzuverkaufen, der über die niederländischen Häfen hierhergelangt. Interessant dabei ist, dass er seine Opfer zerteilt und zerstückelt. Man nennt ihn auch ‚Diego, den Schlächter'. Mein Bru ... äh ... der Rechtsmediziner meinte, dass der Mann, der Diesling auf dem Gewissen hat, ein Schlachter sein muss, so wie er vorgegangen ist. Diego hat den Beruf von seinem Vater erlernt, der eine Rinderfarm besaß. Damit rückt er für mich auf den ersten Platz, was meine Verdächtigen angeht. Carlo Vargas ist Ihnen gefolgt und wurde Zeuge des Streits. Er hat hinter Ihnen aufgeräumt."

Stratmann vergrub sein Gesicht in den Händen.

Tanja blickte zu seiner Frau, die ihnen völlig entsetzt zugehört hatte. „Wie geht es Ihnen jetzt?", fragte sie.

„Scheiße geht's mir. Ich erkenne meinen Mann überhaupt nicht mehr wieder. Nicht, dass das was Neues wär, aber so heftig ... Jetzt wird mir auch klar, wo all das Geld herkommt. Der Umbau, die Urlaube, seine

Uhren, der Schmuck, den ich mal bekommen habe …“

„Es tut mir leid, Hilde.“

„Wenn das mal nicht zu spät ist.“ Sie wandte sich von ihm ab, und Stille trat ein.

„Da ich davon ausgehe, dass dieser Diego nichts dem Zufall überlässt“, nahm Tanja wieder das Wort an sich, „müssen wir schon für diese Nacht Sicherheitsvorkehrungen treffen.“

„Was meinen Sie damit?“, fragte Hilde Stratmann.

„Wenn er Ihren Mann beobachtet und denkt, er hätte ihn an die Polizei verraten, was er ja zum Glück auch getan hat, sind Sie beide in Gefahr. Wir werden jetzt gleich zusammen nach Münster fahren und Sie sicher unterbringen. Herr Stratmann, Sie erwartet ein Prozess wegen Drogenhandels, aber Sie können eine Menge wiedergutmachen, wenn Sie weiterhin mit uns kooperieren.“

Stratmann nickte stumm.

„Jetzt muss ich deinetwegen nicht nur aus dem Haus, sondern auch noch aus dem Wohnmobil in ein Zeugenschutzprogramm umsteigen? Na wunderbar, Herr Doktor.“

Tanja brachte die beiden nach Münster ins Präsidium, wo Brüning, Förster und bald darauf auch die Staatsanwältin auftauchten und alles in die Wege leiteten, was nun zu tun war, um Stratmann und seine Frau sicher unterzubringen und Diego Hernando Santa Cruz alias Carlo Vargas festzunehmen.

Tanja bekam ihren Haftbefehl, und für den nächsten Morgen um acht Uhr wurde ein Einsatzteam bestellt.

Um zwei Uhr nachts kam Tanja nach Hause und fand Rudi und Rouven am Esstisch vor.

„Was machst du denn noch hier?“, fragte sie entgeistert.

„Wir haben uns gut unterhalten und waren auch ein wenig gespannt, was bei Stratmann rausgekommen ist.“

Sie winkte mit dem Haftbefehl, setzte sich zu ihnen und begann, die Zusammenhänge zu erläutern.

„Hört ihr das auch?“, fragte sie mittendrin.

„Was meinst du?“ Rudi verstand nicht.

„Dieses Geräusch …“ Sie horchte und hob den Zeigefinger.

„Ein Motor“, stellte Rouven fest.

„Das ist er“, sagte Tanja und zog ihre Waffe aus dem Holster.

„Hey, hey“, rief Rudi erschrocken, doch Tanja beachtete ihn gar nicht mehr. Sie eilte nach vorn in den Flur und schaute aus dem schmalen Fenster neben der Tür. Oben an der Straße stand ein Geländewagen. Ein dunkler Range Rover Evoque. Die Rücklichter färbten die Abgase zu einer roten Wolke.

„Das ist er“, wiederholte sie, und in dem Moment fiel ein Schuss.

Sie duckte sich. „Alles okay bei euch?“, rief sie nach hinten.

Jetzt zog auch Rouven seine Waffe. „Alles klar“, sagte er.

„Geh du hinten raus, ich übernehme den Vordereingang.“

Tanja kauerte hinter der Wand und öffnete vorsichtig die Tür, während Rouven zur Terrasse hinausschlich. Mit angelegter Waffe traute sie sich nach draußen und versuchte, über den Lauf der Pistole hinweg die nächtlichen Schatten zu durchdringen. Sie orientierte sich nach rechts in Richtung Stall, wo sie auch wieder auf Rouven treffen müsste. Der stand auf sie wartend vor der Baumreihe, die den Garten umgab. Sie bedeutete ihm, das Schlachthaus zu checken, und ging selbst rüber zum Stall. Als sie dort ankam, sah sie schon das geöffnete Schloss am Tor. Jemand hatte es geknackt. Drinnen war es stockdunkel. Jetzt in das Gebäude zu gehen, wäre Selbstmord, ein besseres Ziel könnte sie ihm gar nicht liefern. Daher wandte sie sich nach links, stieg durch das Gatter auf die Weide und schlich seitlich am Stall entlang. Auf der Rückseite gab es einen Spalt zwischen zwei Holzleisten, durch den sie ihn vielleicht ausmachen konnte.

Sie wollte gerade um die Ecke schauen, als etwas auf sie zuflog. Es knallte laut, dann wurde alles schwarz.

# elf

„Heiliger Zeus, warum legt ihr sie denn auf den Tisch?“, hörte Tanja ihre Mutter fluchen.

Sie öffnete die Augen, obwohl ihre Lider unendlich schwer waren.

„So kann ich sie besser verarzten“, verteidigte sich ihr Bruder.

„Sie wacht auf, glaub ich“, sagte Rouven irgendwo links von ihr.

Tanja sah nur zwei unscharfe Schemen, die sich ihr näherten. „Wss psiert?“, nuschelte sie.

„Oh Gott, hat sie auch Zähne verloren?“, fragte ihre Mutter.

Tanja riss die Augen noch weiter auf.

„Nein, sie ist nur benommen“, sagte Rudi.

„Kalt“, sagte Tanja. Ihr Kopf fühlte sich an, als läge sie in einem Gefrierschrank.

„Das ist ein halb gefrorenes Steak, Schätzchen“, erklärte ihre Mutter.

Sie griff sich an den Kopf und bekam ein Stück Rindfleisch zu fassen, das ihr halbes Gesicht bedeckte.

„Nicht, das muss zum Kühlen liegen bleiben.“ Rudi schob ihre Hand weg.

„Was iss passiert?“, fragte sie erneut, und diesmal klang es schon besser.

„Der hat dir fürchterlich eins mit'm Holzbrett verpasst, Schätzchen. Voll auf die Schaltzentrale.“

„Habt ihr ihn?“, fragte sie und hob den Kopf, was ordentliche Schmerzen verursachte.

„Er konnte fliehen, wir haben nur noch sein Auto gehört, und weg war er“, erklärte Rudi.

„Worauf hat er geschossen?“

„Naja entweder auf Gunnar, den er aber verfehlt hat, oder er hat nur in die Luft geschossen, um ihn aus dem Stall zu treiben. Jedenfalls ist er weg.“

„Der Typ?“

„Ja, und Gunnar leider auch.“

Tanja ließ den Kopf wieder fallen und stöhnte.

„Wir sollten besser einen Krankenwagen rufen“, sagte Elisabeth.

„Auf keinen Fall, ich bin gleich wieder auf'm Damm.“ Ächzend kämpfte sie sich hoch und setzte sich auf die Tischkante.

„Hier.“ Ihre Mutter drückte ihr einen Schnaps in die Hand. Tanja kippte ihn vorsichtig runter.

„Geht's wieder?“

„Super, bin topfit.“

„Äh, dir klebt noch dieses Fleischding am Kopp.“ Rouven wies auf das Steak, das an ihrer Stirn haftete.

„Hat Lady Gaga nicht mal so'n Outfit gehabt, wo sie ganz in Fleisch gekleidet war?“ Rudi lächelte breit.

„War ja klar, dass dir sowas gefällt“, entgegnete Tanja, nahm das Steak und klatschte es neben sich auf die Tischplatte.

„Oh, das ist aber eine schöne Beule“, sagte Rouven.

Rudi kam näher heran. „Da kann man noch den Abdruck vom Holz erkennen“, meinte er fasziniert.

Tanja schob ihn zur Seite, rutschte von der Tischplatte und setzte sich auf einen Stuhl. „Er will uns Angst einjagen“, meinte sie düster.

„Morgen kriegt er dafür die Retourkutsche“, sagte Rudi und setzte sich zu ihr. Auch Rouven und Elisabeth nahmen wieder am Esstisch Platz.

„Habt ihr das Nummernschild?“, wollte Tanja wissen.

„Tut mir leid, nein.“ Ihr Bruder kniff bedauernd die Lippen zusammen.

„Dieser miese … Arschaffe.“

„Arschaffe? Sagt man das so in Deutschland?“, fragte Rouven amüsiert.

„Nee.“ Elisabeth blickte ihn an und machte an ihrer Schläfe eine kreisende Bewegung mit ihrem Zeigefinger.

„Das kann ich sehen, Muttern."

„Ich hol mal die Gläser." Elisabeth erhob sich und brachte jedem ein Schnapsglas mit. Sie tranken einen zusammen und schwiegen.

„Wir sollten alle schlafen gehen. Es ist spät. Du nimmst noch 'ne Aspirin oder drei, dann wachst du nachher vielleicht nicht mit 'nem Brummschädel auf", sagte sie zu Tanja und stand auf. „Gute Nacht allerseits."

„Gute Nacht, Frau Terholte", sagte Rouven brav. „Ich fahr dann jetzt nach Hause."

„Wenn du hier pennen willst, kein Problem", bot Rudi an.

Rouven kam ins Grübeln. „Ich würde gern sehen, wie ihr Diego morgen verhaftet. Ich hab fast zehn Jahre darauf gewartet."

„Dann bleib hier und komm morgen als Beobachter mit", schlug Tanja vor.

„Ehrlich?"

„Logisch. Ohne dich wüssten wir nicht halb so viel."

„Okay!"

Sie stand auf. „Komm mit, ich zeig dir, wo du schlafen kannst."

Plötzlich klopfte es an der Haustür. Tanja duckte sich, Rudi warf sich der Länge nach auf den Boden, und Rouven verbarg sich hastig hinter einem Wandvorsprung zur Küche. Von dort zielte er mit seiner Pistole auf die Eingangstür.

„Wo ist meine Waffe?", flüsterte Tanja.

Rudi deutete auf die Kommode im Flur.

Tanja ärgerte sich, weil das zu weit weg war. Sie ging auf alle viere hinunter.

„Wer ist da?", rief sie.

„Entschuldigt, ich bin's bloß, Vossenkuhl", rief Vossenkuhl von draußen.

Die drei atmeten erleichtert aus. Rouven sicherte seine Waffe wieder.

„Mensch, Vossenkuhl", schimpfte Tanja, als sie die Tür aufzog, „falscher Augenblick."

Ihr Nachbar stand besorgt und für seine Verhältnisse nicht ganz ordentlich angezogen vor der Tür.

„Ich dachte, ich hätte einen Schuss bei euch gehört."

„Ja, bist aber zu spät", sagte Tanja.

„Was hast du denn da?“, fragte er entsetzt und deutete auf die Beule.

„Kopfschmerzen.“

„Aha.“

„Der Täter war hier und hat geschossen“, informierte Rudi ihn.

„Der … der Mörder?“ Vossenkuhls Augen drohten aus den Höhlen zu fallen.

„Jou. Er hat aber nur Gunnar damit verscheucht und Tanja anschließend eine verpasst.“

„Alles wieder gut, geh ruhig nach Hause. Ich … ich ruf dich morgen an“, meinte Tanja.

Als hätte sie eine Lampe angeknipst, lächelte er auf einmal übers ganze Gesicht. „In Ordnung. Gute Nacht.“

Sie schloss die Tür. Rudi ging mit Rouven nach oben, um ihm sein Nachtlager zu zeigen. Tanja stellte sich vor die Kommode und nahm ihre Waffe in die Hand. Dann blickte sie in den Spiegel und sah zum ersten Mal ihre Beule mit Holzmaserung.

„Dieser Arschaffe“, fluchte sie leise.

Anstatt nach oben ins Bett zu gehen, hatte sie soeben einen ganz anderen Plan gefasst. Sie wollte sich nicht zum Opfer machen lassen und die ganze Nacht über Angst haben, dass er zurückkam und ihr oder ihrer Familie etwas antat.

Nein, so haben wir nicht gewettet, dachte sie.

Sie nahm den Holster, schnallte ihn sich um und steckte ihre Pistole hinein. Vorsichtig öffnete sie die Haustür und stahl sich hinaus in die Nacht.

***

Es gab oben noch ein viertes Zimmer, das Tanja als Arbeitszimmer nutzte, und in dem Rudi nun ein Klappbett aufstellte und Rouven Kopfkissen und Decke in die Hand drückte.

„Deine Schwester ist ganz schon tough“, sagte der.

„Und sturköpfig. Wenn die sich was in den Kopf setzt, kannst du sie nicht davon abhalten.“

Sie hörten beide, wie ein Motor gestartet wurde.

Rouven ließ sofort das Bettzeug fallen und zog seine Pistole. Sie rannten zum Fenster und guckten auf den Hof.

„Das ist Tanjas Wagen", stieß Rudi aus.

„Was macht sie da?"

„Scheiße", fluchte Rudi nur, zog Rouven vom Fenster weg und lief aus dem Zimmer, die Treppe hinunter.

Sie nahmen Rouvens Auto, um Tanja zu folgen. Bis sie den Wagen endlich gestartet hatten und vom Hof gefahren waren, war auf der Landstraße aber nichts mehr von ihr zu sehen.

„Verdammt! Weißt du, wo dieser Diego wohnt?", wollte Rudi wissen.

Rouven krallte die Finger ums Lenkrad, während er angestrengt in die Nacht hinausblickte. „Sie hat die Liste. Ich hab keine Ahnung."

„Und jetzt?"

„Der Chef der Rösterei muss doch wissen, wo er wohnt."

„Stimmt." Rudi googelte Maisenkötter und fand schließlich seine Adresse in einem Branchenbuch. „Er wohnt in Heek, in der Südstraße. Ab dafür."

***

Tanja hatte das Gespräch mit Förster beendet, warf das Handy auf den Beifahrersitz und gab Gas. Sie wusste, dass es nicht gut war, mit Wut am Steuer zu fahren, aber sie konnte den Fuß nicht vom Gas lösen.

Carlo Vargas wohnte in der Kardinal-von-Galen-Straße in Metelen. Hätte Maisenkötter dieses Haus auch nur einmal gesehen, wäre ihm sicherlich aufgefallen, dass sich der Röstereichef eines kleinen münsterländischen Betriebes so einen prunkvollen Bau garantiert nicht ohne einen kleinen Nebenverdienst leisten konnte. Das Haus hob sich in Größe und Bauart deutlich von seinen typischen Münsterland-Nachbarn ab. Es war in südamerikanischem Hacienda-Stil errichtet worden, mit großen Rundbögen, die eine steinerne Terrasse einfassten, und fast halbrunden Dachschindeln. Das Doppelgaragentor war liebevoll mit steinernen

Ornamenten verziert, und im Vorgarten und entlang der Auffahrt wuchsen größere Pampagräser und südländische Pflanzen zwischen Felsen und Findlingen. Sogar Kakteen gediehen in dem durchdesignten Gärtchen. Wie es hinter dem Haus aussah, vermochte Tanja nicht zu sagen, aber ihre Wut nahm nur noch größere Ausmaße an, je mehr Luxus ihr ins Auge sprang.

Ohne auf die Verstärkung zu warten, die sie angefordert hatte, näherte sie sich dem Eingang. An der Haustür zog sie ihre Waffe und schaute nach einer Klingel, die sie aber vergeblich suchte. Es gab nur ein bunt gekacheltes Hausnummernschild rechts der Tür, die aus irgendeinem teuren Hartholz gefertigt war. Daran prangte in Sichthöhe ein Rinderkopf. Ein überdimensionierter Ring in der Nase des Ochsen diente als Türklopfer. Tanja schlug das gusseiserne Metall dreimal laut gegeneinander.

Zuerst hörte sie Männerstimmen, die auf Spanisch miteinander redeten, dann folgten entspannte Schritte, bis schließlich die Tür geöffnet wurde. Tanja hatte sich leicht seitlich positioniert und verdeckte so die Waffe an ihrer Hüfte.

***

„Guten Abend, Herr Maisenkötter“, sagte Rudi, als der Röstereiinhaber im blauen Pyjama und mit gefütterten Giesswein-Hauspuschen an den Füßen die Haustür öffnete.

„Ja, was ist?“, fragte Maisenkötter irritiert und rückte seine Werner-Veigel-Brille zurecht.

„Es tut uns leid, dass wir Sie so spät noch stören müssen, aber es handelt sich um einen Notfall“, erklärte Rudi.

„Ah, ja? Darf ich fragen, wer Sie sind, und um was es geht?“

„Ich bin der Bruder von Frau Terholte, der Kommissarin, die heute bei Ihnen war.“

„Ah, richtig, richtig.“ Maisenkötter blickte gespannt zu Rouven.

„Ich bin Polizist aus den Niederlanden, Abteilung für Rauschmittel“, erklärte der bereitwillig.

„Herr Maisenkötter, Sie haben einen Mitarbeiter, der des Mordes verdächtigt wird, und wir -"

„Bitte?"

„Ja, sein Name ist Carlo Vargas."

„Der Carlo? Aber der ist doch ein ganz famoser junger Mann, er ist mein Röstereichef."

„Leider kennt er sich nicht nur mit Kaffee aus", meinte Rudi.

„Er schmuggelt Kokain, und zwar über Ihren Betrieb", ergänzte Rouven.

„Und meine Schwester ist nun auf dem Weg zu ihm, allerdings ohne Polizeiverstärkung. Wir bräuchten dringend die Adresse von Herrn Vargas." Herr Maisenkötter war ganz durcheinander und bat sie aufgeregt herein.

„Ich kann gar nicht glauben, dass der Carlo solche Sachen macht", murmelte er vor sich hin, während er im Wohnzimmer einen Laptop öffnete. „Nicht zu glauben, wie man sich in manchen Menschen irren kann."

„Hase?", rief da eine weibliche Stimme von oben. „Was ist denn los, wer ist da bei dir?"

Maisenkötter schreckte hoch.

„Niemand, Schnuckel, es sind nur zwei Herren, die ... die ..." Er suchte nach einer Ausrede, um seine Frau nicht zu beunruhigen. „Die eine Spende wollen."

„Eine Spende? Um zwei Uhr nachts? Hase, das ist doch ..."

Er ging eilig zur Treppe und schaute hinauf. „Ja, nur eine Spende, reg dich nicht auf und geh wieder ins Bett. Ich bin gleich oben."

„Aber eine Spende ... Nicht, dass du Verbrecher reingelassen hast", flüsterte sie.

„Nein, es sind sogar Polizisten, ich habe ihre Ausweise gesehen."

„Die Polizei sammelt Spenden?"

„Ja, für den ... den ..." Er blickte hilflos zu Rudi und Rouven.

„Den Revier ... Betriebs ... Kindergarten", reimte sich Rudi zusammen.

„Den Revier-Betriebs-Kindergarten", wiederholte Maisenkötter laut.

„Das ist ja eigentlich gut", kam es von oben zurück.

„Genau, deshalb geh ruhig wieder ins Bett. Es dauert nicht lange."

„Wie viel gibst du ihnen?"

„Ach, Schnuckel, das ist doch … zwanzig Euro oder so."

„Hast du's klein? Warte, ich hol meine Tasche."

„Nein, bitte bleib einfach oben!"

Rudi deutete mit Nachdruck auf den Laptop.

Maisenkötter hastete wieder zu ihnen herüber und klickte sich, so schnell er konnte, in die Datei.

„Hier ist es, Kardinal-von-Galen-Straße 53", raunte er Rudi und Rouven zu und schob sie dann Richtung Haustür. Sie sollten fort sein, bevor seine Frau nach unten kam. Doch die schnitt ihnen am Fuß der Treppe den Weg ab.

„Guten Abend", sagte sie höflich. „Gertrud Maisenkötter." Sie trug einen weiß-rot geblümten Kimono und zog aus ihrer ledernen Handtasche, die sie dicht vor ihre Brust hielt, einen Zwanzigeuroschein. „Bitte sehr, das ist für Sie", sagte sie und überreichte Rudi das Geld.

„Äh … ja, also …"

Maisenkötter nickte nur gottergeben, und Rudi nahm den Schein an sich.

Frau Maisenkötter schnappte sich eins der drei Kaffeepäckchen, die als Deko auf einem antiken Mahagonitischchen im Flur standen, und drückte es Rouven in die Hand. „Und das ist für Sie, junger Mann."

„Besten Dank", sagte Rudi, „ich werde es … es ist … äh … für die Kinder", stammelte er.

„Sehr löblich", entgegnete Frau Maisenkötter. „Ein wenig spät vielleicht, aber sehr löblich. Wir spenden gern."

„Prima, dann auf Wiedersehen, und vielen Dank noch mal."

Sie gingen hinaus, und Maisenkötter schloss erleichtert die Tür hinter ihnen.

***

„Buenas noches", sagte Tanja, als Carlo Vargas vor ihr stand.

Ein Grinsen legte sich auf sein Gesicht.

„Ich denke, dass Ihre Motorhaube bestimmt noch warm ist", fügte sie angriffslustig hinzu. „Und Sie schulden mir einen Bullen."

Er lachte mit quäkender Stimme und steckte lässig eine Hand in die Tasche seiner schwarzen Leinenhose. Sein weißes Hemd war so weit aufgeknöpft, dass man auf seiner braungebrannten Brust eine Goldkette mit einem diamantenbesetzten Kruzifix erkennen konnte.

„Signorina Terholte, Sie gefallen mir", sagte er mit spanischem Akzent und zeigte seine großen, weißen Zähne. Im Vergleich zu dem Foto, das sie von ihm hatte, hatte er bestimmt zwanzig Kilo zugenommen, denn gleich da, wo sich das Hemd wieder schloss, beulte ein stattlicher Bauch den Stoff aus, und unter seinen fülligen Wangen zeigte sich ein ordentliches Doppelkinn. Bei den Haaren war sie sich nicht ganz sicher, ob er sie verloren oder rasiert hatte. Die Halbglatze ließ ihn jedenfalls viel älter wirken.

„Haben Sie meinen Bullen erschossen?"

„Wo denken Sie hin, ich würde so einem herrlichen Tier kein Haar krümmen. Er ist jetzt frei."

„Darf ich reinkommen?", fragte sie.

„Oh, natürlich, bitte."

Er lud sie mit einer Geste ins Haus ein, und Tanja betrat das Heim des Mörders.

Sie ließ sich in das Wohnzimmer führen, wo zwei Männer auf einer Couch saßen und sie überrascht anstarrten.

„Sagt guten Tag zu Frau Terholte", verlangte Carlo Vargas und setzte hinzu: „Frau Oberkommissarin Terholte."

„Hauptkommissarin", korrigierte sie und winkte kurz mit ihrer Dienstwaffe.

„Das sind meine Freunde Enrico und Guillermo. Wollen wir uns setzen?"

„Nein, ich denke, so lange bleiben wir nicht."

„Wir?", fragte er.

„Genau. Sie kommen natürlich mit mir mit. Es sei denn, es stellt sich heraus, dass Ihre Freunde sich ebenfalls strafbar gemacht haben."

„Strafbar? Wir sind harmlos, Frau Terholte", säuselte er, und seine Freunde begannen zu lachen.

„Ist schon klar, Diego, aber ich würde jetzt gern mal Ihre Schuhe sehen." Sie registrierte mit Genugtuung, dass es ihn ein bisschen traf, dass sie seinen richtigen Namen kannte.

Er blickte auf seine schwarzen Slipper.

„Ich meine alle Ihre Schuhe. Wo finden wir die?"

„Im Flur."

„Schön, Sie gehen voran."

Er wandte sich um und ging zurück in den Flur, auf einen Schrank mit Schiebetüren zu, den er wuchtig aufzog.

„Bitte sehr."

Tanja ließ ihren Blick über die in einem Regal stehenden Schuhe gleiten und stoppte an einem Paar schwarzer Stiefel. Jetzt lächelte sie und zog das Paar vorsichtig heraus, um es umzudrehen und auf die Sohle zu schauen. „Was haben wir denn da? Panama Jack. Das wird meinen Kollegen von der Kriminaltechnik doch sehr freuen. Wir haben Abdrücke gefunden, die zu dieser Sohle gut passen. Sicher kann man auch den Schmutz darunter zuordnen."

Sie stellte das Paar wieder ab.

„Jetzt würde ich gern Ihre Küche sehen."

Diegos Laune ließ sich nicht ankratzen.

„Gern", sagte er und ging wieder vor, wie bei einer Hausführung.

Im Wohnzimmer hatten sich die beiden Männer von ihren Plätzen erhoben und standen wie zwei kleine Jungen, die etwas ausheckten, nebeneinander.

„Setzen!", befahl Tanja und deutete mit der Pistole auf die Couch. Die Männer folgten der Aufforderung. Sie ging mit Diego weiter bis in eine große, offene Küche, die hinter einer mächtigen Kücheninsel in schwarzem Granit und Chrom erstrahlte.

„Darf ich fragen, ob Sie einen Durchsuchungsbeschluss haben?", fragte er freundlich.

„Nein, aber etwas viel Schöneres. Einen Haftbefehl gegen Sie wegen Mordverdachts."

„Ich und Mord? Das ist doch lächerlich", sagte er, lehnte sich entspannt an die Arbeitsplatte und verschränkte die Arme vor der Brust. „Wen soll ich denn getötet haben?"

„Einen gewissen Herrn Diesling. Getötet, zerteilt und an verschiedenen Stellen in Horstmar verteilt. Daher würde ich jetzt gern Ihre Küchenmesser sehen, bitte."

„Ich denke, Sie haben keinen Durchsuchungsbeschluss?"

„Aber wenn ich Sie freundlich darum bitte, werden Sie mir die Messer sicher gern zeigen. Sie sind doch vollkommen unschuldig, richtig?"

Er grinste. „Ich mag Sie wirklich. Daher … bitte sehr."

Er zog eine Schublade auf und ließ sie gewähren.

Tanja warf einen Blick hinein und zielte dabei weiterhin auf ihn. Tatsächlich entdeckte sie, neben einem Brotmesser, verschiedenen Fleischmessern und einem Set Steakmesser, ein schmales, längliches Messer mit Holzgriff, das genauso aussah, wie ihr Bruder es beschrieben hatte.

„Sie wissen, dass die Polizei heutzutage Blutspuren finden kann, auch wenn Sie das Messer abgewaschen haben, oder?"

„Ich schneide nur Fleisch damit, wir essen furchtbar gern gegrilltes Steak."

„Wir wissen inzwischen alles über Sie", sagte Tanja im Plauderton, nahm das Messer zwischen Daumen und Zeigefinger aus der Schublade und legte es auf die Arbeitsplatte. „Ihr Name ist Diego Hernando Santa Cruz, genannt ‚Diego der Schlächter'. Sie arbeiten für das kolumbianische Kartell. Sie haben Herrn Diesling ermordet, weil er Dr. Stratmann, einen Ihrer erzwungenen Mitarbeiter hier in Europa, erpresste. Er hätte Ihr Geschäft gefährdet, also musste er beseitigt werden. Aber nun ist mit alldem Schluss", sagte sie, holte den Haftbefehl aus ihrer Tasche und zeigte ihn Diego. „Herr Santa Cruz, ich verhafte Sie hiermit wegen Mordes an Burghard Diesling." Sie wollte eben damit beginnen, ihn über seine Rechte aufzuklären, als sie bemerkte, dass auf dem Sofa nur noch ein Mann saß. Sie trat einen Schritt zurück, um sich in eine sichere Position zu bringen, kollidierte dabei jedoch mit Guillermo, der sich ihr auf allen vieren krabbelnd von hinten genähert hatte. Sie stolperte, fiel über ihn und knallte auf ihren Rücken. Die Luft blieb ihr weg, und schon stürzten sich Guillermo und Diego auf sie, bekamen den Arm mit der Waffe zu fassen und drehten Tanja kurzerhand auf den Bauch. Guillermo kniete sich auf ihren

Rücken, während Diego sich neben ihrem Kopf in die Hocke begab, damit sie ihn ansehen konnte.

„Und schon nimmt das Schicksal einen anderen Lauf", sagte er. „Sie legen sich mit einer Organisation an, die keine Rücksicht auf kleine Polizistinnen nimmt. Das ist ein aussichtsloser Kampf. Schade um Sie", fügte er bedauernd hinzu. „Vamonos!"

***

Rudi war froh, dass die Adresse nicht so weit entfernt war, doch als sie an dem Haus ankamen, stand die Garage offen, und auf der Straße parkte der Pajero seiner Schwester.

„Du bleibst im Auto, ich gehe zur Tür", bestimmte Rouven und zog seine Waffe.

„Aber …"

„Nei, nei, das ist zu gefährlich. Ruf die Polizei und bleib im Wagen."

Rouven stieg aus und rannte geduckt zur Haustür. Er klopfte vergeblich und blickte schließlich durch eins der Fenster. Licht brannte zwar, aber im Inneren war niemand zu erkennen.

„Polizei ist verständigt", sagte Rudi plötzlich ganz nah bei ihm, und Rouven erschrak so sehr, dass er fast die Waffe fallengelassen hätte.

„Rudi, verdammt! Ich hab gesagt, du sollst im Wagen bleiben!", fuhr er ihn an.

„Aber ich glaub, es ist keiner zu Haus."

„Egal, ich bin der Polizist. Ich hätte dich erschießen können."

„Ja, sorry, tut mir leid."

„Los, lass uns in die Garage gucken."

Sie betraten die große, an den Seiten mit Möbeln, Reifen und Autoteilen vollgestellte Garage.

Rouven schnüffelte.

„Die sind eben erst weggefahren", bestätigte Rudi seinen Verdacht.

„Aber wohin? Wo kann er mit ihr hinwollen?"

„Mit ihr?"

„Naja, Tanja ist hier gewesen, jetzt ist niemand mehr da, und sein Wagen ist weg. Das heißt, dass er sie in seiner Gewalt hat", erklärte Rouven mit Routine, aber auch Mitleid in der Stimme.

„Scheiße. Wo kann er mit ihr hinwollen? Wieder in den Wald?"

„Oder vielleicht …"

„In die Rösterei", sagten beide gleichzeitig, liefen zum Auto und gaben Gas.

***

Tanja saß mit auf den Rücken gefesselten Händen neben Guillermo auf dem Rücksitz, Enrico fuhr. Diego saß mit ihrer Waffe auf dem Bein auf dem Beifahrersitz.

„Es war nicht sehr schlau von dir, allein zu mir zu kommen", sagte er mit Blick in den Rückspiegel. „Mein Besuch hat dich richtig wütend gemacht, eh? Du bist temperamentvoll, das mag ich. Hier im Münsterland gibt es nicht so viele temperamentvolle Frauen, eh." Er lachte, und seine beiden Kumpane fielen mit ein.

„Ich habe meine Kollegen verständigt, sie sind gleich da. Sie kennen Ihren Wagen und werden Sie innerhalb kürzester Zeit finden", erwiderte Tanja ganz ruhig.

„Ja, nur dich werden sie dann nicht mehr finden", sagte Diego und lachte noch lauter. Guillermo schlug sich vor Lachen aufs Bein, er sagte irgendwas auf Spanisch, und sie lachten erneut.

„Kennst du schon die Rösterei?", fragte Diego.

„Ich war heute da."

„Wirklich? Da haben wir uns wohl verpasst. Egal, du bekommst gleich eine persönliche Führung von El Diego."

„Kann's kaum erwarten. Und Rouven wäre sicher auch gern dabei", sagte Tanja.

„Como?" Er drehte sich zu ihr um und hatte seine Gelassenheit auf einmal verloren. „Van Nissel ist hier?"

„Ja, wieso? Hast du Schiss?", fragte Tanja provozierend.

„El Diego hat keinen Schiss. Ich freue mich, weil ich heute gleich zwei Leute aus dem Weg räumen kann. Um dich tut es mir ein bisschen leid, bei dem holländischen Scheißköter wird es mir ein großes Vergnügen sein."

„Dir hängen so viele von meinen Leuten am Arsch, dass du ein paar Messer mehr brauchen wirst. Mein Bruder wird dich aber sicherlich als Erster filetieren."

„Dein Bruder? Ist er auch Polizist?"

„Nein, er ist auch Schlachter."

Die Bäume um das Gebäude und das Gebäude selbst wurden in der Nacht von Bodenstrahlern beleuchtet, sodass die Rösterei jetzt viel schöner aussah als bei Tageslicht.

Allerdings galt das nicht für das, was sich in Kürze hier abspielen sollte.

Die Männer hielten gut gelaunt auf dem Parkplatz, und nachdem er den Code an der Haupteingangstür eingegeben hatte, führte Diego sie in die weiß geflieste Röstküche, in der vier chromglänzende Rösttrommeln auf ihren Einsatz warteten. Jede hatte einen Durchmesser von anderthalb Metern und eine Länge von zwei Metern. In der Oberseite steckten breite Trichter zum Einfüllen der Bohnen, die man über kleine Treppchen erreichen konnte. Unter dem Ausguss standen breite, flache Schalen mit einer Art überdimensionalem Quirl, der die Bohnen gleichmäßig durchmischen sollte.

„Herzlich willkommen in meinem kleinen Reich des Aromas. Hier gehe ich meinem großen Hobby nach: dem Kaffeerösten", erklärte Diego. „Das sind die beiden großen Ks in meinem Leben: Kokain und Kaffee."

„KKM", berichtigte ihn Tanja.

„Como?"

„Kokain, Kaffee und Mord", zählte sie auf, und wieder brachen die Männer in lautes Gelächter aus, das in der Küche widerhallte.

„Du bist eine richtige Comedy-Frau, witzig, sehr witzig."

„Galgenhumor", gab Tanja zurück.

Diego schlug laut in seine Hände und rieb sie voller Tatendrang aneinander. „Also, was machen wir mit dir? Wie bringen wir dich am besten … wie sagt ihr hier in Deutschland?"

„Um die Ecke."
„Um die Ecke."
„Du hast dein Messer in deiner Küche vergessen", erinnerte sie ihn.
„Oh, richtig. Aber hier habe ich auch eins." Er zog ein Springmesser aus seiner hinteren Tasche und ließ es gleich wieder darin verschwinden. „Wir haben auch noch einen Lagerraum für Gartengeräte. Sägen, Rasenmäher, Heckenscheren ..."
„Du zerstückelst sie, und dann rösten wir sie in den Dingern da", gab Guillermo zum Besten.
„Keine schlechte Idee, aber äh ... der Geruch. Und der Ofen wird nicht so heiß, dass sie zu Asche wird."
„Dann packen wir sie in Kaffeesäcke und verschicken sie", schlug Enrico vor.
Diego schüttelte bedauernd den Kopf. „Die Säcke werden hier geleert und in Kartons verpackt, das geht leider auch nicht."

***

Rudi und Rouven kamen an der Rösterei an und sahen, dass bereits zwei Wagen auf dem Parkplatz standen. Der eine war der Rover von Diego, der andere ein roter VW Polo.
„Es muss mehr als einer mit ihr drinnen sein", sagte Rouven. „Vielleicht solltest du auch eine Waffe tragen."
„Ich? Ich kann nur mit'm Messer umgehen."
„Mach mal das Handschuhfach auf", wies Rouven ihn an und stellte den Motor aus. Rudi klappte die schwarze Abdeckung auf und kramte ein paar CDs, Tankzettel und Schokoriegel zur Seite, bis er etwas Ledernes in die Hände bekam und es herauszog.
„Alter Schwede."
„Lecker, oder?" Rouven grinste.
„Ein Bowiemesser."
„Mit Cocobolo-Holzgriff."
„Wundervoll."

„Dann kann's ja losgehen."

Rouven führte ihn um das Gebäude herum zum Wareneingang. Rudi befestigte indes die Lederscheide an seinem Gürtel und folgte ihm auf leisen Sohlen. Sie drückten sich mit dem Rücken eng an die Wand, und Rouven spähte um die Ecke. Geschockt zuckte er zurück.

„Da ist jemand."

„Wer?"

„Keine Ahnung, irgendein Mann." Er schaute nochmals hin und verzog das Gesicht. „Was zum Teufel macht der da?" Rouven zog Rudi mit sich, weil gerade keine Gefahr bestand, von dem Mann gesehen zu werden. Dennoch zielte er mit seiner Waffe auf den Unbekannten.

Jetzt sah auch Rudi, was Rouven an dem Mann so irritierte. Er stand an einem links neben der Warenannahme aus der Wand ragenden Schornsteinrohr und umarmte es.

„Was macht der da?"

„Er ..."

Jetzt kam Bewegung ins Bild, der Mann riss das Rohr aus der Wand.

„... reißt es ab."

Der Unbekannte taumelte mit dem L-förmigen, ihn um knapp zwei Meter überragenden Rohr nach hinten und versuchte, sich zu fangen, stolperte über einen Bordstein und knallte mit dem Rohr auf die kleine Rasenfläche, weshalb es nicht so laut schepperte. Rouven und Rudi nutzten den Moment, eilten zu ihm, und als er sich von dem Koloss befreit hatte, erschrak er, denn er blickte direkt in den Lauf von Rouvens Waffe.

„Haaa!", schrie er.

„Hey, du bist es", freute sich Rouven.

„Vossenkuhl." Rudi rieb sich verblüfft übers Gesicht und reichte ihm eine Hand, um ihn hochzuziehen. „Was zum Henker machst du hier?"

„Ich bin Tanja gefolgt", antwortete sein Nachbar außer Atem.

„Wieso?"

„Wieso? Erst hat jemand auf eurem Grundstück geschossen, dann schickt Tanja mich nach Hause, und im nächsten Moment fährt sie dem Kerl hinterher. Da konnte ich nicht zusehen."

„Aber wo ist dein Auto?"

„In der Werkstatt. Der Polo is'n Leihwagen."

Rudi lachte und klopfte ihm freundschaftlich auf die Schulter. „Das war mutig von dir. Aber auch ziemlich dumm."

„Der Typ ist ein richtiger Killer. Und er arbeitet hier", erklärte Rouven.

„Es sind drei Männer", entgegnete Vossenkuhl. „Ich hab sie durchs Fenster in seinem Haus beobachtet. Dann sind sie plötzlich rausgekommen und weggefahren. Ich hinterher. Hier geht's rein", sagte er und deutete auf das schwarze Loch in der Wand.

„Du bist mir ja einer." Rudi grinste und lugte in die Öffnung.

„Das ist der Luftschacht. Wir müssen uns beeilen."

„Ich geh zuerst, ich hab die Pistole", sagte Rouven.

Mit ein paar Metern Abstand krabbelten sie in den Luftschacht. Erst ging es mit einer leichten Steigung geradeaus und dann in einem neunzig Grad Winkel nach rechts. Jetzt konnte Rouven etwa fünf oder sechs Meter weiter vorn einen Lichtstreifen durch ein Gitter einfallen sehen, und er vernahm Stimmen. Er stoppte kurz, um zu lauschen und sicherzugehen, dass auch die anderen beiden hinter ihm es gehört hatten. Vorsichtig robbte er weiter. Die Stimmen wurden lauter.

„Wir könnten sie in kleine Stücke schneiden und in Kaffeepäckchen verpacken."

„Oder wir versenken sie im Wichumer See, der ist hier direkt um die Ecke."

Als Rudi das hörte, zückte er augenblicklich das Messer und klemmte es sich zwischen die Zähne, bevor er weiterrobbte.

Rouven war inzwischen an dem Gitter angekommen und konnte die Gruppe etwa drei Meter entfernt in der Röstküche stehen sehen.

***

Diego rieb sich nachdenklich das Kinn und schaute dabei Tanja an, die trotzig ihr Kinn hob und seinem Blick standhielt.

„Ich sag euch was. Wir werden sie in zwei Teile sägen wie in einer Show in Las Vegas, und den einen Teil versenken wir bei Stratmann im Gartenteich, den andern vergraben wir bei Holthefes auf dem Reitplatz."

Guillermo und Enrico lachten begeistert, doch Tanja hob ihre Hand zum Einwand.

„Äh … Stratmanns haben das Wasser aus dem Teich abgelassen."

Guillermo und Enrico verstummten wieder.

„Mierda." Diego zog eine verärgerte Grimasse. „Dann kommt sie eben in den Vorgarten der Praxis."

„Da finden mich die Hunde doch in Nullkommanix."

„Auch wieder wahr."

„Dann …" Er blickte angestrengt zur Decke, als auf einmal ein dumpfes, hohles Geräusch erklang. Er stutzte und sah seine Kompagnons an. „Was war das?"

„Ich war's nicht", sagte Enrico.

Sie lauschten angestrengt, bis mit einem lauten Krachen das Gitter aus dem glänzenden Luftschacht förmlich herausgesprengt wurde und ein Mann aus der Öffnung fiel. Er krachte hinter Diego auf den Boden und rappelte sich sofort wieder auf. Diego fuhr herum.

„Rouven van Nissel", flüsterte er erstaunt.

Rouven hob seine Waffe und nahm ihn ins Visier.

„Hallo, goedenavond."

Als Nächstes fiel Rudi aus der Öffnung und kam wie ein Pirat mit dem Messer zwischen den Zähnen auf seinen Füßen auf.

„Metzger!", rief Tanja.

„Oho, Jack Sparrow ist auch gekommen", meinte Diego und zielte mit Tanjas Waffe auf Tanja.

Schließlich fiel auch noch Vossenkuhl aus dem Luftschacht und setzte sich auf den Hosenboden.

„Vossenkuhl", rief Tanja noch erstaunter.

„Wie viele sind denn noch da oben?", fragte Diego.

„Wir sind vollzählig, aber Verstärkung ist im Anmarsch", sagte Rouven.

Diego ging zu Tanja und hielt die Waffe an ihre Schläfe. Guillermo und Enrico standen hinter ihr, längst nicht mehr so selbstsicher wie noch wenige Augenblicke zuvor.

„Ich sage euch, was wir machen", hob Diego an. „Ihr legt eure Waffen auf den Boden, und wir werden ganz in Ruhe mit eurer Frau Terholte aus der Rösterei gehen. Wenn ihr euch still verhaltet, wird ihr nichts passieren. Macht ihr Unsinn, hat sie zwei ganz frische Löcher im Kopf."

„Wir werden nichts dergleichen tun", raunte Rudi böse und spürte den Cocobolo-Griff des Messers in seiner Hand.

„Du bist nicht in der Position, meine Forderungen abzuweisen", erwiderte Diego.

„Geht's dir gut, Tanja?", fragte Vossenkuhl besorgt.

Tanja lächelte ihn dankbar an und nickte.

„Wer ist der Vogel überhaupt?", wollte Diego wissen.

„Ich bin ihr verdammter Nachbar, du Flitzpiepe", gab Vossenkuhl grantig zurück. Rudi drehte sich verwundert zu ihm um.

„Uuhh, ein paar gefährliche Almans haben wir hier." Diego lachte.

„Ich bin Holländer", wandte Rouven ein.

„Und einen Kaaskopp. Lo siento, entschuldigung."

„Wie seid ihr eigentlich hierhergekommen?", fragte Tanja.

„Wir sind dir gefolgt." Rudi ließ Diego nicht aus den Augen.

„Und du, Vossenkuhl?"

„Ich auch, gleich nachdem du weggefahren bist."

„Ihr seid so tolle Kerle. Sind sie nicht süß?", fragte sie an Diego gewandt.

„Hör auf mit der Laberei. Schluss jetzt. Ich rede. Und ich sage: Legt eure Waffen hin, aber rapido."

„Er hat recht", pflichtete Tanja ihm bei, „legt sie hin, Förster ist mit den anderen jeden Moment hier. Er hat eh keine Chance zu entkommen."

„Guter Bluff. Aber wir sind hier nicht beim Poker."

Diego sah die Männer auffordernd an und drückte Tanja den Lauf der Waffe fester gegen die Schläfe.

Rouven kam als Erster der Aufforderung nach und legte die Pistole auf den Boden. Auch Rudi lenkte schließlich ein und platzierte das Messer vor seinen Füßen.

„Guillermo, tóganla", sagte er , und Guillermo nahm die Pistole und das Messer an sich. „Los, alle raus hier", befahl Diego und deutete zur Glastür, die hinaus in das Café und zum Treppenaufgang führte.

Guillermo und Enrico stellten sich hinter Vossenkuhl, Rouven und Rudi und schoben sie aus der Röstküche. Diego folgte mit Tanja.

„Bringt sie raus, ich komme gleich nach. Ich hol uns noch ein bisschen Kleingeld aus Maisenkötters Safe“, sagte Diego und lachte gehässig. Er packte Tanja am Kragen und dirigierte sie die Stufen hinauf.

„Vamos!“, sagte Guillermo und trat dabei Rudi in den Hintern.

„Das machst du nicht noch mal“, presste er zwischen zusammengebissenen Zähnen hervor.

„Ach nein?“ Guillermo grinste und trat noch einmal zu. Enrico lachte laut auf, und Rudi verbiss sich seine Wut.

„Einfach weitergehen“, sagte Rouven, und die Männer steuerten auf die Eingangstür zu. Sie waren nur noch zwei Meter vom Haupteingang entfernt, da schoben sich die Türen ganz automatisch auf.

„Verdammt, es war die ganze Zeit offen“, sagte Rudi erstaunt. „Wir hätten gar nicht durch diesen verfluchten Schacht klettern müssen.“

Das amüsierte Enrico und Guillermo. Lachend traten sie hinaus in die warme Nacht. „Wieso hast du nicht den Eingang gecheckt?“, fragte Rudi Vossenkuhl vorwurfsvoll.

„Wieso hast du ihn nicht gecheckt? Ich geh doch nicht davon aus, dass die die Tür auflassen“, wehrte er sich.

„Du warst zuerst hier, das wäre deine Aufgabe gewesen“, beharrte Rudi, und Rouven und Vossenkuhl wechselten einen verwunderten Blick, weil er so aggressiv war. „Wie kann man nur so ein Riesentrottel sein?“

„Na, hör mal!“ Vossenkuhl wurde jetzt auch lauter und baute sich vor Rudi auf. „Mister Oberschlau, halt gefälligst deinen Rand und quatsch mich nicht so von der Seite an!“

„Ich red mit dir, wie ich will. Meine Schwester ist da drin gefangen, weil du durch einen bekackten Schornstein klettern wolltest. Wir könnten die Typen schon längst abserviert haben.“

Das sahen Enrico und Guillermo zwar anders, aber sie sahen gern dabei zu, wie die beiden sich in die Haare gerieten.

„Halt deine Klappe, du Würstchenstopfer!“, schrie Vossenkuhl und hielt Rudi drohend den Zeigefinger vors Gesicht.

„Oh, ‚Der mit dem Schornstein tanzt' versucht, den harten Mann zu markieren. Dabei bist du das größte Weichbrot, das hier rumläuft. Deshalb hast du auch noch immer keine Frau", ätzte Rudi.

„Uuhhh", machte Guillermo als Zeichen dafür, dass Rudi einen Treffer direkt unter die Gürtellinie gesetzt hatte.

„Ach ja?", gab Vossenkuhl zurück. „Leider sind die Frauen nicht an deinem kleinen Würstchen interessiert, sondern nur an denen, die du im Laden verkaufst!"

„Uuuhh!", riefen Guillermo und Enrico im Chor und machten große Augen vor Begeisterung.

„Okay, jetzt hau ich dir eine auf dein verdammtes Maul", sagte Rudi nüchtern und nickte Vossenkuhl zu. Er holte weit aus und ließ die Faust auf Vossenkuhls Kopf zurasen, drehte sich dabei leicht und landete einen Volltreffer an Guillermos Kinn. Der sackte wie ein leerer Mantel in sich zusammen und klatschte auf den Boden.

Enrico sah Rudi völlig entgeistert an, als Vossenkuhl auch schon eine Gerade direkt auf seine Stirn abfeuerte. Enricos Kopf flog nach hinten, und er fiel um wie ein gefällter Baum.

„Wow", sagte Rouven anerkennend. „Das hätt ich nicht besser machen können."

„Oh, Mann, ich hatte kurz Schiss, du verstehst nicht, was ich da mache", sagte Rudi zu Vossenkuhl und hielt ihm die Hand hin.

„Ich hab dich noch nie so reden hören, das konnte nicht echt sein", entgegnete sein Nachbar freudig und schlug ein.

„Sorry für … was ich da so gesagt hab."

„Ja, tut mir auch leid."

„Umarmen könnt ihr euch später, ihr beiden Method Actors." Rouven hob seine Waffe vom Boden auf und richtete sie auf die beiden bewusstlosen Männer. „Wir müssen die Polizei rufen. Die sind sicher noch bei Diegos Haus."

„Das macht ihr", entschied Rudi und bückte sich nach dem Bowie-Messer. „Haltet die beiden in Schach, ich gehe rein."

„Rudi, das kannst du nicht, er hat eine Waffe", hielt Vossenkuhl dagegen.

„Ich auch", erwiderte Rudi.

***

In Maisenkötters Büro stand Diego vor der Wand hinter dessen Schreibtisch und hatte die afrikanische Maske abgehängt. Dahinter war ein Tresor. Gut gelaunt gab er die Ziffernreihenfolge ein, während Tanja hinter ihm stand und im Zimmer nach einer Möglichkeit suchte, wie sie ihn überwältigen könnte.

„Mi corazón, ya no habla de amor, lalalala ... Magst du Alvaro Soler, hm, mi amor?" Er drehte sich zu ihr um und zwinkerte ihr zu. „Magst du mich wenigstens?", fragte er und zog die Tresortür auf. Vor ihm lagen einige Packen Geldscheine. „Wir könnten zusammen nach Südamerika fahren, nur du und ich ..."

„Ich würde auch gern mitkommen", sagte Rudi, und Diego wirbelte herum. Tanjas Bruder stand mit dem blitzenden Messer im Türrahmen.

„Rudi, was machst du?", entfuhr es ihr voller Sorge.

Diego gewann sein Lächeln zurück und griff entspannt zu der Pistole auf dem Schrank. „Er macht einen großen Fehler."

„Es ist aus, du bist am Ende, Diego. Lass meine Schwester gehen."

„Ich hatte gerade andere Pläne für uns gemacht. Deine Schwester ist mein Ticket hier raus. Ich kann sie nicht gehen lassen."

„Dann musst du erst gegen mich kämpfen."

Diego lachte. „Wir beide? Du meinst Schlachter gegen Schlachter, he?"

Er drückte das Magazin aus der Pistole, steckte es sich in die vordere Hosentasche und legte die Waffe auf den Tisch. Dann griff er nach hinten und zog das Springmesser hervor.

Tack! Die Klinge sprang heraus, und Rudis Lider zuckten.

„Hoppla", sagte Diego genüsslich. „Also, fangen wir an."

„Rudi, mach das nicht, er ist ein eiskalter Mörder", rief Tanja, um ihren Bruder davon abzuhalten, doch die beiden gingen bereits in geduckter Haltung und mit ausgebreiteten Armen aufeinander zu. Rudi ließ das Messer einmal um seine Finger rotieren und griff es so, wie er es bei der

Arbeit immer tat: mit der Klinge nach unten.

„Ich schlitze dich von oben bis unten auf, und dann rasier ich dir dein komisches französisches Bärtchen ab“, zischte Diego und kam immer näher.

„Englisch, es ist ein englisches Bärtchen“, korrigierte Rudi ihn. Kaum hatte er den Satz beendet, machte Diego einen Satz nach vorn und wollte mit der spitzen Klinge in Bauchhöhe zustechen, doch Rudi parierte den Angriff.

„Nicht schlecht“, sagte Diego.

„Nanu, mein Bart ist ja noch dran“, wunderte sich Rudi gekünstelt. Diego ließ das Messer von links nach rechts durch die Luft sausen, dass es pfiff. Rudi duckte sich weg und hob gleichzeitig sein Messer. Er erwischte Diego am Ärmel und schnitt ihm den Knopf vom Ärmelsaum ab. Mit einem leisen Geräusch fiel er zu Boden, und beide sahen ihn an.

„Tut mir leid“, sagte Rudi. Jetzt setzte er zu einem Angriff an. Sie sahen aus wie zwei Schwertkämpfer, die abwechselnd zuschlugen und abwehrten, und wenn sich ihre Klingen trafen, dann zischte der Stahl.

„So, ich finde, ihr Jungs könnt jetzt wieder aufhören“, sagte Tanja unbeeindruckt, doch sie hörten nicht auf sie. Erneut entbrannte ein Schlagabtausch. Diego versuchte, sich wie ein Fechter tief vorzubeugen, um nach vorn zu stoßen, doch Rudi schlug mit der viel kräftigeren Klinge des Bowiemessers seitlich gegen die von Diegos Springmesser und katapultierte das Stiletto aus dessen Hand. Es flog wirbelnd in Richtung Wand und blieb zitternd darin stecken.

Diego reagierte sofort, er packte mit beiden Händen Rudis Unterarm und drückte ihn nach unten, um Tanjas Bruder anschließend eine Kopfnuss zu verpassen. Rudi taumelte nach hinten. Diego nutzte den Moment zur Flucht und lief aus dem Zimmer. Doch Rudi fing sich wieder und sprintete mit nur ein paar Metern Abstand hinterher. Draußen vor dem Büro riss Diego eins der Einbaumboote von der Wand und hielt es wie ein Schutzschild vor sich. Immer wenn Rudi zustechen wollte, parierte er mit dem riesigen, schmalen Kanu und arbeitete sich dabei rückwärts zur Treppe vor. Rudi wusste, dass er gleich nach unten fliehen würde, und griff diesmal heftiger an. Doch Diego stemmte sich gegen das Boot und rammte den Kiel gegen Rudis Kopf.

Schreiend vor Wut holte Rudi seitlich mit dem Messer aus und stach zu, doch auch dieser Hieb endete im Holz des Bootes, noch dazu so tief, dass er mit der Hand vom Griff abrutschte und das Messer in der Seite des Einbaums steckenblieb. Diego hatte die oberste Stufe erreicht und drehte sich um, um loszulaufen, doch da stand Tanja vor ihm und schlug ihm eine harte Gerade ins Gesicht. Er prallte zurück, wollte sich fangen und trat mit einem Fuß in das Kanu.

Einen kurzen Moment lang stand er fast aufrecht im Kanu, bis es nach hinten kippte und ihn mit sich auf die Reise nach unten nahm. Schreiend landete Diego im Boot, und dann raste das Kanu wie ein Bob über die Treppenstufen und durch das Café hindurch auf die Ausgangstür zu. Er schrie immer noch, als die Schiebetüren sich öffneten und das Kanu mit ihm hinausfuhr, ehe es nach etwa vier Metern auf dem Parkplatz stehenblieb. Er richtete sich auf und erblickte zwölf bewaffnete Beamte, die im Halbkreis um ihn herumstanden und ihre Waffen auf ihn richteten.

Als Tanja und Rudi aus dem Gebäude kamen, hatte man Diego schon aus dem Einbaum befreit und ihm Handschellen angelegt.

Rouven, Vossenkuhl, Förster und Zaunholz kamen auf sie zu, alle sichtlich erleichtert, die beiden unversehrt vorzufinden.

„He, Leute, schön, dass ihr da seid“, grüßte Tanja die Kollegen.

„Frau Terholte, können Sie mir sagen, warum Sie hier so einen Alleingang initiieren und nicht bis zum verabredeten Termin morgen früh gewartet haben?“, schimpfte Zaunholz drauflos.

„Tja, Diego der Schlächter hat sich leider nicht an unseren Zeitplan gehalten“, gab sie zurück. „Er hat meine Familie und mich angegriffen, und es drohte Fluchtgefahr. Da konnte ich nicht warten, bis Sie Ihren Schlafanzug gegen ein Businessmodell aus den späten achtziger Jahren getauscht haben.“

Die anderen verkniffen sich ein Lachen. Rudi bückte sich, zog das Bowiemesser aus dem Kanu und gab es Rouven zurück.

„Weißt du was? Behalt es, ich hab das Gefühl, du kannst besser damit umgehen als ich“, sagte der und klopfte Rudi auf die Schulter.

„He, mi amor", rief Diego Tanja zu, bevor sie ihn in den Wagen steckten.

Sie sah ihn fragend an.

„Ich bin bald wieder draußen, keine Angst. Dann fahren wir beide nach Südamerika, eh?" Er zwinkerte ihr zu.

„Ich besuch dich mal in drei bis fünf Jahren", gab Tanja zurück und winkte ihm. Dann wurde er ins Auto geschoben.

***

Tanja musste mit nach Münster fahren. Es würde noch eine lange Nacht werden. Also nahm sie ihr eigenes Auto. Vossenkuhl fuhr in seinem Leihwagen, und Rudi nahm Rouven mit nach Hause, wo sie endlich etwas Schlaf finden konnten. Tanja hatte Rudi versprechen müssen, noch kurz zu Hause reinzuschauen, um Elisabeth zu sagen, dass es ihr gut ging und alles gut ausgegangen war. Und so fuhren sie alle drei hintereinander über die Landstraße zurück nach Horstmar, Tanja vorneweg. Im Ort folgte sie der Hauptstraße. Alles schlief noch. Es sah friedlich aus.

Erst jetzt fiel eine unendlich schwere Last von Tanja ab, erst jetzt realisierte sie, dass Horstmar wieder frei von den schrecklichen Sorgen war. Lächelnd und zum ersten Mal seit langer Zeit wieder entspannt, atmete sie aus. Sie kurbelte ihr Fenster herunter und ließ die warme Nachtluft hereinwehen. Es roch süßlich und nach von der Hitze des Tages erwärmtem Stein. Sie passierte die leichte Linkskurve, in der die Tankstelle noch unbeleuchtet stand, und trat so abrupt in die Bremsen, dass Rudi und Vossenkuhl fast aufgefahren wären. Ungläubig starrte sie aus dem Fahrerfenster.

„He, was ist?", hörte sie ihren Bruder rufen.

Sie blinzelte, weil sie dachte, sie sei vielleicht übermüdet und würde fantasieren, aber nein, sie täuschte sich nicht. An der Tanksäule Nummer 3 stand Gunnar und glotzte sie aus seinen großen weißen Augen an.

Tanja stieg aus. Rudi ebenfalls.

„He, alter Junge", sagte er erleichtert. „Was tankst du, Super oder E 10?"

Beide schlossen den Bullen in ihre Arme.

Vossenkuhl fand ein Abschleppseil in seinem Leihwagen, das sie als Leine benutzten, und Rudi ließ den Bullen auf der Beifahrerseite neben dem Auto herlaufen. Mit eingeschalteten Warnblinkanlagen brachten sie das Tier sicher nach Hause.

Auf dem Hof angekommen, ließ Tanja sich von ihrer Mutter schmerzhaft fest in den Arm nehmen und fuhr dann weiter ins Präsidium.

# zwölf

Tanja war auf ihrem Schreibtischstuhl sitzend eingeschlafen. Ihr Kopf lag auf einem Aktenstapel auf ihrem Schreibtisch, ihre Arme waren unbequem zu Seite weggestreckt. Die Sonne schien durch das Fenster, aber noch schützte der Schatten des Fensterrahmens Tanja vor dem Erwachen durch das Sonnenlicht. Es klopfte an der Tür, aber sie schlief tief und fest weiter. Die Tür wurde vorsichtig geöffnet.

„Frau Terholte?" Brüning steckte seinen Kopf herein und schmunzelte, als er sie so daliegen sah. Er betrat das Büro, schloss die Tür und stand nach weiteren drei Schritten mit einem Blatt Papier vor Tanja. „Frau Terholte?"

Nichts.

„Frau Terholte, hallo", versuchte er es erneut, doch Tanja rührte sich nicht. „Hallo, aufwachen!"

Er streckte eine Hand aus, um sie wachzurütteln, doch in der Sekunde, bevor er sie berührte, schreckte sie hoch und blickte sich orientierungslos im Zimmer um.

„Frau Terholte, ich bin's."

„Brüning?"

„Ja. Alles in Ordnung?"

Sie kniff die Augen zusammen und rieb sich die Schläfen.

„Natürlich nicht, ich will in mein Bett."

„Das verstehe ich, aber ich habe eine kleine Aufmunterung für Sie." Er legte ihr das Blatt Papier auf den Tisch. Es zeigte zwei Sohlenabdrücke.

„Das obere Profil ist das von den Fundorten, das untere ist von den Schuhen von Diego Santa Cruz. Sie sind absolut identisch."

„Wirklich?“

„Ja. Das Messer passt ebenfalls von Form und Größe. Wir haben Blutreste zwischen Klinge und Griff gefunden. Das Ergebnis steht noch aus, aber auch da, bin ich mir sicher, bekommen wir einen Treffer. Damit hätten wir zwei eindeutige Beweisstücke.“

„Das ist großartig“, sagte Tanja und streckte ihre Hand aus. „Ich danke Ihnen.“

Er schlug ein. „Schon gut, das ist ja schließlich mein Job. Ich habe übrigens noch mal ein Zweierteam zur Fundstelle der zweihundert Jahre alten Leiche geschickt, das hatten wir etwas vernachlässigt.“

„Sie sind der Beste.“

„Wie wär's, wenn Sie jetzt nach Hause fahren und sich richtig ausschlafen?“, schlug er vor.

„Das mach ich.“

Es klopfte erneut an der Tür.

„Herein!“

Zu Tanjas Überraschung standen Förster, Zaunholz und Brennigkemper vor der Tür. Förster trug einen Kuchen vor sich her und Brennigkemper einen Träger mit fünf Bechern Kaffee.

„Hallo, Frau Terholte“, grüßte Zaunholz. „Wir haben eine kleine Überraschung für Sie.“

„Kommen Sie doch rein“, bat sie die Männer und stand auf.

„Naja, da sich ja nun alles so wundervoll entwickelt hat und Sie tatsächlich den Täter dingfest machen konnten, möchte ich die Gelegenheit nutzen, mich bei Ihnen und dem Team in Form einer kleinen süßen Erfrischung zu bedanken. Meine Frau hat einen Kuchen für Sie gebacken, und Herr Brennigkemper war so nett, mir den, wie er glaubhaft versicherte, besten Kaffee Münsters zu besorgen.“

„Das ist aber nett. Ich bin … ein wenig geplättet“, sagte Tanja.

„Nun denn, guten Appetit für uns alle. Gute Arbeit.“ Zaunholz hob seinen Becher, und sie stießen alle an.

***

Es war kurz nach fünfzehn Uhr, als Tanja wieder zu Hause ankam. Um eins hatte sie gemeinsam mit der Staatsanwältin und Zaunholz eine halbstündige Pressekonferenz gegeben. Hier war ihr Adrenalinspiegel ordentlich hochgefahren, sodass sie bald danach vollkommen über ihren toten Punkt hinausgekommen und geradezu euphorisch mit lauter Musik im Auto nach Hause gefahren war. Elisabeth hatte einen gedeckten Apfelkuchen gebacken, und Rudi hatte seinen Laden heute früher geschlossen, um zum Kaffee zu Hause zu sein.

„Noch ein Kuchen, super", rief Tanja beim Anblick der Kaffeetafel. „Lass uns doch Silke einladen. Vossenkuhl ruf ich auch gleich an."

Elisabeth und Rudi nahmen das mit einem verstohlenen Schmunzeln zur Kenntnis, und eine halbe Stunde später saßen sie alle beisammen und aßen Kuchen.

Tanja musste ihre Erlebnisse von gestern Nacht zum Besten geben, und alle lachten, als Rudi und Vossenkuhl von ihrem Abenteuer im Luftschacht und dem kleinen Schauspiel, mit dem sie Enrico und Guillermo ausgeschaltet hatten, berichteten.

So saßen sie noch bis spätabends zusammen, erzählten, lachten und waren froh, dass alles gut ausgegangen war.

# dreizehn

Jeder hatte etwas mitgebracht, ohne dass sie sich vorher abgesprochen hatten. Es war also so etwas wie ein Überraschungsmahl, und beide waren gespannt, was der andere gleich auspacken würde. Sie hatten eine große Wolldecke im Schatten einer einsam auf dem Feld stehenden Eiche ausgelegt. Vossenkuhl trug zwar ein wie immer gestärktes weißes Oberhemd, aber zur Abwechslung mal mit kurzen Ärmeln. Seinen Strohhut hatte er hier im Schatten abgesetzt.

Sie saßen einander gegenüber vor ihren Picknickkörben und klappten die Deckel nach oben, sodass es aussah, als spielten sie Schiffe versenken.

„Okay, du fängst an", sagte Tanja.

„Mal sehen ... Ich hab einen Tomatensalat", sagte Vossenkuhl und stellte einen Tupperbecher in die Mitte.

„Schön. Ich habe Zimtschnecken", erklärte Tanja und stellte ebenfalls einen Tupperbecher in die Mitte.

„Minischnitzel", sagte Vossenkuhl.

„Sprühsahne", erwiderte Tanja.

„Obstsalat."

„Gebackene Auberginen."

„Belgische Waffeln."

„Zigarrenbörek."

„Erdbeeren."

„Datteln im Speckmantel."

„Quarkbällchen."

„Beef Jerky, von meinem Bruder selbst gemacht."

„Oh, Mann, wer soll das alles essen?", fragte Vossenkuhl und kratzte sich am Kopf.

„Hast du was zu trinken mit?"

„Ja, einen Weißwein und zwei Bier", antwortete er.

„Ich hab Erdbeerbowle."

Sie öffneten alles, nahmen Teller und Besteck und stießen zuerst mit einer Flasche Bier an.

„Prost", sagte Tanja.

„Glückwunsch", entgegnete Vossenkuhl. „Das war sehr gefährlich, was du gemacht hast, aber am Ende hat es sich ausgezahlt. Zum ersten Mal versteh ich wirklich, was du eigentlich so tust."

„Du warst ja mittendrin. Dafür wollte ich mich noch mal bedanken. Aber schimpfen muss ich auch mit dir, denn es war vollkommen unüberlegt. Du hättest verletzt werden können oder schlimmer."

„Endlich passiert mal was in meinem Leben." Er lächelte wie ein kleiner Junge und trank einen Schluck Bier.

„Danke jedenfalls", sagte Tanja und senkte den Blick. „Lustig war es auch die letzten Tage. Ich mag es, wenn wir das Haus voll haben, wenn Besuch da ist."

„Die Freundin von deinem Bruder ist sehr nett, finde ich", meinte Vossenkuhl. „Hoffentlich bleibt sie seine Freundin."

„Ja, das hoffe ich auch, er hat's verdient, endlich mal jemanden gefunden zu haben. Ich mag sie sehr. Sogar meine Mutter mag sie, und das will schon was heißen."

„Dieser Rouven ist auch ein toller Kerl", meinte Vossenkuhl mit einem verstohlenen Blick zu Tanja.

„Das war so ein Glück, dass ich ihn getroffen habe", entgegnete sie.

„Meinst du ... also ... kommt er noch mal zu Besuch?"

Sie sah ihn prüfend an, denn sie glaubte zu wissen, was der Grund für seine Neugier war. „Das wäre doch schön, er hat sich mit allen gut verstanden. Wieso?"

„Och, nur so ... er ... genau ... er ist'n toller Typ."

„Stehst du auf ihn?", fragte sie schmunzelnd.

„Gott, nein, wie kommst du denn darauf? Ich … nein, wieso sollte ich?"

„Du redest so viel über ihn."

„Ich wollte nur wissen, ob … ach, ist ja auch egal. Möchtest du noch was essen?"

„Bist du nervös?", fragte sie.

„Ich? Ich wollte dir nur was anbieten, mehr nicht."

„Und was wolltest du mir anbieten?"

„Na …" Er sah sie an, dann blickte er auf die Speisen und wieder zurück zu ihr. „Irgendwas …"

„Ja?"

Er lachte verlegen und trank von seinem Bier.

„Und kommt noch eine Antwort?", wollte sie wissen.

Vossenkuhl atmete ein und öffnete den Mund, um etwas zu erwidern, da klingelte Tanjas Diensthandy. Er schloss den Mund wieder. Tanja sah auf das Display.

„Entschuldige, da muss ich rangehen."

„Bitte, klar."

„Herr Brüning, was gibt's?", meldete sie sich.

„Frau Terholte, ich weiß, es ist Ihr freier Tag, aber ich habe eine gute Nachricht, die ich Ihnen nicht vorenthalten will. Genau genommen sind es sogar zwei."

„Ja, und?", fragte sie, um den Prozess etwas zu beschleunigen. Sie wollte jetzt lieber in Ruhe hier mit Vossenkuhl sitzen und den Gedanken zu Ende führen.

„Also, wir hatten ja Blutspuren an dem Messer von Herrn Santa Cruz gefunden. Die DNA stimmt mit der des Opfers überein."

„Großartig. Und zweitens?"

„Zweitens haben wir im Fundament des Schuppens, das Eduard Stratmanns Leiche bedeckte, einen Knopf gefunden, der nicht zur Kleidung des Opfers gehörte. Aber da er quasi direkt neben ihm gelegen hat, würde ich behaupten, der Täter hat ihn verloren."

„Das ist fantastisch, Brüning."

„Ich schicke Ihnen ein Foto auf Ihr Handy, dann haben Sie es gleich.

Es ist sogar ein Wappen drauf. Vielleicht kann man es dadurch besser identifizieren."

„Wird ja immer besser. Vielen Dank, Brüning, ich schau's mir an."

Sie verabschiedete sich und legte auf.

„Gute Neuigkeiten?", fragte Vossenkuhl.

„Ja, in der Tat. Hast du Lust, noch einen zweiten Mord mit mir zusammen aufzuklären?"

„Sicher, klingt spannend."

„Gut, aber erst nach unserem Picknick."

Sie hielt ihm ihre Flasche zum Anstoßen hin. Er war sichtlich erleichtert, dass sie nicht sofort aufbrechen mussten.

***

Rudi und Silke schlenderten mit einem Eis in der Hand zwischen zwei haushohen Langhalsdinosauriern hindurch. Sie hatten sich zu einem Besuch im Dinozoo in Metelen entschieden. Irgendwie hatten sie es beide lustig gefunden, diesen Ort zu wählen, obwohl er mehr was für Kinder als für Erwachsene war. Aber genau daran erfreuten sie sich. Sie sahen den Kleinen zu, wie sie mit großen Augen die Dinosaurier bewunderten und lauschten ihren Gesprächen, wenn sie über die Fähigkeiten dieses oder jenes Sauriers diskutierten.

„Siehst du, so was bin ich", sagte Silke mit Blick auf den großen Pflanzenfresser und deutete dann auf den Tyrannosaurus in einer anderen nachgebauten Szene. „Und das bist du. Ich bin ein Pflanzenfresser und du ein Fleischfresser."

„Da ist ja ein Zaun dazwischen. Gibt es denn keine Chance, dass wir beide zusammenkommen?", fragte Rudi.

„Eigentlich", meinte Silke nachdenklich, „hängt das nur von dir ab. Wenn du mich nicht frisst, könnten wir Freunde werden."

„So einfach ist das?"

„Ja, ganz easy. Du musst dich nur deiner Natur erwehren."

„Aber wenn ich das schaffe, werde ich belohnt, richtig?", fragte er hoffnungsvoll.

Sie musterte ihn von unten bis oben.

„Du bist vielleicht 'n bisschen klein für mich, aber das geht schon in Ordnung." Sie lächelte, und Rudi verdrehte glücklich die Augen.

Sie nahmen auf einer Bank im Schatten Platz und sahen den Kindern zu. Von rechts kam eine ganze Kindergartengruppe mit einer Erzieherin zuvorderst und einem Erzieher als Nachhut. Sie marschierten in Zweiergruppen und hielten sich an den Händen.

„Guck mal, wie süß", sagte Silke und stieß Rudi an.

„Warte mal kurz", meinte Rudi und erhob sich.

Silke fragte sich, was er wohl vorhatte, und sah ihm neugierig hinterher, als er zu der Gruppe ging und die Erzieherin ansprach.

„Hallo, wir haben uns gefragt, aus welchem Kindergarten ihr kommt", sagte Rudi und deutete auf sich und Silke.

„Kita ‚Zwergenland'!", riefen einige der Kleinen im Chor.

„Warum willst du das wissen?", fragte ein Mädchen mit roten Sandalen und einem Wölkchen-T-Shirt.

„Naja", meinte Rudi und kramte in seiner Tasche herum. „Weil ich euch gern eine Spende zukommen lassen würde."

Die Erzieherin verstand nicht.

„Ist das Geld?", fragte das Mädchen.

„Ja. Eine nette Frau wollte, dass ich euch das Geld schenke. Und hier bin ich. Viel Spaß damit."

Er reichte der irritierten Erzieherin den Schein, winkte den Kindern zu und ging wieder zurück zu Silke.

„Was war das denn?"

„Das war der Zwanziger von Frau Maisenkötter", flüsterte er.

„Danke-Schön!", riefen die Kinder jetzt im Chor und plapperten alle wieder wild durcheinander.

Silke sah Rudi von der Seite an.

„Ich glaub, ich mag dich", sagte sie.

***

Tanja und Vossenkuhl saßen am Esstisch in Tanjas Haus. Er tippte etwas in einen Laptop ein, während sie konzentriert einige Alben mit alten Schwarz-Weiß-Fotos der Familie Stratmann durchforstete.

„Hier, ich hab's", sagte Vossenkuhl und drehte den Laptop so, dass Tanja mit auf das Display schauen konnte. „Das ist das Wappen der Familie Sertürner."

Tanja rief das Foto auf, das Brüning ihr aufs Handy geschickt hatte, und hielt es daneben.

„Negativ. Das kann es nicht sein. Also fällt Sertürner schon mal raus."

„Haben Stratmanns ein Familienwappen?", wollte Vossenkuhl wissen.

„Nein", murmelte Tanja grübelnd. „Aber ich bin mir sicher, dass es was mit dem Morphium und der alten Formel zur Herstellung zu tun hat."

„Die Flaschen standen also alle unten bei Stratmann im Geheimkeller?"

„Ja, clever versteckt."

„Und das Labor?"

„Da war kein Labor, er war Arzt, er hat es wahrscheinlich in der Praxis hergestellt."

„Konnte er das denn?", fragte Vossenkuhl.

„Ich denke schon, als Arzt."

„Naja, aber muss man da nicht eher … Chemiker sein?"

Tanja rieb sich angestrengt die Stirn.

„Du meinst … er könnte jemanden gehabt haben, der es für ihn herstellte?"

„Warum nicht? Wer hätte so was machen können? Ein … ein …" Er blickte sich auf der Suche nach einer Antwort im Raum um und blieb an einer der Morphiumflaschen hängen, die Tanja auf den Tisch gestellt hatte.

„Apotheker!", riefen beide unisono.

„Ich hab grad die Flasche gesehen und dachte …"

„Natürlich, ein Apothekerfläschchen. Der Kerl braut nach Stratmanns Rezept", mutmaßte Tanja. „Dann streiten sie sich. Vielleicht ging's um Geld, vielleicht um die Formel selbst, schließlich hat er sie ja gut versteckt. Sie treffen sich, es kommt zum Streit und …"

„Wir müssen nach Apotheken von damals suchen." Vossenkuhl hieb eifrig auf die Tastatur ein.

„Warte mal", raunte Tanja. „Mama?", rief sie.

„Habt ihr keinen Gesprächsstoff mehr?", rief Elisabeth von draußen zurück. Sie saß wie immer auf der Bank vor dem Haus.

„Wir brauchen deine Hilfe!"

Elisabeth fluchte etwas Unverständliches und kam dann herein. „Wie alt seid ihr eigentlich? Spielt ‚Mensch ärgere dich nicht' oder ‚Malefiz'."

„Wir arbeiten hier, Muttern."

„Ach? Ist Vossenkuhl jetzt auch bei der Kripo?"

„Ja, haha, sehr ulkig. Wir suchen eine alteingesessene Apotheke hier in Horstmar, die ab achtzehnhundertundschießmichtot existiert hat."

„Für wie alt hältst du mich eigentlich?", fragte Elisabeth und stemmte die Fäuste in die Hüften.

„Komm schon, gab's hier nicht mal so was wie eine Apothekerdynastie im Ort?"

„Schon, aber die ging im Krieg zu Ende. Das Gebäude wurde vollkommen zerstört, und keiner oder nur einer überlebte das Ganze."

„Wie hießen die?"

„Das war die Eißing-Apotheke. Da musste ich früher immer für meine Großmutter hinrennen, weiß ich noch wie heute. Plötzlich war sie nicht mehr da."

„Großartig."

„Schrecklich war das."

„Ja, aber ich suchte den Namen, jetzt hab ich ihn, das ist großartig. Du bist die Beste." Sie gab ihrer Mutter einen Kuss auf die Wange und wandte sich dann wieder Vossenkuhl zu.

„So ist sie nur, wenn Besuch da ist", sagte Elisabeth trocken und schlurfte wieder hinaus.

„Ich hab ihn gefunden", sagte Vossenkuhl. „Karl-Eduard Eißing … blablabla", las er, „seit Generationen in Familienbesitz … blabla … und hier, hier ist der Vater. Der muss es sein. Karl-Friedrich-August Eißing."

„Gibt's auch Bilder?"

Vossenkuhl klickte die Bildersuche an.

„Da, ein Wappen“, rief Tanja und tippte auf den Bildschirm. „Das ist es, das ist unseres. Ein Vogel, eine Schlange und ein Ritterhelm mit zwei Fahnen.“

„Oh, Mann, du hast recht.“ Vossenkuhl schluckte. „Mir wird ganz heiß. Wir sind hier einem Mörder auf der Spur.“

„Und so sieht er aus.“ Tanja tippte erneut auf den Bildschirm, diesmal auf ein altes Familienfoto. Darauf war Karl-Friedrich-August Eißing mit seiner Frau und seinen beiden Söhnen abgebildet. „Sieh dir seine Jacke an. Die Knöpfe.“

Vossenkuhl sah genauer hin. „Das können auch andere sein.“

„Ich glaub nicht an Zufälle.“

„Sondern?“

„Ich glaube, du bist eigentlich ziemlich okay, Vossenkuhl“, sagte sie.

„Willst du mich Rüdiger nennen?“

„Auf keinen Fall.“

**ende**